王重旭 著

绿世界

刘仁与绿川英子的中日情缘

辽宁人民出版社

图书在版编目（CIP）数据

绿世界：刘仁与绿川英子的中日情缘 / 王重旭著. —沈阳：辽宁人民出版社，2017.1
ISBN 978-7-205-08729-6

Ⅰ. ①绿… Ⅱ. ①王… Ⅲ. ①传记文学—中国—当代 Ⅳ. ①I25

中国版本图书馆CIP数据核字（2016）第229897号

出版发行：辽宁人民出版社
地址：沈阳市和平区十一纬路25号　邮编：110003
电话：024-23284321（邮　购）　024-23284324（发行部）
传真：024-23284191（发行部）　024-23284304（办公室）
http://www.lnpph.com.cn
印　　刷：辽宁奥美雅印刷有限公司
幅面尺寸：170mm×240mm
印　　张：13.5
字　　数：202千字
印　　数：1~10 000
出版时间：2017年1月第1版
印刷时间：2017年1月第1次印刷
责任编辑：艾明秋
装帧设计：琥珀视觉
责任校对：赵　晓
书　　号：ISBN 978-7-205-08729-6

定　　价：28.00元

目录

CONTENTS

目录

CONTENTS

1 桥头这地方

我第一次到桥头是2013年。听说桥头要进行小城镇改造，有些日本人留下的建筑就要拆除，若不赶过去看看，恐怕以后就没有机会了。

桥头位于本溪之南，四面环山，细河蜿蜒，白云缭绕，一条铁路横穿小镇南北。远远望去，小镇安安静静地卧在群山之中的那一片开阔的平地上。

桥头镇文化助理小荆是个热心的年轻人，对小镇了如指掌，带着我们仅半天多的时间，就把小镇浏览了一遍。

小镇有前街后街，还有一条当年日本人住的街叫洋街，尽管已经百年了，日本的那些建筑依然成片矗立着。每到一处，小荆都细心地为我

● 位于本溪市桥头镇的刘仁故居

们指点着，这是火车站，这是和田旅社，这是邮局，这是松中洋行，这是大慈洋行，这是日本小学，这片是日本侨民住宅。在铁路的另一侧，小荆还带我们看了日本铁道守备队的营房，里面有队部、宿舍、食堂、浴池、较场等，一应俱全。接着小荆又带我们看了“满铁”员工宿舍，他说，这里既为日本人提供住宿，又驻扎一个当时拥有最先进武器的日本机械化大队，这个大队在日本投降前，不知什么原因，就秘密调回日本了。

日本人在桥头足足待有四十余年，他们居住的洋街在当时已经很现代化了，他们修了自来水塔，在细河上还建了一个大的游乐场。小荆笑着说：“这些日本人一点都不见外，他们没把桥头看成是他们的临时住所，倒像自己的家园一样精心经营着。”

是啊，你看那些房子，尽管至今已过百年，但依然保存完好，墙的红砖依然坚实光滑，没有半点风化的迹象，岁月的刻刀没能在它的身上留下多少痕迹。现在，这些房子里面住的都是桥头的老百姓，当年能住进这样的房子，还颇不容易呢。

没想到，这次来桥头我却有一个偏得。小荆问我：“想看看刘仁的老宅吗?”

这是我第一次听到关于刘仁的话题。

小荆告诉我：“刘仁出生在桥头，是革命烈士。早年在日本留学的时候，和日本女作家绿川英子结婚，然后两人一起回到中国参加抗日救亡运动。刘仁在国民政府第三厅做资料编辑，绿川英子在国际广播电台做对日广播的播音员。抗战胜利后，俩人一起回到东北，不久在佳木斯相继去世，留下两个年幼的孩子。很可惜呀。”

他还告诉我，“刘仁的父亲也是革命烈士，叫刘汉臣，伪满时是桥头的大户，还做过桥头的镇长，因为掩护抗联官兵被日本鬼子杀害。”

小荆的话让我立刻振奋起来：这里有故事。

小荆带我们来到刘仁的老宅。

刘仁的老宅坐落在临街一户人家的院子里，已近坍塌，好在还没有被拆除。我颇有一点庆幸，因为我看到了刘仁出生和小时候生活过的地方。可是，说不定哪天，这座老宅也会从桥头这块土地上消失，就像刘仁和绿川英子已经从人们的记忆中渐行渐远一样，那时我们再想寻找烈士的遗迹，就不是一件容易的事了。

我想，我应该写写他。

2　我是谁

生活在哈尔滨保育院里的刘晓兰，不知道爸爸妈妈是谁，不知道自己是谁。每到星期天其他孩子被父母或父母的警卫员接走的时候，她只能孤零零地和阿姨在一起。

绿川英子去世仅仅不到一百天，刘仁就去世了。他们留下两个孩子，男孩叫刘星，年仅六岁，女孩叫刘晓兰，才十个月。在党组织的安排下，他们兄妹二人从佳木斯被送到牡丹江市的一所幼儿园。当时刘仁的弟弟刘维在牡丹江纺织厂工作，这样他就能照顾一下两个孩子。不久，沈阳解放，刘维被组织上调去沈阳，走时把刘星带走，而晓兰则因为太小，由组织安排，把刘晓兰从牡丹江转送进了哈尔滨特级保育院。

对这些往事，当时还年幼的刘晓兰几乎没有什么记忆了。只是后来才从二叔刘维那里知道了一点。哥哥刘星被带到沈阳后，在育才小学读书。此时东北野战军正在入关作战，二叔的生活也始终没有安定下来，他没有能力照顾刘星。于是，由政府出面，把刘星寄养在一个没有孩子的人家里，所有费用由政府来出。哥哥在那家人家生活得怎么样，刘晓兰从来没听哥哥讲过。

刘晓兰的保育院在哈尔滨的马家沟。

说到哈尔滨马家沟，人们会以为那一定是一个偏僻的小山村。其实，它就在哈尔滨市内的繁华地带。

刘晓兰清楚地记得，当时的马家沟有一座深红色的小楼，周围环绕着高大的白桦树和杨树，旁边还有一条潺潺的小溪，这里就是刘晓兰儿时记忆中的家。在共和国刚刚建立的时候，东北到处是一片战争废墟，可谓百废待兴，老百姓的生活还十分艰难。于是这座收养烈士遗孤和高级干部子女的特级保育院，便被人称为贵族城堡。

这座马家沟保育院实行的是寄宿制。六岁以前的刘晓兰一直住在这里，她很习惯这里的生活，有小朋友，有院长妈妈，有态度和蔼亲切的保育员阿姨。但是她不明白，为什么一到周末，院子里就会开来一辆接一辆的吉普车。那些平时和她一起玩耍的小朋友忘记了她似的，欢蹦乱跳地直奔那些身穿笔挺干部服的父亲或腰挎手枪的警卫员，那些保姆阿姨也忙前忙后地喊小朋友的名字，递小朋友的衣物，回答首长的问话，挥手致意，好不热闹。

这个时候没有人关注刘晓兰，她只能自己一个人呆呆地躲在一边，看着小朋友上了吉普车，“突突突”地开走了。

喧闹过后，阿姨们忙着整理那些洋娃娃、布狗熊、大积木和小儿三轮车，之后也都各自回家去了。大院安静下来，只剩下院长妈妈和她。

那时候的刘晓兰，还没有爸爸妈妈的概念，只要和院长妈妈在一起，她就知足快乐了。

保育院的周末静悄悄的，院长妈妈就把刘晓兰抱在膝盖上，一边给她梳头一边夸奖她：“晓兰，你的皮肤白白的，知道吗？因为你是日本人的孩子。”“晓兰是混血儿，所以脑袋聪明。”什么是“日本人”，什么是“混血儿”，年幼的晓兰无从知晓，但她从院长妈妈的表情中看得出，这是在夸奖她，于是她便喜欢听院长妈妈唠叨这些，乖乖地坐在院长妈妈的怀里。

转眼到了1952年，刘晓兰已经六岁了，这年的夏天，刘晓兰被送进了哈尔滨市东北烈士子弟小学，这座小学建立于1948年，在哈尔滨一曼街，紧挨着东北烈士纪念馆，当时叫“东北烈士子弟小学”，现在已经改为继红小学。很显然，这里有继承红色，继承先烈遗志的含义。当时这所学校主要招收抗日战争和解放战争期间牺牲的东北烈士子弟入学，学生实行供给制，尽管中华人民共和国成立初期国家还很困难，但是，生活在这里的几百名烈士遗孤，却受到国家的关怀，吃穿住都由国家包下来。他们不必担心吃穿，他们与贫困无缘。

渐渐长大的刘晓兰开始对自己的出身产生疑问了，自己的父母是谁？他们叫什么名字？他们是做什么工作的？他们是怎么死的？这一连串的疑问开始困扰她了。可是，周围没有一个人能给她回答清楚，跟随她的只有“这孩子是混血儿”、“她是日本人”这些莫名其妙的话。过去

● 1934年留学东京的刘仁

● 参加中国抗战的绿川英子

院长妈妈跟她唠叨的那句让她颇有些得意的“日本人”和“混血儿”这两个词，开始有些让她讨厌了。但是，无论她怎么讨厌，她还是背上了一个“小日本”的外号。

终于有一天，一次学校组织的忆苦思甜，让她的精神几乎崩溃了。

那天，在全校的忆苦思甜大会上，一位妇女的控诉让全体同学怒火中烧。这位妇女的丈夫是抗联战士，在一次战斗中被俘，宁死不降，鬼子抓来了他的儿子和女儿，儿子被当着父亲的面枪杀，未满十二岁的女儿被鬼子强奸，后来下落不明。她家的房子被日本鬼子烧毁，曾经帮助过她丈夫的那些亲戚也被日本鬼子用刀砍死。这妇女说着说着就痛哭起来，“杀人连尸首都不还的日本畜牲，不是人的日本鬼子，可怜我的孩子啊，你在哪儿呢……”

刘晓兰和其他孩子一样，都流下了眼泪。

可是，就在这时，一个男孩子站起来，指着刘晓兰，怒气冲冲地嚷道：“这家伙是日本鬼子，她是小日本。”

会场突然一阵骚动，接下来便是一阵死一样的沉寂。

刘晓兰发觉自己一下子窒息了。好多年后，一想起那件事便马上喘不过气来，而且那天的场景老是出现在她的梦中。

从这一天开始，刘晓兰便开始意识到了这个“小日本”外号的真正含义，“混血儿”和“日本人”这两个曾给她带来些许优越感的名词，从此像一座大山，沉重地压在了她的身上。还有让她无法逃避的是，凡是学习中涉及抗战那段历史的时候，她都免不了脸红和心跳，仿佛这所有的罪恶都和她有关。

班主任史老师曾多次安慰她。

直到有一天，这位慈爱的史老师因为历史问题离开了学校，她临走的时候才把她所知道的事情告诉刘晓兰。从史老师沉重的语气中，刘晓兰似乎感到了事情的严重性。史老师说：“晓兰，听说了吗？你父母的生前好友是东北人民政府的副主席高崇民，你能进那么好的保育院和这么好的小学，全靠高崇民为你确定的烈士遗孤这一身份，现在出现了高饶事件，他的处境也不太好，以后也许不能为你再做什么事儿了，但他是你的恩人，千万不要忘记。还有，他最了解你父母的情况，以后如果有机会，一定设法向他打听你父母的生平，不知自己的双亲可是人生一大憾事啊。”

“老师，我记住了。”刘晓兰把史老师当成自己的亲人，至少史老师可以保护她。现在史老师要走了，她有些害怕。

直到小学五年级的时候，刘晓兰才第一次知道自己还有个亲戚。快放寒假的前几天，老师把刘晓兰叫到校长办公室，一个自称是晓兰二叔的中年人出现在她的面前。

“哎呀晓兰，我是你二叔哟，是你爸爸的大弟刘维呀。啊，都长这么大了，越长越像你妈妈了。”正跟校长说话的二叔见晓兰进来，便笑眯眯地盯住了晓兰的脸。

“晓兰，这可真是好事，你有亲戚了，还有哥哥呢。”校长很替晓兰高兴。

“晓兰，咱们回家去，跟二叔一起坐火车回家去。”

二叔家在公主岭市，从哈尔滨坐火车五六个小时。在公主岭的火车站，二婶和四个堂兄妹迎接她，可是哥哥刘星却没来。

公主岭是吉林省的一座城市，因为清朝的一位公主死后葬在这里，便称“公主陵”。后来因为忌讳这个“陵”字，便将“陵”改为“岭”，所以便叫公主岭了。

二叔家是一处日伪时期留下来的日式建筑，因为二叔是农业专家，任吉林省农业科学研究所主任，所以家里条件还挺好的，很干净，也很富裕。二叔单位离家不远，他下班的时候，晓兰和几个孩子便都到门口去迎接二叔，二叔也总是笑吟吟地迎上来，把孩子们都搂到一起，还特别关心地问晓兰冷不冷，作业写完没有，边说边拿出刚买的糖葫芦。这个寒假晓兰过得非常快乐，这是她第一次在自己亲人家里过的寒假。

但是，整个寒假，二叔从来没有提起晓兰父母的事情。

快开学了，晓兰要回学校的时候，二叔高兴地说："明年春节还到二叔家过，再把你哥哥刘星也接过来。"

可以看到哥哥了，晓兰心里别提多高兴了，她天天都盼着快点放寒假，好到二叔家，就可以和哥哥见面了，这是她这世上唯一的最亲的亲人。

可是，几年过去了，晓兰再也没有见到二叔。直到上了中学，在一年级快放暑假的时候，晓兰突然收到二叔的来信，二叔在信中说："由于工作关系，不能去接你，自己回来吧，你哥哥也来。"随信还寄来了火车票钱。

就要见到哥哥了，晓兰高兴极了。

火车到了公主岭。一下车，晓兰就看到二叔的大儿子和一个英俊的青年站在检票口，青年快步走上前，拉住晓兰的手说："晓兰，我是刘星，是你哥哥。"

兄妹俩已经十一年没有见面了，从一岁的时候分开，这是第一次见面，哥哥已经是十七岁的英俊青年了。那些年，自从晓兰知道这世上还有一个叫刘星的哥哥之后，连做梦都想着要见这个世上的唯一亲人，喊他一声"哥哥"，可是现在哥哥就站在面前，她却羞于出口，不觉间眼泪流了出来。

二叔家的变化让晓兰吃惊，两年前的日本洋房，现在换成了小土房，又窄又暗。二叔也不再是研究所的主任，而是单位的清扫员了。

后来晓兰才知道，二叔这几年过得很不顺当，由于他去日本留过学，被人说成是日本间谍和卖国贼，两年前被定为右派，主任一职被撤，房子被换，工资被降。家里人谁也不知道，每天依然满面笑容的二叔，上班的时候不是在搞科研，而是在打扫厕所。

有一天，二叔终于对刘星和晓兰说出他们父母的真相。

那天，晓兰姐妹和邻居的女孩儿在院子里玩，因为一点小事邻居女孩儿翻脸了，朝着晓兰和堂妹大声骂起来：“右派，右派，日本鬼子！日本鬼子！”

没想到，哥哥刘星怒不可遏，冲上去就给了那个女孩儿一巴掌。这下闯祸了，女孩儿的妈妈知道后，疯一样地冲进二叔家，抓住刘星就劈头盖脸地打起来。正在厨房做饭的二婶赶紧赔礼道歉，说着小话，可那女人不依不饶。

无奈的二婶急忙返回厨房，把刚做好的红烧肉盛了一大碗送给她，这胖女人才住了手。那时二叔家的生活已很艰难，这顿红烧肉是二婶攒好久的副食票才做成的，本想晓兰兄妹就要开学了，让他们好好改善改善。可是，给了那胖女人一碗后，锅里就所剩无几了。吃饭的时候，二婶气得直骂那个胖女人，二叔连连摆手：“息事宁人，息事宁人。”

当天晚上，二叔把晓兰兄妹俩叫到里屋，从来也不提父母之事的二叔终于开口了。他沉着脸说：“你们两个好好听着。你们的妈妈确实是日本人。我去过日本也是事实。我小时候你们的爸爸常对我说，知识救国，受了他的影响，我是1934年去的日本。你们的爸爸比我先去的。在东京留学的时候，我们经常在一起，你们的父母相识恋爱的事我都知道，他们死的时候我也陪在他们的身旁。你们记着，你们的妈妈虽然是日本人，但她是来中国参加抗日的日本人，你们的爸爸也是个非常值得尊敬的人。相信我的话，你们应该为自己的父母感到骄傲。”

哥哥刘星央求二叔再讲详细一些，但处境不好的二叔还是出言谨慎，他不愿意讲得更多，只是说：“人都死了，过去的事知道也没啥用，你们现在作为烈士遗孤受到政府的优厚待遇，生活有保障，这就挺好，我也放心。有些事情也比较复杂，待长大后再详细告诉你们。平时用不着提及父母的事，努力学习就行了。但应该记住他们的名字，你们爸爸叫刘仁，又叫刘砥方，妈妈本名长谷川照子，后改名叫绿川英子，1947年因为手术失败去世，不久你们的爸爸也相继去世了，两人都葬在佳木斯。”

3 爸、妈，你们在哪里

爸爸和妈妈都葬在佳木斯，可是，这么多年过去了，他们的坟墓在哪里呢?

那年暑假是刘晓兰学生时代最后一次去二叔家了，回到学校不久，晓兰得知，被定为右派分子、日本间谍兼反动专家的二叔被赶出公主岭，到偏远地区劳动改造去了。不久，晓兰收到二婶的来信，说是因为背景不好，以后尽量不轻易寄信，以免受到牵连，有什么事就和本溪桥头老家的三叔刘维箴联系。

从此，好多年了，晓兰就和二叔失去了联系。直到1975年，晓兰才有了二叔的消息，待她去看望二叔的时候，发现当年她崇敬的二叔已经衰老了很多，人也有些呆滞，很少和人说话，总像在回忆什么，离开别人的帮助连站立都难，只有温和的笑容与从前一样。

望着二叔那满脸的皱纹，晓兰突然感到岁月在二叔内心留下的痛苦。二叔曾经承诺过，等他们长大一些，就把他们父母的事情告诉他们，现在，晓兰来看望二叔，原本也是打算好好向二叔了解自己父母的生平。可是看到二叔的身体状况，晓兰实在不忍心再烦他老人家。

按照二婶信中告诉的地址，晓兰与生活在本溪市桥头镇的三叔刘维箴取得了联系。这一年，晓兰被保送进了哈尔滨第三十二高中，并加入了共青团。

哥哥刘星也去了三叔家，和三年前看到的哥哥不一样了，哥哥又长高了，声音也变了。在田间的小路上，哥哥打出的口哨声，悠扬婉转。哥哥考上了北京大学原子物理系。那几天，哥哥有些出格的言论，让晓兰不免有些替他担心。哥哥更多地继承了父母亲的气质和秉性，总是忧国忧民，愿意思考，并直言不讳地说出自己的想法。

可是，无论你的出发点是什么，无论你的见地成熟与否，这在当时都是大逆不道的。可是哥哥并不在意，虽然他也意识到这样做会带来怎

样的后果。

不出所料，半年后，哥哥和几名北京大学的“特级反动学生”被押送到河北沙城，在那里度过多年的劳改生活。

三叔家是个热闹的大家庭，晓兰去的那年，三婶挺着大肚子，正怀着第九个孩子。三叔在镇里的油粮加工厂工作。提到晓兰的爸爸，他总是笑着说，“我可比不上你爸爸，不识几个大字。”实际上，晓兰看过三叔的毛笔字，写得可棒了。

晓兰的祖父一共有三个儿子，三叔是最小的一个，是祖父母的掌上明珠，何况两个哥哥都先后离开桥头，在外求学，甚至留学日本，家里不能没有一个儿子在身边承继祖业。所以，三叔从小就被“严格管制”，从未离开过本溪。而三叔也没有两位哥哥那样的野心，他很听话，老老实实地管理着刘家的产业和粮油加工厂，维持一家人的生计。中华人民共和国成立后，刘家的产业连加工厂全归国有，但因为三叔有经营管理以及技术经验，所以被继续留在了加工厂。

但是三叔毕竟也是生活在那样的时代，他的家庭出身，祖父的历史问题和两个哥哥的复杂背景，也给他带来了无尽的麻烦，写检讨受批判就不用说了，孩子们的升学就业当然也受其影响，生活很不安宁。

在父亲的老家，晓兰感到这里的一切都是那么亲切。她努力寻找着父亲留下的遗迹，每每看到一个让她惊喜的地方，心里就总是在想，这一定也是父亲当年来过的地方。三叔带他们来到刘家祖坟，看到那黑土隆起的坟包，她心里突然有一种踏实的感觉，她不再是漂泊的浮萍了，无论她出生在哪里，无论她生活在何处，她都有一个实实在在的祖先，有一个实实在在的家乡。

这时正是三年困难时期，很多人家吃饭成了问题，大街上也到处都可以看到盲流。但是相比之下，三叔家的日子还算过得去。因为他在粮油加工厂工作，用厂里分的一些大豆做豆腐、生豆芽、磨豆粉，还真解决了不少问题。三叔家里，还养了一口猪。返校的那天，三婶怕她路上饿，便烙了甜豆馅儿饼，让她带上。还一再嘱咐说：“现在路上不安宁，小心点，吃的东西要吃一点拿一点，别太惹人注意了。”

从桥头回哈尔滨需要在沈阳换车。到沈阳站的时候，晓兰才发现，这里很乱，从哈尔滨出来的时候还没有这样，才一个月的工夫，不知从哪里涌出来那么多的盲流。有的躺在车站横七竖八地睡着，有的坐在那里两眼直勾勾地看着你，有的衣衫褴褛找你讨吃的，有的来回乱窜让你不得不小心躲避，生怕惹恼了他们。

晓兰找到一个边角地方坐下来，才想起几个小时没吃东西了。她刚刚从背包里拿出甜饼要往嘴里送的时候，突然一个人影从眼前一闪，手里的甜饼就不见了。晓兰抬头一看，几步之外，一个头发蓬乱、衣衫褴褛的男人正在咬她的甜饼。晓兰气得站起身，指着那男人说："你怎么抢我的东西?"

那男人一时呆住了，不知所措。也许他看到眼前的竟是一个小女孩儿，而自己一个大男人抢一个小女孩儿的食物实在有些可耻，拿饼的手停在了嘴边，一时不知所措。

晓兰突然从内心涌出一丝的怜悯，后悔不该指责他，也许他真的快饿死了，不然他也不会这样。晓兰看到周围好几个盲流眼睁睁地盯着她的包，她有些慌了，她想赶紧逃走，可是又没有勇气，冲动之下，她干脆把包里所有吃的全拿出来，递给了那些饥肠辘辘的人。看着他们争抢的样子，晓兰又害怕又难过。

日本投降后，虽然在哈尔滨的日本人陆续被遣返回了日本，但还有一些日本妇女因各种原因留在了中国，没能回去。刘晓兰有一位同学，她家不远处就有一个小缝纫厂，在那儿工作的据说全是由于种种原因战后没能回国的日本妇女。同学知道刘晓兰是日本混血儿，就带她去看这些日本妇女，还撺掇刘晓兰去和她们交谈。刘晓兰却不肯，虽然她想要揭开自己的出身之谜，可是在同学面前，她总是表现出对日本漠不关心的样子。

但是，自从知道了这个地方之后，刘晓兰便总是身不由己地走到那里，站在窗外，偷看这些日本人的表情，听她们说着听不懂的日本话。虽然她们的穿戴和长相和中国人没有什么大的区别，但在刘晓兰心里，却把她们和妈妈连在了一起，仿佛妈妈就是坐在她们中间的一位，说着，笑着，只是她不认识而已。晓兰知道自己的妈妈早已去世，但是她却有一种冲动，想要走到她们中间去，和她们一起交谈。尽管晓兰知道这些日本遗留的妇女，对她的母亲绿川英子一无所知，但她还是希望能从她们那里，听到一些关于母亲的事。

晓兰对这些遗留妇女有了一丝的怜悯之心，她知道这些妇女有多么不幸，她们是战争的受害者。她们的亲人或是死去，或是伤残，而她们虽然活了下来，却被遗弃在异国他乡，背负着战争的罪恶和屈辱。相比之下，晓兰有些庆幸，自己和这些人比起来，毕竟还是幸运的，虽然母亲也是日本人，虽然自己是个孤儿，可是自己毕竟还是烈士的遗孤，还享受着政府的关照，儿时上的是最好的幼儿园，小学上的也是最好的小学，中学和高中都是国家保送，就连国家三年困难时期，政府也保证让自己吃上饱饭。虽然自己也曾受到过一些委屈，可是和这些遗留妇女比起来，自己真的是很幸运了。

这一年，刘晓兰考上了唐山铁道学院。本来她的第一志愿是报考哥哥所在的北京大学，第二志愿是如果考不上北京大学，那么就是离北京近一些的天津南开大学，如果再不行，那就到唐山铁道学院，至少可以坐火车不用花钱，那她就可以随时到北京看哥哥，到公主岭和桥头看二叔和三叔了。

然而，晓兰的大学时代正好赶上了那个动荡的年代，学校里无休止的大批判甚至武斗让晓兰感到了厌倦。她无事可做，于是便乘车来到了桥头老家。

这时正是1967年的12月底。她想，莫不如趁此时机北上佳木斯，看看能不能找到父母的墓地，反正现在乘车住宿都不花钱，对没有任何经济来源的刘晓兰来说，这是寻找父母墓地的最好时机。

其实，要寻找父母的墓地不是一件容易的事。父母去世已经二十年了，这些年国家发生了很大的变化。很多地方因为战后建设，一些无主的坟墓都已经被平掉了，即便父母的坟墓保留在烈士陵园，但是是否有明显的标记也不可知。

其实早在1952年的时候，身为东北人民政府副主席的高崇民一直惦记着老部下、老朋友刘仁与绿川英子。他曾去佳木斯为刘仁和绿川英子扫墓，当他看到简陋的坟墓后，曾让佳木斯市重新选址。但不久发生了高饶事件，东北不少干部受到牵连，修墓之事便不了了之。然而十年后，时任全国人大常委会委员、东北行政委员会副主席的高崇民率团到东北地区视察时，专程来到佳木斯祭扫刘仁和绿川英子夫妇的陵墓。可是，佳木斯民政部门的领导和管理烈士陵园的部门，谁也说不清刘仁与绿川英子的墓在哪里。尽管他们多方访查寻找，依然没有结果。

无奈，高崇民只好抱憾而归，并为此事写诗一首：

故人刘砥方，病逝在佳乡，
凭吊无觅处，我来心感伤。
爱人是日籍，名闻世界语，
夫妇皆先进，不幸死乱离。
敌我战斗间，窀穸未得安，
仅仅十五年，双冢变荒烟。
儿女曾幼小，空自泣杜鹃。
虽为烈士后，烈士无碑传。
死者长已矣，生者将何堪。

哀痛之情，可见一斑。

高崇民后来在他的《视察见闻》一书中，这样写道："在佳木斯，最使我遗憾的是遍访两位老友坟墓而不得。这两位老友即刘砥方和其爱人绿川英子（日本人），他们都是文化人，而绿川以写小说和研究世界语著名。"高崇民在"文化大革命"中受到迫害。1971年死在狱中，1979年平反昭雪，恢复名誉。据说，崇老临终前曾嘱咐家人有机会过问一下刘仁和绿川夫妇的坟墓之事。

一想到要去找父母的坟墓，刘晓兰心里就一阵慌乱。她不知道该到哪里去找。佳木斯那么大的地方，她一个女孩子怎么去找？找得到吗？找到了之后怎么办？这一切她都没有想好。但是，一心想见到父母的那种迫切心情，让她一刻也无法等下去。

东北的1月，冰天雪地，滴水成冰。刘晓兰踏上了寻墓之旅，陪伴她的是她的堂妹。她们从桥头出发，坐车到了沈阳，然后从沈阳坐车到哈尔滨。那时候，正是红卫兵"大串联"的时候，车站上满是人，打着红旗的，喊着口号的，摩拳擦掌的。火车一来，大家哄地一下就往车里挤。火车十分拥挤，在车上别说座位了，就是有一个立脚的地方已经谢天谢地了。她们一路上几乎都是站着的，夜里困了，就互相倚着闭一会儿眼睛。那时候的人，吃苦的能力超强，这些一站就是十几个小时，不

吃不喝不睡不上厕所的人，第二天下车，照样精精神神。

到佳木斯已经是第二天中午了，她们立刻前往佳木斯烈士陵园，刘晓兰猜想父母一定葬在那里。

佳木斯的气温是零下三十摄氏度左右，好在晓兰从小就生活在这里，对这里的寒冷早已习以为常。黑龙江冬天的雪很大，而且不像现在每次下完雪城市里立刻清扫干净，甚至没有留下雪的痕迹。那时候不是这样，下过雪后，整个城市的树上、地上、房顶上全是积雪，地面冻得硬邦邦的好像滑冰场。有些路面已经被孩子们滑出一条条长长的像镜子一样的冰面。

刘晓兰和妹妹一路询问打听，在郊外找到烈士陵园时已是下午三点。佳木斯的冬天白天很短，才三点多钟，天就开始暗下来了，空旷的墓地上空被乌云笼罩着，好像要下大雪，风呼啸着，发出怪异的叫声，让人毛骨悚然。

晓兰和妹妹有些害怕了，心里突突直跳。可是既然已经来了，就赶紧找吧。陵园里有数不清的被雪覆盖的小坟包，这些坟包白得发亮，远远看去，几乎没有什么区别。晓兰和妹妹小心翼翼地走进去，妹妹紧紧跟在姐姐的身边，她能听到妹妹紧张的喘息的声音。

晓兰挨个坟包仔细辨认着，有的上面插着木牌，有的前面立着石碑，还有的什么标记也没有。姓刘的好像不少，但是没看见父亲曾用过的“刘仁”、“刘砥方”的名字，也没有找到可以认定是母亲的“长谷川照子”或“绿川英子”名字的标牌。

一会儿工夫，天就完全暗下来了。寒风呼啸着卷起坟包上的雪打在晓兰的脸上，晓兰看着妹妹惊恐的眼睛，脑子里突然闪出可怕的念头，说不定这坟包里的鬼魂马上就要出现，伸手把她们扯住。想到这儿，晓兰顿时浑身发抖，牙根打战，急忙招呼妹妹，两个人没命地逃出了坟地。远远地，她们还听到了坟地里那凄厉的风声，像人的哭泣。

没有找到父母的墓地，晓兰不甘心就这样一无所获地回去。第二天，她央求妹妹，陪她再去一次烈士陵园，如果还是找不到，那就不遗憾了。

还好，今天她们碰上了烈士陵园的守墓人。她向这位守墓人介绍说，她们俩人昨天傍晚来到这里，但是没找到。守墓人瞧瞧眼前这两位单薄的小姑娘，似乎不相信她们能在已近黄昏的时候，闯进这阴冷瘆人的陵园。

好心的守墓人说："我还是带你们去看看烈士的名单吧。"他带着晓兰姐妹来到一个小屋子里，拿出一个本子，一个名字一个名字地查看。遗憾的是，还是没有找到哪怕是和父母接近的名字。

晓兰彻底失望了。她谢过守墓人，和妹妹又来到墓地前，但是谁都没有勇气再向里面多迈一步。晓兰想，父亲和母亲一定埋在这里，也许那些没有墓碑和标记的坟包中，说不定哪个就是父母的坟墓。离开前，她和妹妹向这些坟墓鞠了三个躬，因为找父母的坟墓，她和妹妹打扰了他们。

该回桥头了，走之前，她们姐妹俩来到烈士纪念碑前，把三叔给准备的香点燃，把纸钱烧上，算是祭拜了父母。虽然没有找到父母的坟墓，但至少是在父母牺牲的城市里，在离父母最近的距离里烧的纸、点的香。

父母去世二十年了，第一次有亲人来寻找他们，可是却不知道他们在哪里。想到这，晓兰流下了眼泪。

当天晚上，晓兰和堂妹便离开了佳木斯，离开了那座让人身心都冻僵了的北国冰城。

回到桥头后，晓兰大病一场，听三婶说，发高烧两三天都昏迷不醒。她感到从来没有的疲惫和衰弱。她知道，这是因为没能找到双亲的坟墓，内心有一种说不出的空虚，精力全部耗尽。

真是冥冥中的一种巧合，多年以后，刘晓兰在回忆母亲的时候，突然想到，在佳木斯祭拜父母的那天，正好是二十年前母亲去世的同一天——1月10日。

4　刘仁的家世

东北这地方，人们见面总喜欢相互打听"老家是哪儿的"，回答大都是"山东的"。"山东哪的?""登州府的。""莱州府的。""哎呀，老乡老乡。”

刘仁的祖籍就是山东登州府的。他的太爷为了让儿孙们记住刘家的家史，总是念叨着他闯关东那年，山东大旱了，人都快要饿死了，道光皇帝驾崩了，咸丰皇帝即位了，太平天国造反了，山东人闯关东了。

那一年，应该是1850年，也就是第一次鸦片战争刚刚过去的第八个年头，那位禁烟的林则徐也是这一年去世的。年景不好，祸事便多，老百姓活的就艰难。

为了活命，刘仁的太爷加入这闯关东的人群中，挑着两个年幼的孩子背井离乡，一路翻山越岭，风餐露宿，忍饥挨饿，两个孩子途中死了一个，活下来的那个就是刘仁的爷爷了。

其实，闯关东这些人，从离开家乡那天起，压根儿就不知道自己要到关东什么地方去。所以，从踏上关东土地的那一刻，就漫无目标地向前走啊，走啊。至于落脚何处，全看机缘了。这天，刘仁的太爷走到一个叫桥头的地方，饥渴难耐，有一大户人家，给了碗饭吃。恰好这家又刚刚空出一个长工的位置，于是刘家的祖辈就落脚桥头了。

桥头虽然也历史悠久，虽然古籍中也有很多记载，虽然明清时也留

● 桥头日本碉堡

下很多遗迹，但只要你打听，桥头人除了金、杨几个大姓外，大都是闯关东过来的。现在桥头还有一义冢，前竖一大石碑，名之曰“异乡碑”。那是在1917年由桥头异乡会出资修建的，快一百年了。那时候，闯关东的人并不是来到东北就进了天堂，有好多移民因为战乱、饥饿、贫穷、疾病而死在黑土地上，客死他乡，死后无法魂归故里。桥头能建此碑，可见移民死亡并非个案。

桥头，顾名思义，一定是在桥的一头了。不假，这地名就是这么来的。清朝初期，这里是清代功臣金、杨两姓的封地。这里景色优美，细河蜿蜒，因山上常有白云缭绕，故名白云寨。后来村寨繁荣，人口陡增，商贾频集，便在村外细河之上修了一座石桥。东北人直截了当，不像南方人喜欢咬文嚼字，于是白云寨便被叫成桥头了。这名字好，地理方位，一目了然。

然而，到了清朝末年，闭关锁国的中国人，本想自己的命运自己把握，结果事与愿违，反倒常常被外国人所左右，尤其中国的两个邻居，日本和俄罗斯。

这是一段让桥头的老百姓弄不懂的历史，其实何止桥头人，就是很多东北人也不明白。关里那地方的日本人是靠枪炮打进去的，而桥头的日本人，不知为什么就随随便便，理直气壮地涌了进来，而且来了就没想走，更没有人拦住他们问声为什么。

其实，要说清这段历史，还真的挺不容易。

这事得从头说起。

1894年，日本在甲午海战获胜后，便更加小觑中国，真是“人弱被鬼欺，马弱被人骑”，日本的野心越发地膨胀起来。它想独霸东北亚，可是俄罗斯在东北亚的势力也很强，要实现野心，就必须铲除俄罗斯这个对手。于是日本拿出惯用的流氓手段，在1904年那年，突袭了沙俄在大连旅顺口的海军基地。这下惹恼了俄国，它马上对日本宣战。而此时的大清王朝却慷慨大度，打吧，打吧，不仅宣布中立，还把辽河以东的广袤地域交给日俄，这块地批给你们做战场，爱怎么打就怎么打。

这场旷日持久的战争，其惨烈程度为世界战争史所罕见。在桥头地区就有一场恶战，双方各出动十余万兵力。那真是炮火连天，血流成河，伤亡巨大。最后日军占领了桥头，俄军溃败。战争结束后，日本还

在桥头建了一座“大日本第一忠魂碑”及日本神社，纪念那场战争中战死的日本军人。

如今，人们提起这场战争，差不多都要谴责清朝政府的腐败无能。是啊，堂堂大清，竟然让两个帝国主义，“一个大鼻子”，“一个小鼻子”，在我们的土地上进行一场血战。而清政府却若无其事地保持中立，真是滑天下之大稽。

其实，清政府也有苦衷。中日甲午战争之后，清朝失败，签下屈辱的《马关条约》，日本占领了朝鲜和辽东半岛。这引起沙俄的不满，它不愿意日本独霸东北。于是联合法、德两国，逼日本把辽东半岛还给中国，这就是历史上有名的“三国干涉还辽”事件。从此，日俄结怨。

后来，义和团运动爆发，八国联军进入北京，而俄国又趁机进入东北，且赖着不走。沙皇俄国以“还辽有功”为借口，攫取了在中国东北修筑中东铁路及其支线等特权。后来，又强行向中国政府租借旅顺和大连。清政府说又说不通，赶又赶不走，打又打不过，只能利用日本和俄国的宿怨，让他们之间打，坐山观虎斗，这样就可以把俄国佬赶出去。所以，日俄战争期间，清政府还偷偷地帮助日本人。谁知赶走一只熊，来了一群狼。日本战胜后，也和俄国一样，赖着不走，而且野心越来越大，不仅占有中国大片领土，还修铁路，掠矿山，搞移民，一心想把东北变成他们的殖民地，这是后话。

还说那场日俄战争，为了尽早取得胜利，日本在没有得到清政府同意的情况下，以运输作战物资为借口，擅自铺设了从安东（丹东）至奉天（沈阳）的铁路。后来经过美国调停，这场历经二十个月，打得精疲力尽的日俄两国坐下来，签订了一个《朴次茅斯和约》，其中第六条规定：俄国政府把长春以南，至旅顺口的铁路及一切支线，以及铁道内所附的一切权力财产等，都转让给日本政府。也就是说，没问中国同意不同意，就把东北一分为二，北面归俄罗斯，南面归日本，于是就有了北满和南满之说。

这条日本人修的安奉铁路，由南向北，从桥头通过。

桥头有一座长长的隧道，两面的洞口上，分别有两个日本人的题字，一个叫桂太郎的侯爵，题了“其乐融融”四个汉字，一个叫寺内正毅的子爵，题了“其乐泄泄”四个汉字，后面都署了他们的名字。这两

● 保留下来的桥头日本铁路员工宿舍

● 现已废弃的铁路隧道，上刻“其乐融融”

个成语典出《左传》中的《郑伯克段于鄢》，说的是郑庄公杀了弟弟公叔段后，与母不和，发誓不到黄泉绝不相见，后来悔悟，为不食言，便挖一隧道，在隧道中母子相见。相见时，庄公赋诗曰："大隧之中，其乐也融融。"母答曰："大隧之外，其乐也泄泄。"于是母子高高兴兴，和好如初。

这个桂太郎何许人也？在日本统治台湾的时候，他曾任第二任总督，并三度出任日本内阁总理大臣。是日本有史以来，任职时间最长的首相。那位寺内正毅何许人也？他担任过日本陆军元帅、朝鲜总督和日本首相。

虽然日本人的中文修养令人赞叹，可是，被欺压的中国人，怎么能和这些强盗一起其乐融融，其乐泄泄呢？这两幅题字，至今还镌刻在那座废弃的隧道上面。

由于铁路的修建，原本繁荣的桥头更加热闹起来。日本人一窝蜂地涌进来，日本宪兵来了、守备队来了，还有商人、有铁路员工、有家属，还有朝鲜人。他们修建军营、碉堡、官邸、学校、医院、洋行、自来水塔、邮局、铁路员工宿舍，甚至还有妓院。

原本就繁华的桥头，由于日本人的到来，更加热闹起来，人口陡增不说，日本人朝鲜人满街都是，穿和服的日本女人，酒馆里的日本浪人，大街上的日本宪兵，铁道上的日本警备队，日本话、朝鲜话，以及到处涂抹的"仁丹"广告，一时让桥头人蒙头转向，世道真的变了。

不过，桥头那两家日本洋行倒是很让桥头人喜欢，洋行里的商品全是从日本运来的。从烟酒糖茶到日用百货，应有尽有，不但样式新，而且质量好。像洋镐、洋锹、洋火、洋钉这些东西，甚至便所，许多桥头的老年人，现在还这样叫，改不了口。而且有些老住户的家里，至今还保留着当年在日本洋行买的玩具，喷上大漆的木器什么的。洋行的日本人也很会做生意，不但对日本人，就是对中国人也是客客气气的。

而这一时期，除了日本的洋行，中国人的买卖也十分兴隆，有磨坊，有米店，有药铺，有砚台铺，有饭馆，像天佑东、宝星楼、德元堂、福兴东等店铺远近闻名。还有，在细河沿上，有十几家香磨坊，以水为动力，以榆树皮、柞树皮和柏树皮做原料，经过石磨的研磨，制成老百姓上坟祭奠、寺庙拜佛用的香。其中也有日本人开办的香磨坊。

相比之下，桥头日本人的生活还是很优裕的，房子宽敞卫生，门前种花种草，穿戴整洁，上学的孩子都有制服。而且日本人还挺注重文化活动的，桥头的日本小学有一个大礼堂，学校的师生和一些日本社团不时还搞些文艺活动，经常放映一些日本电影。来看的都是日本军人、铁路员工和他们的家属，但是桥头人来看也是可以的。有时人多了礼堂装不下，就把荧幕移到火车站的广场上，这样十里八村的桥头人就都来看了，一到放电影的时候，人山人海，像过节似的。

不过，桥头人也有自己的娱乐，他们组织了秧歌队，镇上的几家大买卖像天佑东、宝星楼等都出资赞助，组成了一个百十来人的秧歌队，这个队擅长舞狮；还有河东戴家堡子秧歌队，这个队擅长跑旱船；还有兴隆村秧歌队，这个队擅长耍龙。

每年的大年初一，吃完饺子，你就能听到外面的锣鼓声，孩子们早就待不住了，撂下筷子就往外跑。秧歌队远远地过来了，敲锣打鼓的，吹着喇叭的，有扮唐僧的，扮孙悟空的，扮猪八戒的，扮沙和尚的，扮妖魔鬼怪的，扮小媳妇的。孩子们最爱看的是那个扮傻柱子的。他们从前街扭到后街，再扭到洋街。日本人也跑出来看，日本的孩子也和中国的孩子一样跟着跑。

但是，到九一八事变后，特别是成立了伪满洲国，桥头的形势便渐渐紧张起来，日本人对中国人也不像以前那么客气了，桥头一带的日本人不断增加，驻军也多了起来。铁路沿线的警戒也严格起来，桥头的老百姓轻易不敢在铁道边行走。日本人还在桥头修了飞机场，有几架教练机，主要是训练日本的飞行员，偶尔也有几架战斗机停在这里。

桥头人本来对这个外来的日本人就没什么好感，这下就更讨厌他们了，在桥头人的眼里，小鼻子和大鼻子都是一路货色，没一个好东西，尽管小日本一再宣称“东亚共荣”、“日满协和”、“王道乐土”，但桥头人巴不得这些小日本早点滚蛋。

还说刘家。

刘仁的祖父不但是种地的好手，更识得几味中草药，会几个偏方，于是挂起了“德元堂”的字号，因医德好，十里八村渐渐有了名气，日子慢慢地好了起来。到五十岁的时候，终于娶上媳妇，婚后生有一子，取名刘振邦，字汉臣。

刘振邦是独生子，读过私塾，在日本人家里做过“小孩儿”（伙计），学会了日本话。十七岁那年，桥头成立邮局，因懂日语，便被选中。局长叫李笃山，很喜欢刘振邦。后来李笃山调到沈阳，就推荐刘振邦做了局长，手下有四名邮差。

刘振邦出任“公职”后，在桥头成了头面人物。刘仁的爷爷去世后，刘振邦便子承父业，不仅“德元堂”药铺的生意兴隆起来，还经营了商店，又办了一个油粮加工厂。因是桥头买卖大户，又诚信经营，被推举为桥头商会会长。刘振邦性格豪爽，为人和善，常常赈济贫困百姓，当地人还为他送去了“急公好义”的金字牌匾。

刘振邦有三个儿子，老大刘维藩，老二刘维坤，老三刘维箴。后来因为外出求学和参加革命，怕给家里添麻烦，老大和老二都先后改了名字，老大刘维藩改名刘砥方、刘仁；老二刘维坤改名刘维；只有老三刘维箴，一辈子没出过桥头，所以父亲取的名字用了一辈子，从未改过。

九一八事变后，日本人在桥头虽然可以呼风唤雨，为所欲为，可为了装装门面，这镇长还得由中国人来当。他们看中了刘仁的父亲刘振邦，逼他当了镇长，又派了一个日本人来当副镇长，而大权却掌握在日本人手里。刘振邦因为从小就在日本人家里做事，也善于和日本人打交道。所以，在他当镇长的那些年，尽可能与日本宪兵和那位叫植村的副镇长周旋，竭力替中国老百姓说话，有时还和植村顶撞，这让日本人很不高兴。

表面看，刘振邦是在给日本人做事，其实，他骨子里却是一个爱国志士，就像他的名字一样，汉臣汉臣，汉家臣子。他仇恨日本人对中国的占领和掠夺，表面和日本人周旋，暗地里却支持抗联，秘密从事抗日活动，家里常有抗联官兵往来。刘仁的三弟刘维箴当时有十三四岁了，他清楚地记得抗日英雄苗可秀等人，常来他家。有一次还在他家住过一宿，刘维箴还见过他两次。那时苗可秀身穿便衣，带手枪，中等个儿，不胖，看上去三十多岁，精神头十足。

刘振邦的行为，不能不引起日本特务的注意。其实，刘振邦因为支持抗联，家中常有抗联官兵往来，加之两个儿子在外常年不归，有抗日嫌疑，所以早被汉奸于泽普盯上了。于泽普是桥头警察署署长，人品不好，欺压老百姓，投靠日本人，刘振邦压根儿就瞧不起他，而于泽普也在暗中搜集刘振邦反满抗日的言行和儿子的去向。

一次，抗联的两个干部夜宿刘家，一个叫常伯英，一个叫关管羽。结果被于泽普发现。日本宪兵队迅速包围了刘家。虽然两位抗联干部早已闻声遁去，可是刘仁的父亲刘振邦却被抓走。

刘维箴清楚地记得，1938年4月23日，一帮人闯进刘家，突如其来地抓走了父亲，押上九点那趟火车。后来经多方打听才知道，抓走父亲的是奉天省警务厅搜查班的人。他们把父亲押到赛马集。在此之前，他们已抓了四五十人了。

父亲刘振邦被捕后，每次都是搜查班的头子井上亲自拷问，拷打中还一再问及去日本的两个儿子的下落。刘振邦不愧是个汉子，受尽酷刑，宁死不屈。1938年4月25日，日本人将刘振邦装进麻袋，塞上木板，板上钉上铁钉，拧上了铁丝，从山坡上直摔到山坡下，刘振邦被活活摔死，死时还不到五十岁。

一年之后，刘振邦的尸骨被家人偷偷运回桥头，葬在了刘家坟地里。遗憾的是，因为刘振邦给日本人做过事，日本投降后被定为汉奸，直到四十多年后，本溪市人民政府才为他平了反，正了名，正式授予烈士称号，这是后话。

再说刘仁。

刘仁生于1909年。刘振邦第一个孩子便是个儿子，白白胖胖，自然喜不自胜。自己是桥头镇上有头有脸的人物，自然要好好培养这个儿子，让他将来有大出息，读书做官，光宗耀祖。

而刘仁也的确不负父望，他聪明伶俐，勤奋好学。刚满七岁，父亲就把他送进私塾，私塾杨老先生是个很有学问的人，他很喜欢刘仁，因为他教的东西，刘仁很快就能背下来。刘仁的父亲思想并不守旧，他很喜欢新式学校，所以第二年，便将刘仁转入桥头镇商立国民小学。在学校里，刘仁的学习成绩自然是名列前茅了。

长到十三岁那年，父亲刘振邦就给儿子物色媳妇了。在今天，一个十三岁的男孩儿无论如何也是一个孩子。但是，在那时候，大媳妇、小丈夫的婚姻却屡见不鲜，尤其大户人家。刘仁的父亲一心要自己的儿子早点成家，这样，他就可以早一点抱上孙子了。

所以，凭着父母之命，媒妁之言，刘振邦给长子刘仁娶了一位贤淑

善良的媳妇。

媳妇名叫杨春晖，比刘仁大六岁，1903年生人。老杨家也是当地一大户人家，虽然家道有些衰败，但日子还算过得去。杨春晖读过两年私塾，这在当地算是文化人了，大家闺秀，人也俊俏，媒人一提，刘振邦十分满意。

父亲满意，儿子不高兴了。那天上学，一进教室，同学们冲着刘仁就喊起来：“呜哩哇，锵锵，娶个媳妇好尿炕。”刘仁一下子羞得满脸通红，指着领头的表哥刘范五喊道：“不准胡说，谁娶媳妇了！”说着就去抓刘范五，正好老师进来：“闹什么，怎么回事？”刘范五笑着对老师说：“维藩就要娶媳妇了，还不让说。”老师也笑了：“别胡说了，哪有这么小就娶媳妇的。”

1922年4月24日，一大早，母亲就把刘仁催促起来，让他换上新衣服，稀里糊涂地随着吹吹打打的人群，来到杨家迎娶新娘。刘仁虽然知道自己娶媳妇了，但不知道结婚意味着什么，只是怕小伙伴们嘲笑他，说他有媳妇了。一路上，头也不敢抬，满脑子只有那句儿歌“呜哩哇，锵锵，娶个媳妇好尿炕”。热热闹闹的一天怎么过去的，刘仁一点都不知道。到了晚上，他说啥也不肯进屋，母亲过来好声说也不行，气得父亲过来举起拳头，刘仁这才无奈地进到屋里。

新娘杨春晖倒挺大方，过来拉刘仁，吓得刘仁哇哇直叫：“别碰我，别碰我！”

杨春晖倒也不生气，她拿来凳子，像个大姐姐，让刘仁坐下，然后端来洗脚水便给刘仁洗起脚来。热乎乎的水和软软的手，让刘仁的脚感觉很舒服，便不再动了，任凭杨春晖给他洗。洗完，杨春晖又给他剪了脚指甲。一边剪一边说：“你的指甲也真够长的，好久没剪了吧？”刘仁“嗯”了一声。

这一晚，刘仁说什么也不肯上炕睡觉。第二天早上醒来时，却发现自己已在炕上。杨春晖笑着说：“看你坐在板凳上睡着了，我就把你抱上炕，你睡得真死，一点都不知道。”

婚后杨春晖孝敬公婆，勤勉贤惠，颇受刘家人喜爱。

那时候，桥头有洋街，日本人住，有中国街，中国人住。但是日本人的孩子和中国人的孩子倒也常常在一起玩，也常常打架。刘仁最恨日本孩子欺负中国孩子，他个子高，体格壮，每每碰上日本孩子欺负人，他总是打抱不平。有一次，几个日本孩子仗着自己人多，正拦住几个中国孩子，把其中的一个按倒在地，用脚踢他。这时刘仁放学，和表哥刘范五路过，见状，立刻冲了过去。日本孩子扭头便跑，一边跑一边喊“支那猪！支那猪！”

刘仁气坏了，拔腿便追，一直追到日本守备队的门口，刘仁不管三七二十一，抓住那几个日本孩子，就是一顿拳脚。日本孩子向守备队的士兵求救，可那几个日本士兵却理都不理，还在那里看热闹。日本孩子只好讨饶。刘仁揪住那个日本小子的头发：“说，日本猪，日本猪。”那几个日本孩子无奈，只好说：“日本猪，日本猪。”刘仁这才住手，拉着表哥刘范五，笑着走了。

那些日本兵为什么不来帮助日本孩子？如果你以为日本兵宽容，那就错了。这是日本人的习惯，他们就是让孩子自己的问题自己解决。这种教育方式下成长起来的孩子，其实是挺可怕的。

刘仁的老师是一位爱国青年，日本对中国的占领，让他非常愤恨。他常带着刘仁这些学生到桥头北山，指着远处的一座水泥炮台，告诉孩子们，那座炮台是日本人和俄国人打仗时修造的，因为中国太穷太弱，所以两个强盗才敢在我们的家里打架。

一次，一列日本人押运的火车，吐着黑烟，满载着木材、煤炭、粮食，从山下经过，老师见了，喟然长叹，手指着火车问道：

“同学们，知道这是哪国的火车吗？”

“知道，是日本人的！”同学们七嘴八舌地嚷着。

老师又问：“日本人的火车，怎么跑在咱中国的土地上来啦？”

十三岁的刘仁大声地对老师说：“这是我们中国人的耻辱！”

老师说：“刘仁同学说得对，这是我们中国人的耻辱。日本人侵略我们中国，杀害我们的同胞，还把我们的好东西一车一车拉到他们日本去，我们能就这样忍气吞声吗？”

孩子们齐声说：“不能！”

接着，老师带着他们来到山下的火车隧道口，指着上面的几个字问道：“同学们，认识这几个字吗？”

同学们念道：“其乐融融。”

老师说："对，隧道另一面的是'其乐泄泄'。这些字都是日本人写的。'融融'和'泄泄'都是高兴和快乐的意思。他们侵略中国，把我们的好东西都从这条铁路运走了，他们当然高兴快乐了。不过我们现在还拿他没有办法，为什么？就是因为我们现在太贫穷太落后了，你们要好好读书，要让中国强大起来，那样就没有人敢进到我们家里来欺负我们了。"

刘仁望着老师，使劲点点头。

5 在东北大学

刘仁不喜欢他的家，更不喜欢父亲给他娶的那个媳妇，只要一回家，便浑身不自在，他想逃离这个家。渐渐地，刘仁知道了，要想离开这个家，唯一的办法就是读书。

娶妻后的刘仁，在父亲的眼里，真是越发地懂事了，不但听话，而且读书也更加勤奋了。看到儿子的变化，父亲很得意，因为他做对了。古往今来，凡大户人家都希望儿子能够读书，将来出人头地。虽说民国了，不再考举、考进士了，可官场上的那些人，哪个不是读书人。要想光宗耀祖，就得读书。

于是，刘仁高小毕业后，考上了营口水产学校，开始了离家求学的生活。可是渐渐长大的刘仁并不喜欢这个专业，他觉得学习水产，和他的理想相距太远，他认为自己不是做实业的料，这时的他，更关心政治上的事，国家的事。此外，他很喜欢中国的古典文学，每到假期回家，他还常常到那位私塾杨老先生家求教。

接下来，在1928年，刘仁考进了东北大学。

1928年是一个非常之年，且不说中国，单就东北，就发生了一件惊天动地的大事件。"东北王"张作霖被日本人炸死在皇姑屯，这一事件让全世界为之震惊。接着张作霖的长子张学良临危受命，主政东北。此时，在东北民众中，国家统一舆论高涨，反日情绪与日俱增，五色旗换成青天白日指日可待。

英俊潇洒的张学良少帅，一时间成为青年学子的偶像。

张学良亲任东北大学校长。他明确地提出了“研究高深学术，培养专门人才，应社会之需要，谋文化之发展”的办学宗旨，还重金聘请全国名流学者，如章士钊、罗文干、萧公权、黄侃、曾运乾、曾广源、冯荀、梁思成、刘如松、孙国封等人到东北大学任教。一时间，东北大学贤达荟萃、英才云集。

在张学良的主持下，东北大学发展迅速，学校教授三百，学生三千，可谓盛极一时，成为20世纪30年代中国的一所著名大学。而且学校里思想活跃，各种思潮纷至沓来，各种学会如雨后春笋。

当时的东北大学实行预科制，考上的学生必须先读两年预科，然后成绩合格者才能转为本科。刘仁先在预科学习两年，成绩优秀，于1930年转入本科，进了东北大学文法学院政治系第四班，校址就在现在的辽宁省政府大院，与吴一凡、陈彦之、杨志信等是要好的同学，平时过从甚密，志趣相投，几个人也都是校园中十分活跃的进步学生，常在一起议论时政，各抒襟怀，甚至慷慨激昂。

刘仁善谈，每每议论起国家大事，他总是滔滔不绝，不断地提出问题。他说：“辛亥革命虽然推翻了几千年的封建王朝，可是获得政权的人，还不是以别的形式继续着封建统治吗?”“军阀混战无休无止，百姓生活困苦不堪。这样的政治环境什么时候才能改变?”“清朝屈辱条约失去的领土何时才能收回?”“日本的野心越来越大，越来越明显，可是当政者却熟视无睹!”他和几个同学说，将来有机会，一定到日本留学，看看他们是怎么发展的，怎么强大的，要找到富国强兵的良策。

20世纪30年代的大学生，和我们今天的大学生截然不同：一是当时大学尚属凤毛麟角，非精英不能入内；二是国家内忧外患，使得这些青年学子多有家国情怀。

这时的刘仁，已经长成一米八〇的大个子，身材魁梧，英俊潇洒，十分健谈。而且他爱运动，打球赛跑，游泳滑冰，样样都行。由于张学良在东大倡导体育运动，这对刘仁来说，无疑如鱼得水。

刘仁之所以选学政治，就是要寻求救国救民的良策。但是现实却让他大失所望，军阀连年混战，民不聊生，特别是东北易帜后，蒋介石一统天下，学生们的爱国热情更加受到压制，这使得那些富有爱国正义感的大学生们对国民党，甚至对张学良也十分不满。

一天，刘仁发现一本油印刊物，名字叫“冰花”，里面宣传的都是进步的革命思想，其思想之激进，问题之尖锐，言辞之激烈，让刘仁感到震惊。原来这是东北大学附中学生郭维城、李正文等人创办的，主编是郭维城。当时的郭维城虽然还是一个中学生，但他受到进步书籍和革命思想的影响，十六岁时就曾面见张学良，慷慨陈词，讲述同学们对日本人的愤懑，建议校方采取措施，制止日本人的野蛮行为。张学良认真地倾听了这位英俊少年的意见，鼓励他努力学习，将来成为对国家有用的人。后来郭维城也考入东北大学政治系，比刘仁晚两届。毕业后加入东北军，任张学良机要秘书，很受张学良倚重。

其实，刘仁哪里知道，这本刊物刚刚出版，就被当时的满洲省委负责人刘少奇看到，他非常重视，立刻派杨易辰去和郭维城取得联系，组织他们参加“读书会”，学习马列主义，并在刊物编辑出版中给予具体的帮助和指导。这本杂志每期印五千多份，由沈阳绿野书店发行。到1930年4月，这本《冰花》杂志被查封，共出版十四期。

刘仁拿到这份杂志，忍不住感慨道：“一个中学生尚且如此忧国忧民，我等大学生岂能袖手旁观。”

1931年春，国民党决定召开国民会议，国民会议代表的选举在辽宁备受关注。而张学良不顾民望，找来东大秘书长宁恩承，秘书长是代理校长管理学校的。张学良递给宁恩承一个名单，说：“你转告东大的先生和学生们，按照单子上所列人名，选出国民会议代表即可。”

校长发话，秘书长必须落实。可是，宁恩承知道，这事有一定的难度，并非那么简单。但是校长之令，容不得反对，只能照办。为稳妥起见，宁恩承先召集学校各班的班长讲了校长的意见，然后让各班长再回去向同学传达，以免选举那天出现纰漏。

没想到，班长们回去一传达，学生们就愤怒起来。刘仁在同学中鼓动道：“这是民主选举吗？简直是挂羊头卖狗肉。”他对身边的几位同学说，“他定他的，我选我的，看他如何？”

当时的《盛京时报》对这事有一篇报道，报道说：“选举前一时由秘书长宁恩承召集各级级长训话，大意谓此中选举之方略，并规定王卓然、赵雨时、王化一三人为候选人。级长将此意代达各级后，群众哗然，以为以大学生初次从事公民权一部之选举权，选举一位较为纯正一些之喉舌，又受意志上之压迫，制度上之包办，是可忍孰不可忍，苟有一点忠诚，亦断不能合污同流。”

选举当日，宁恩承再次向学生们进行了一番训示，强调了要按照上面的意思进行投票，没想到，这番训话，如火上浇油，激怒了学生。其实，东北大学的同学们对这几位候选人印象不错，并无意见。特别是对王卓然，因为他是东大教育学院院长，又是很受学生爱戴的名教授，同学们并不反对他做候选人。引起同学愤怒的是，这种内定的做法是对大学生的侮辱，把大学生们当作御用抄写工，只能按主子的意思行事。

所以，你让我选，我偏不选，你不让我行使权利，我偏要行使权利。学生们非要按自己的想法投票不可。

投票过后，校方要把票箱抬走，刘仁挺身而出，拦住那些人，说：“票箱不能抬，必须当众开箱唱票，否则你们就是心中有鬼。”学生们也都和刘仁一起围住票箱，校方无奈，只得作罢。

于是刘仁和同学们按系科分队，轮流值班，看守礼堂的票箱。这一“护箱”运动，整整进行了三天三夜，闹得整个沈阳满城风雨，说是东大学生造反了，也有人主张派兵镇压。

张学良还算沉得住气，他力排众议，反对派兵扩大事态。他亲自来到东北大学，苦口婆心地对学生们说：“东北大学是在非常困难的情况下办起来的，我在路上一看见戴着东北大学校徽的学生心里就非常高兴，但你们要体谅我的困难，不要闹事。我过几天就要去南京开会了，你们不要让我在南京坐不住。”

接下来，他又换了一种口气说：“我这个东北大学的校长，不是运动来的，是你们把我请来的。我今天也有权，你们闹吧，你们要再闹啊，我说我有两个手段：一个是我把东北大学解散关门，我告诉你们个明白，你们随便，你们自己决定；第二啊，我告诉你们，你们再闹，我可派军队来呀，军队把你们包围了，我要使用武装力量。你们自个儿决定。”张学良还威胁道，“说好，我是你们领导。说不好，你们摊上我这个领导就算倒霉了。”

张学良态度强硬，学生们因为没有领袖，只能就范。于是重新投票。张学良的目的实现了，他钦定的几位候选人顺利当选。可是，学生们心里不服，学校人心涣散，教授怠课，学生怠学，他们不敢和张学良对抗，却把气都撒到了秘书长宁恩承身上。只要他召集讲话，学生嘘声一片，甚至跺脚鼓倒掌，不待讲完，就一哄而散。

到4月26日，是东北大学成立八周年纪念日，本来学校定于当日举行盛大纪念活动，但是，那天开会，参加者寥寥无几。宁恩承很是尴尬，不愿再做这个秘书长了。他说："张学良以为这种选举只是形式，做个样子就算了，没考虑到学生们是认真的，教授们教给他们的是真理、正义，选举就是选举，要凭良心正义投票。"于是心生退意。

正在北京的张学良见学校的罢课事件并未真正平息，便请老朋友南开大学校长张伯苓前来协助处理。张伯苓是著名教育家，也是宁恩承的恩师。张伯苓不愧是老教育家，他给宁恩承出个主意，让学校提前放春假，组织学生到千山旅游，不愿去的，也可以回家。只要学生一放假，各奔东西，就再也闹不起来了。

这场选举风波就这样平息了下来。

刘仁对学校大失所望，他对吴一凡、陈彦之几位好友说："我算看明白了，这些人不是中国的希望，这样的学也没有必要再念下去了。"于是他毅然放弃学业，告别东北大学校园，只身前往他所向往的北平去了。

6 到北平去

火车一出山海关，刘仁便长长地出了一口气，他有了一种自由了的感觉，仿佛前途一片光明，虽然不知道北平用什么方式迎接他，但这没关系，他是去寻找真理，是去朝圣的。

这是他第一次走出东北。火车咣咣的声音，让他兴奋。

20世纪30年代初的北平，虽然距五四运动已经过去十年有余，虽然国民党建都南京，北平已不再是中国的政治中心，但它依然是中国的文化中心、思想中心、学术中心。那里曾经有过让刘仁向往的革命家、思想家、文学家和社会名流，如李大钊、陈独秀、胡适等，这些人如一颗颗巨星，照亮了中国，也照亮了刘仁那些东大学生的心。

刘仁向往北平，因为北平是中国学生运动的发祥地，尤其五四运动中，爱国的学生们火烧赵家楼、痛打章宗祥，真是痛快至极。刘仁觉得，学生运动，就该这样痛快才行。

可是，来到北平后的刘仁，发现北平并不是他想象中的北平，这里除了城市比沈阳大些，人比沈阳多些，其他并没有什么不同。国民党对思想的钳制，对言论的限制，对学生的压制，比东北有过之而无不及。

刚到北平的刘仁，人生地不熟，生活无着落，吃和住都成了问题。这时，他想到了从东大转到燕京大学就读的杨志信，于是就经常借住他那里。杨志信听刘仁介绍了东大的选举风波，劝刘仁说："小胳膊拧不过大腿，人家有枪，我们有什么，只有一支笔。"刘仁说："我认为就是大家心不齐，如果谁都不妥协，看他张将军怎么下台?"杨志信说："别天真了，你不给他面子，他也不会给你面子，他的枪可不是吃素的。"

时局瞬息万变。

就在刘仁来到北平不到一个月的时间，东北就发生了惊天动地的大事件，日本军阀在沈阳发动了九一八事变，关东军长驱直入，张学良率领几十万东北子弟兵不放一枪，不战而退。日本人占领沈阳，很快又占领了四平、营口、凤凰城、安东等南满铁路、安奉铁路沿线18座城镇，东北危在旦夕。

一时间，全国人民无比愤怒和震骇，都把矛头指向张学良，骂他家仇国恨不报，只知道吃喝玩乐，犬马声色。说他是不抵抗将军、花花公子、卖国贼。

刘仁心头乌云笼罩，他不能不为东北的命运担忧，不能不为家乡父老担忧。

这天，刘仁回到燕京大学的学生宿舍，杨志信便笑着拿出一份报纸给他看，原来是一位叫马君武的人写了《哀沈阳》诗二首，刘仁不知道这位马君武是谁，杨志信告诉他说："马君武可是民国名人哪，他是国民党元老，还当过北洋政府的教育总长呢。"

刘仁见这两首诗写道：

其一

赵四风流朱五狂，翩翩胡蝶最当行。

温柔乡是英雄冢，哪管东师入沈阳。

其二

告急军书夜半来，开场弦管又相催。

沈阳已陷休回顾，更抱阿娇舞几回。

刘仁读完，叹了口气说：“没想到，我们的张校长竟然是这般人啊。”

杨志信说：“是啊，这诗虽然没有点张将军的名字，但谁都知道，此诗指的就是张学良。”

马君武的这两首诗最早在上海《时事新报》发表，发表后，各报广为转载。人们看了这首诗，都骂张学良是“风流将军”、“不抵抗将军”。

刘仁感慨道：“这位马先生可真有胆量，若让张将军逮到，非枪毙了他不可。”

杨志信想起刘仁给他讲的那场东大选举风波，气愤地说：“对我们这些手无寸铁的学生威风凛凛，对日本人却像老鼠见了猫。”

尽管东大的那场选举风波引起刘仁等同学对张学良的不满，但英俊威武的少帅依然是刘仁心中的偶像。可是读了这诗之后，这座偶像彻底坍塌了。刘仁对杨志信悲愤地说：“张将军不救国，我们不能坐视。”杨志信说：“可我们有什么办法呢?”

刘仁告诉他，从东北流亡出来的一大批人，有东大的教授，有社会的名流，成立了一个组织，叫“东北民众抗日救国会”，他已经参加了这个救国会，在北平开展抗日救国宣传。

原来，九一八事变后，高崇民、阎宝航、陈先舟、车向忱、王卓然等一大批东北知识分子，从沈阳流亡到了北平。高崇民是东北名士，刘仁对其仰慕已久。高崇民在多年前就撰写过《告东北同胞书》，反对日本续租旅大，此后一直进行抗日宣传。九一八事变前被张学良聘为秘书。事变后，他曾当面质问张学良为什么不抵抗，并一气之下，辞去秘书之职。

1931年9月27日，“东北民众抗日救国协会”正式成立，入会者达四百多人。高崇民在成立大会上慷慨激昂，他说："日本占领沈阳，进而就要占领辽宁，甚至整个东北。国民政府坐视不管，张将军唯命是从，东北大好河山拱手相让。现在，不能仅仅指望中央政府和张学良出兵抗日，东北是我们的家，我们的父老乡亲在那里呀！我们必须发动和依靠民众，联合各个抗日团体，组成一个统一的抗日团体，众人拾柴火焰高，团结就是力量。当前，摆在东北民众抗日救国会面前的紧急任务，就是立即开展抗日宣传和组织人民的抗日斗争，以唤起全国人民共同抗日。我们的口号是'打回老家，收复失地'！"

高崇民交给刘仁的任务，就是参与宣传和鼓动。他们在北平深入到群众中去进行集会演讲，张贴标语，散发传单，到处奔走呼号，以唤醒同胞。

这些标语传单的主要内容是："九一八事变成为中华民族有史以来之奇耻大辱"；"我中华民族绝不能忍辱以亡，含垢以终，誓必以全力与之搏斗，与之火拼，不获最后胜利不休也"；"我四万万同胞，应团结，应努力，以发挥此奋斗精神，以抗御此野蛮强寇！""能奋斗则主、则荣、则生，不能奋斗则奴、则辱、则死。"

救国会还出版了《救国旬刊》《复巢》小报和《东北通讯》。这些刊物和报纸以大量篇幅揭露日本侵略者在东北的种种暴行，报道东北各地义勇军英勇杀敌的战绩，刊登国内外各社会团体和个人对义勇军物资支援情况，刊登国内外对东北事件的评论，阐述救国会的抗日主张，揭露国民党政府屈服于日本侵略者的卖国罪行。

其实，救国会的经费大部分还是人家张学良将军资助的，说人家不想抗日，真是有些冤枉。从高崇民那儿知道了这一真相后，刘仁激动了好久，原来他所敬仰的少帅并不是"不抵抗将军"。他对杨志信说："我们误会张将军了，他是要抗日的，东北民众救国会就是他支持的，经费也是他给的。我就说呢，东北是他的老家，他的祖坟就在东北，他怎么会放弃东北呢？他不抵抗，肯定有他的难言之隐。"

九一八事变后，东北大学也迁到了北平，但一直没有复课，很多学生就暂时在燕京大学借读。刘仁的同学吴一帆也随东大来到北平，他也住到了杨志信的宿舍。开始的时候，吴一凡还以为刘仁在别的什么学校读书，可是渐渐地，吴一凡发觉刘仁行踪有些诡秘。他觉得刘仁既不像

在什么学校读书，也没有什么固定的居住地址。有时和他们挤在一起住一个晚上，有时几天不回来。来也匆匆，去也匆匆。问刘仁都做什么去了，刘仁不是说去了长辛店就是说去了什么工厂，后来干脆就告诉吴一凡，他参加了“东北民众抗日救国会”。刘仁对吴一凡说：“国难当头，一个有血气的青年光吃饱饭不行，吃饱饭不做事就要意志消沉。要想想国家民族，要为国家民族出点力，甚至流血，才称得起炎黄子孙。”

在刘仁的鼓动下，吴一凡和杨志信也加入进来。

1932年秋天，天津。

天津第十六邮政支局位于天津车站的法国桥旁。这天，十六邮政支局突然来了一位不速之客，他一进门，就要找刘范五局长，并说“我是他的东北老乡”。

刘范五听说有人找他，急忙走出来，原来是表弟刘仁。俩人已经有几年没见面了。刘范五说：“早听说你到了北平，什么时候又到的天津?”刘仁说：“刚到的天津，就马上来找你了。”

刘范五说：“这里说话不方便，到我家去。”

表哥刘范五原本在沈阳的邮局任职，九一八事变后，刘范五随所供职的邮局撤到了天津。邮局就设在天津车站钟楼的法国桥旁，担任支局局长，他租住在大王庄义信里一所房子里。

原来，九一八事变后，日本关东军很快占领了东三省，扶植了伪满洲国傀儡政权。在日本指使下，伪满傀儡政权强行接管东北邮政，发行伪满邮票，启用伪满邮戳。于是中华邮政总局密电辽宁和吉黑邮区“立即停办东三省邮务，邮政员工一律撤退进关”。就这样，辽宁、吉黑二邮区奉命关闭所属局所，停止关内外通邮，刘范五和其他员工一道经山海关撤到天津。

到了刘范五家，刘仁告诉表哥，他参加了东北民众抗日救国会，这两年一直在北平搞抗日救亡宣传。救国会的高崇民想把抗日宣传扩大到北平以外去，他主动请缨。刘仁说：“我就听说你们都撤到了天津，就奔你来了。”

刘范五说：“国难当头，每个人都义不容辞，何况我还是你表哥。你就住这里，需要我做的，你尽管说。不过，天津的日本特务也很猖獗，你要小心才是。”

当时在国民党统治下的平津地区，要宣传抗日也不是很容易的事。不但为亲日派所不容，而且还要时刻提防日本间谍的盯梢破坏。

刘仁的工作很快就开展了起来。刘仁他们书写和印制的抗日宣传材料，不经检查就可以从表哥的邮局安全地传送到各地。

在天津的后一阶段，刘仁由于有了可靠的保护，他的工作范围更加扩大了。他深入到天津郊区的古冶、林西、赵庄等煤矿，向矿工们做宣传鼓动工作。也深入到了天津最大的英美烟草公司。他们晚上出动开会、座谈、串联、访问，了解情况，宣传抗日救国，动员捐款；白天就躲在家里，书写材料，刻印传单小报。

1933年3月7日，由于热河沦陷，举国一致谴责张学良，有要军法审判他的，有要他的脑壳以谢东北的，至于抨击漫骂，已经不足为奇了。一贯温文尔雅的学者们，也高声呼吁将他撤职查办。

胡适先生在《独立评论》上还发表了《全国震惊之后》一文，他认为东北沦陷，热河失守，张学良罪责难逃。胡适先生写道："张学良的体力与精神，知识与训练，都不是能够担当这种重大而又危急的局面的。"

地质学家丁文江也在同期《独立评论》上发表了《给张学良的公开信》，批评张学良"既无指挥能力，又不亲赴前线督师，但却恋权不放，陷东北百姓于水火，贻误国家"。

张学良果然引咎辞职了。但是，张学良辞职后，同年5月，国民政府不但没有抗日，反倒与日寇签署了《塘沽协定》。接下来强令解散东北民众抗日救国会，取缔民众的抗日活动。那些反对塘沽协定、坚持抗日宣传的人反遭逮捕。

刘仁和吴一凡、杨志信几位同学抱头痛哭，张学良下野，救国会解散，东北人失去了主心骨，成了姥爷不亲舅舅不爱的没娘的孩子。

刘仁对吴一凡说："我们还是各寻出路吧。"

吴一凡说："抗日不准，读书又难，我们该怎么办呢?"

刘仁胸有成竹地说："我已经想好了，我还是去读书。不过我不是在中国读书，而是要去日本。我就是要到日本去看看，日本为什么强大，我们为什么落后!"

7 远渡重洋

桥头的秋天可谓五彩缤纷，上有翠蓝如海的天，远有斑斓如画的山，近有蜿蜒如练的河。而身边有为他送别的父母、弟弟和妻女。

刘仁再一次告别家乡，这次真的要走得很远很远了，其实，连他自己都不知道，这是他最后一次告别家乡，从此再也没有回来。

刘仁从初次离开家乡到营口读书，就很少再回这个家了。待到了东北大学，几乎就再也没有回来过。但是，他已经有了女儿，而女儿的降生没有给他带来半点兴奋，在同学中，他从没有说过自己已经结婚，更没有说过自己已经有了女儿。是啊，一个志怀高远，侃侃而谈的现代青年，却在十三岁的时候就娶了媳妇，这样一个封建式的家庭，让刘仁难以启齿。

如今，女儿已经六岁了，这个从来没有得到过父爱的女孩儿，现在只能怯生生地躲在母亲的腿边，望着眼前这个高大的，而且马上又要离开家的男人。她知道这是她的爸爸，她很想他，很想享受让爸爸抱抱的滋味，可是这次真的见到了爸爸，她又那么怕他。不知道为什么，她察觉到爸爸并不喜欢她。

妻子杨春晖有些手足无措，她不敢看刘仁的眼睛，她心里明白，这个她曾经为他洗脚、剪指甲、洗衣服的小丈夫，如今已是一个高大帅气的英俊青年了，她知道丈夫并不喜欢她，也许这次远行将成为永别，也许他会领回另外一个女人，也许从此他不再回来，和另一个女人在别的什么地方过他的日子。

昨天公公带着他们全家来到祖坟，上香、烧纸、磕头，她看到刘仁每一项都做得那么认真，真的是要告别了。杨春晖忍不住落下泪来，她想，无论发生什么，无论刘仁怎样，她都是刘家的媳妇，她将来是要葬在这块坟地之中的。

刘仁没有嘱咐她什么，尽管有些失望，但也习惯了，因为这些年来，刘仁的家书中，从未提起过她，好像她从未存在一样。

刘仁走得很有些匆忙，多年后，他还有些后悔，为什么不和父亲母亲、弟弟妹妹甚至妻子杨春晖还有自己的女儿，亲近一些，说些温暖的话呢？

这是1933年的深秋，刘仁从辽阳坐火车，赴大连，经朝鲜釜山，到达日本的东京。

到达东京后，刘仁进入东京高等师范学校，主修英文。其实在当时的东京，只有高等师范、工业大学、第一高等学校这三所官办大学设有招收中国留学生的预科。可是要取得考试合格却是一件很不容易的事，那是要优中选优的，因为报考这几所官费学校的中国学生很多，竞争也很激烈。当年周恩来东渡日本，报考的就是这所学校，但终因语言原因，未能录取。刘仁之所以能够顺利通过考试，是和他从小生活的环境有关，由于家乡桥头有很多的日本人，他从小就接触到日语，他的父亲刘振邦从小就在日本人家中做“小孩”，日语更是流利。所以，刘仁能够以优异的成绩考入东京高师也就不足为奇了。

刘仁这个班共有二十五个同学，清一色的中国人，其中二十人来自东北，五人来自关内。有人可能不解，1931年日本在沈阳发动九一八事变，继而占领整个东北，并扶持溥仪建立伪满政权，奴役东北人民。本来国恨家仇，誓不两立，为什么还有这么多东北青年到仇家去学习，他们还爱国吗？

其实，对这个问题，也曾在20世纪30年代留学日本的著名作家、翻译家叶君健先生说道：“为什么一些进步青年知识分子要去日本呢？这里的原因很多。主要是因为当时国民党在全国掀起一股白色恐怖，对进步人士，包括青年，进行大屠杀和追捕，特别是在文化集中的几个大城市。面对这种态势，有些人只好隐蔽，同时利用这个机会在革命理论和文化修养方面尽可能地充实自己，以备将来之用。恰巧当时日元贬值，东京的生活费用甚至比上海还低，东渡日本在经济上并不困难。另一方面，日本知识分子自从明治维新以来，一直很热心，很积极地介绍西方的新文化和新思想——包括马克思主义的思想。我们有许多先进的知识分子，就曾通过日文把西方的新文化和新知识介绍到中国来。”

然而，一段时间之后，刘仁感到学校里所教授的东西难以满足他求知的欲望，他在1935年写给表哥刘范五的信中说：

表兄：

你的来信收到了。请勿念。

弟已到高师读书了，虽然学不到什么，不过为环境所迫不得不如此也。

近得友人信，知天津《庸报》附有“另外一页”，请买一份寄来。此外天津还有什么文艺杂志否……

弟生活颇安适，勿以为念。日文不知常练习否？《蟹工船》恐不易懂（因为多北海道方言），你可买夏目漱石的《心道草》念念颇有趣……

日本的出版业在当时是非常发达的，在那里可以找到在中国找不到的书籍。这些书籍，让刘仁眼界大开，他如饥似渴地阅读了大量的日本名著以及近代无产阶级文学作品，如渡边政之辅、小林多喜二和藤森成吉等人的著作。对无产阶级文学，特别是小林多喜二的《蟹工船》、夏目漱石的《心道草》等作品更是爱不释手。所以，他极力向表哥推荐。

刘仁购买书籍，除了自己阅读外，更多的是寄往国内。刘仁在东京与国内频繁的书刊邮寄，就是通过在天津的表哥刘范五。为及时了解国内出版情况，他还通过两个在上海的日本人，从上海购买进步的书刊邮寄东京，萧军的《八月的乡村》刚一出版，刘仁便在东京读到了。

第二年，也就是1934年，弟弟刘维在哥哥的撺掇下，也来到了日本留学。刘维住在东京高园寺区一个叫新井药师的地方，租了一间较为简陋的民房，距哥哥刘仁住的地方不太远。

刘维也是一个学习非常努力，成绩优秀的青年，哥哥是他的榜样，只是性格比哥哥更内向一些。到日本后，刘维参加了日本的四个学校的招生考试，没想到，竟全都被录取了。上哪个学校呢？学什么专业呢？刘维拿不定主意了，他信赖哥哥，于是便征求哥哥的意见。

刘仁想了想说：“咱们中国是个农业大国，急需农业人才，你对农业又感兴趣，我看，你就学农业吧。”

其实这也是刘维自己的想法，听了哥哥这么一说，于是就下决心学农业了。其实，除了中国需要农业专家外，刘仁还有他自己的想法，就是不想让弟弟和自己一样，脑袋掖在裤带里，都去做革命者。

刘维的学校和哥哥的不同，都是日本人，上课听讲、记笔记用的都是日语。一时间，刘维还真的有些手忙脚乱。为了尽快熟练地掌握日文，他便经常到哥哥那儿去，反正也不算远，一是和哥哥常见见面，更重要的向他请教一些学习日文方面的难题。

刘维发现，哥哥家里总是来一些激情四射的年轻人，他们慷慨激昂。有时还带他一起去参加一些集会。其中还有日本学生，有朝鲜留学生。哥哥告诉刘维，说他们是在学习世界语。现在，他们在集会或座谈上，都是使用世界语交流。

本来，刘仁不愿意让弟弟也参与进来，但是看他对这些活动也感兴趣，便也给他安排点差事，比如筹措开会用的物品了，开会时让他放个哨，看看有没有什么可疑的人等等。但是刘维对世界语也很感兴趣，最终还是加入进来。

刘仁在日本的交往非常广泛，所以也就很快适应了在日本的生活。虽然在大学里学的是英语专业，但他能讲一口流利的日语。那时，在日本的中国留学生，也学习日本人的生活习惯，刘仁有时也穿上和服，唱唱日本歌曲。当然，生活还是很简朴的，早上吃一碗米饭，一小碗“米寿汤”，午饭和晚饭也都很简单，或一碗面条，或一碟小菜、一块烤鱼、一碗米饭。

但是，总这样，中国留学生也是耐不住的，他们偶尔也要改善一下。约三五好友，到酒馆去吃一顿。好一点的在银座、新宿等闹市区，比较大众化的在浅草一带。有时也喝喝威士忌、麒麟啤酒或者日本的清酒。酒后，大家便开始唱歌，学日本人的样子跳舞。若逢中国传统节日，这些中国留学生往往边喝酒边吟诵唐诗宋词，念叨起远在中国的亲人。不过，人们很少听到刘仁说起想家的话题。

刘仁有时也带着弟弟来到日本朋友的家里做客。刘仁的日本礼节学得还算不错，做起来尽管十分认真，但总是显得有些笨拙。他弯着高大的身躯拱进纸糊的小拉门，叫了一声“失礼了”，然后便僵硬地跪在榻榻米上。主人见了便笑着说：“不必了，还是随便一些吧。”刘仁便笑笑按中国习惯盘腿而坐了。

阳春三月，东京樱花盛开。日本人把这樱花看得很神圣，在他们眼

里，樱花是春天的化身，是花的神灵。所以一到这个季节，或携老扶幼，或亲朋好友，于樱花树下，欢歌畅饮，祈神保佑。自然，樱花节对中国留学生也很有吸引力，刘仁邀几位同学，其中有丁克、叶君健、李益三、黄乃，还有弟弟刘维等人，带上准备好的食品，便来赏樱花了。

刘仁和他们几位是在日本世界语者中垣虎儿郎那学习世界语而相识的，很快因志同道合，便成了朋友。其中黄乃的父亲是辛亥革命赫赫有名的黄兴，丁克的父亲邓乃燕是辛亥革命的烈士，两人都是遗腹子。另外两个，叶君健是最有才华的一位，李益三则是性格最耿直的一位。几个人中，刘仁年长，所以大家都很敬重他。

这天正是周末，东京上野恩赐公园已是人山花海。樱花遮盖了天空，一阵风吹过来，樱花如雨，飘飘洒洒，落在头上，落在身上，落在地上。

他们选了一个人略少一点的地方铺上毯子，摆上食物、啤酒。丁克是一个多愁善感的人，他抓起一把樱花，吟道："花谢花飞飞满天，红消香断有谁怜。"

叶君健也抓起一把樱花，往天上一撒，接过丁克的话头："侬今葬花人笑痴，他年葬侬知是谁?"

黄乃笑道："你们哪，妇人之道，花开花落，云卷云舒，天地之道，万物之理。男子汉大丈夫，岂能像林黛玉那样，多愁善感，以泪洗面。"

李益三说："面对生死，中国人与日本人大有不同。中国人感叹的是人生短暂，及时行乐；而日本人讲的却是樱花短暂，生命宝贵，要为天皇效忠，为国家捐躯。"

刘仁感慨道："是啊，我们中国国难当头，东北沦陷，我们这些人有家不能尽孝，有国不能尽忠，怎能不多愁善感，以泪洗面呢?"

叶君健说："来，大家先干了这杯。然后我提议，古人不是讲'诗言志'嘛，每人来一句言志的古诗吧。丁克，从你开始。"

丁克想想吟道："向北望星提剑立，一生长为国家忧。"

刘仁吟道："夜视太白收光芒，报国欲死无战场。"

李益三吟道："英雄已尽中原泪，臣主元无北伐心。"

叶君健吟道："报国无门空自怨，济时有策从谁吐。"

黄乃吟道："丈夫生世会几时，安能蹀躞垂羽翼。"

这时，刘维过来喊大家，他发现了公园里有两座铁锚，是中日甲午战争中北洋海军"镇远"号和"靖远"号两艘铁甲舰的铁锚。原来，甲午战败后，日本为羞辱中国人，将两舰铁锚拆下，运回日本，陈列于东京上野公园，并立有海战碑志，向世人炫耀。

叶君健气愤地说："真不明白，如此美丽的樱花，怎么会孕育出残暴的强盗，杀人不眨眼的恶魔。"

刘仁见了，怒不可遏，一拳砸在铁锚上，大叫一声："小日本，咱们走着瞧！"

刘仁的叫声好像被旁边的日本人听到，他们吃惊地扭过头来，看着刘仁。弟弟刘维急忙拽了一下哥哥，使了一个眼色，然后一边打着拍子一边唱起日本民歌"木曾节"。刘维和其他人也一起唱起来：

木曾的中乘先生
木曾的御岳山 nan-ja-la-hoi
夏天依旧很冷 yoi-yoi-yoi
合唱：yoi-yoi-yoi

棉袄啊 中乘先生
想要送给你棉袄 nan-ja-la-hoi
布袜也想要给你 yoi-yoi-yoi
合唱：yoi-yoi-yoi-no yoi-yoi-yoi

8 长谷川照子

刘仁十三岁结婚那年，远在日本的长谷川照子正好十岁。

照子 1912 年 3 月 7 日出生在日本山梨县一个富裕的建筑师家庭，她的父亲叫长谷川幸之助，在东京市政府担任土木建设课课长。

照子家有五口人，有父母，有姐姐和弟弟，母亲名叫米子，姐姐叫幸子，弟弟叫长谷川弘。这一家人，父亲比较严厉，母亲比较贤惠。从长相看，照子更像她的父亲，虽然不如姐姐漂亮，但她性情倔强，不像姐姐对父母的话言听计从，她总有自己的想法，甚至有时让人莫名其妙。父亲训斥的时候，她总会找出种种理由为自己辩解。这让父亲对她很不满意。

多年后，她的姐姐在回忆她时说："照子从小就很任性，而且反抗心理很强。一旦哭起来，便号啕不止。旁人无论如何哄骗抚慰，都无济于事。然而，当她痛痛快快哭过后，就马上又变得快活起来，恰似台风过后的天空一样。"

照子很少和其他的女孩子在一起，她喜欢独自游玩。在山路上她会大声地唱起歌来，来了兴致，还会情不自禁地手舞足蹈。连邻居们都不无担忧地说，这孩子如果不严加管教，将来怎么嫁人哪。

不过，照子的聪明还是让父亲暗自得意。

照子上二年级的时候，有一次学校举行文艺晚会，家长们均出席观看。幕一拉开，只见矮矮胖胖、憨态十足的照子戴着小眼镜，一本正经地站在台上，使大人们惊异不已。那天晚上她表演朗诵，她口齿伶俐，富于表情，竟也出乎老师的意料。从此，小照子初露文才。

照子的作文在学校是出类拔萃的，老师也常将她的文章当范文展出。照子对自己的文采十分自信，三四年级时，就敢于向当地杂志投稿。后来她的文章果然被一家妇女杂志采用了，这给照子以信心，她不断地写文章，立志要成为一个作家。

1921年，照子的父亲调进了东京，全家人也伴随着迁到东京。先住在淀桥，一年后又转到代代幡町。这时，父亲对照子的管教开始严格起来，这使得一向任性的照子感到苦闷。

随着年龄的增长，所见所闻多了，一些社会现象使她产生了怀疑和不信任感。她看到日本社会的男尊女卑问题，她在给朋友的信中写道："男人总是发号施令，女人们总是唯命是从，这样的状况还要继续何时呢?"她看到一些当官的只图发财享福，甚至一些政治家满口谎言，没人肯替穷人说话，这让她对现实越来越不满。任性的照子，性格越来越孤僻，忧虑很多，动不动就躲在屋子里，不愿和任何人见面。

照子开始偷偷地记起了日记，她把苦闷和不满统统倾诉在日记里。此时的照子，性格骤变，她沉默寡言，孤僻阴郁。甚至一度产生过厌世轻生的念头。一次学校上完化学课，老师把带有剧毒的化学药品忘记在实验室里，照子下课竟偷偷地溜进去，偷出药品，企图自尽。

但是，照子最终还是没有下定自杀的决心，她把偷来的化学药品偷偷丢掉，却把这次的事件写到了日记里。早就注意到妹妹性情变化的姐姐长谷川幸子，一直关注着妹妹，当她从照子日记中窥测到妹妹自杀的企图时，惊讶万分。幸子没敢告诉父母，只是加倍小心，暗中监视和保护。尽管照子的日记总是变换藏匿的地方，但姐姐总会找到。

直到进入中学高年级后，照子的性格才逐渐稳定下来，似乎从内向沉郁中解脱出来。她开始大量阅读课外书籍，甚至整日沉湎在文学作品中，手不释卷地阅读西方宣扬个性解放的作品。她对法国作家罗曼·罗兰的作品特别推崇。罗曼·罗兰对叛逆者的大胆讴歌和弥漫在小说中的浪漫气息，给照子很大的影响。她的心思已经不在学校的功课上了，有时甚至只是应付而已，以至学校不得不把照子的母亲找到学校，警告她要管束自己女儿的学业。

当时的日本，一般女学生读完中学后，大多是待至闺中，希望嫁个

● 绿川英子全家福。后排左一为绿川英子

如意郎君，或者找个工作谋生，继续求学的女孩子寥寥无几。但是照子不想这样了此一生，她还想继续读书，她要走出去，离开家庭，到外面的世界闯一闯，看一看。

照子从东京府立第三高等女校毕业了，父母没想到，平时学习并不十分努力，好多时间都去看那些无用杂书，只是考试前，临时抱佛脚，居然同时考取了东京女子大学和奈良女子高等师范两所大学。

母亲本以为照子会留在东京，读东京女子大学，这样可以得到家里的照顾。没想到，照子一点考虑的余地都没有，她坚决要到奈良去读书。她知道她说服不了父母，也知道父母说服不了她。母亲说了自己的想法，没用，父亲也说出了自己的想法，照子还是不肯顺从。父亲发火了，照子报考的时候，就没有和他商量，如今在学校的选择上，还是不肯听话，父亲一气之下，对母亲说："都是你生的好女儿。"

无奈的父亲，知道照子决定的事，拦也拦不住，虽然生气，但也不再坚持了。

照子离家的那天，母亲和姐姐到车站为她送行，母亲一再对照子说："爸爸没能来送你，你不要怪他。"照子说："怎么会呢？没他在身边，我轻松多了。"

上车前，幸子姐姐拉住照子的手，悄悄地说："珍重啊。"照子会心地笑笑，说："姐姐放心，我再也不那么傻了。"

这一年是1929年的秋天，照子十七岁。而远在中国东北的刘仁正在读东北大学的预科二年。

奈良是日本古都，其建筑有如中国的长安。这里山清水秀，绿树丛中点缀着名刹古庙、殿宇楼阁。奈良著名的唐招提寺就是为了纪念鉴真和尚建造的，鉴真是中国唐代著名高僧，为弘扬佛法，不畏风浪，历经艰辛，矢志不渝，历时十二载，东渡六次，才到达日本的首都奈良。鉴真和尚在日本大力弘扬佛学思想，是日本律宗的开山祖师。他不仅传授佛学，还传授百科知识，特别是医药知识。照子很向往这位高僧。

终于离家远游，照子不免心潮澎湃，望着车窗外飞驰而去的树，远处蓝蓝的天，她问自己："你喜欢奈良吗？你喜欢奈良什么呢？"年轻的照子那颗少女的心，像云一样，在天空上飘啊飘，她在日记中写道："那儿有若草山、浅茅原，都是女人喜欢的风光。佐保川，它有一个美丽动听的名字。”但是，这些都是宁静的，她的心里，其实还是喜欢波涛汹涌的大海。“海是浩瀚壮观的。哦，大海！多好啊……波涛，潮涌，浪头在翻滚。一望无际的海浪、海浪……无穷无尽。你说，人们也是这个样子的？风平浪静、浓雾笼罩的日子里，它带来的悲哀是无法形容的。试想一下，当狂风大作，我独自一个人伫立在一片黄沙的海岸边的心情吧。对着发狂似的滔天波浪，我欲大声呼喊……”

照子要呼喊的是什么呢？她要呼唤的是自由的呼吸，是要挣脱灵魂的束缚，她不要像诗人那样，仅仅用美丽的词汇为自己编织梦想。她虽然是一个女人，但也要像一个勇士，高举正义之剑，迎上潮头，劈波斩浪。

然而，令照子心驰神往的大学，还是让照子失望了。其实，日本虽然很早就普及了现代教育，但社会上对女大学生并不看重。一般女子大学属于初级大学（日本称短期大学），主要课程就是家政管理、社会知识，其他还有园艺、缝纫、礼仪等，办学宗旨是训练上流社会的贤妻良母。

照子对此当然不感兴趣，她不是为了学习这些才来上大学的，她有她的爱好，她有她的梦想。离开了家庭，没有了父亲的管教，照子像一只出笼的小鸟，要在天空中自由地飞翔。

课堂上的书无法满足她的需求，照子便到图书馆来找她喜欢的书，《源氏物语》《古诗集》《万叶集》等，她常常用心背诵。她很喜欢写“短歌”（日本一种古典诗歌格式），她参加了学校的短歌小组。她也写散文、随笔及小品等。她的作品多发表在校友会会刊上，如《晚春初夏诵》《片隅之秋》《泥潭》等。这些作品已在学校里广为传阅，这些文章使照子成为小有名气的人物了。

由于照子的文学才能，她被选为校友会会刊的编辑。

照子有一个要好的女友，叫长户恭，两人可谓情趣相投。有一天，两人一起来到唐招提寺游玩。这里的宏伟建筑，让照子兴奋不已。她对长户恭说：“听说这里的建筑都是那位鉴真和尚按照大唐的风格建造的，真了不起啊。”

长户恭说：“其实何止唐招提寺，整个这座奈良城市，都是仿照中国唐代长安的风格呢。”

照子感慨地说："是吗？早在一千多年前，中国就已经这样美丽了，我真想到中国去看一看。我喜欢中国，听说中国的皇宫金碧辉煌，比我们日本的漂亮多了。"

长户恭说："那是，人家是文明古国嘛。"

照子说："对了，我还读了《遣使者最澄与空海》《唐招提寺与唐高僧鉴真》这两本书，一个说的是日本遣唐使到中国去学习，一个讲的是唐朝高僧到日本来传法。啊呀，我好感动。尤其鉴真和尚，历尽千辛万苦，来到我们日本，不仅传佛法，还把中国的医药、建筑、雕塑、文学、书法、绘画这些技术都带了过来，你说，我们是不是应该感谢人家呀？"

长户恭嗔怪地说："你老是自己偷偷地看那些杂书，以后也给我推荐推荐哪。"

照子说："只要你也喜欢，没问题。"

在回学校的路上，天淅淅沥沥地下起雨来。照子看见几个妇女跪在路边，手里捧着一块白布，向每一个过路的女人弯腰乞求道："小姐，请您缝一针吧。""夫人，请您缝一针吧。"长户恭正要上前，照子拉了她一下，两人正要匆匆走开，一个少妇迎上来："小姐，求求您了，缝一针吧。"

少妇面色苍白，眼里似乎含有泪水。长户恭接过来，缝了一针，然后一边交给照子一边问那少妇："您这是给……"

少妇答道："给我丈夫的。您二位缝完，就整整一千针了。"

照子问："您丈夫在哪儿当兵？"

少妇说："我们结婚才三个月，他就去了中国，听说受伤了，好在不重。"说罢眼泪掉了下来，少妇急忙把眼泪擦掉。

长户恭安慰她说："放心吧，有了这条千人针，他会平安的。"

少妇连连弯腰道谢。

离开少妇，照子对长户恭说："你也学会骗人了，这无非就是一块布而已，只要有战争，再多的布，也免不了要死人的。"

千人针是日本的一种风俗，到前线打仗的士兵只要带上它，就可以带来好运，就会平安归来。所以，为了保佑出征的丈夫或儿子平安归来，妻子和母亲常常要用一块白布，找一千个人在这布上缝上针线。这风俗原本在日俄战争期间兴起于民间，但是后来，尤其是二战期间，日本疯狂对外侵略扩张，为了鼓舞斗志，便把千人针政治化，组织妇女走上街头，甚至组织校园的学生，为前线的士兵缝制千人针。有的缝成了太阳旗状，有的写上“尽忠报国”、“武运长久”，而更多的是在一块白布上，用红线绣上排列整齐的红点子。

照子对此非常反感，她认为这纯是一种欺骗。她在写给姐姐幸子的信中，对学校那种强迫学生给侵华日军缝千人针做慰问袋的做法深表不满。她写道：“天天缝制千人针送给在满洲的士兵，真是没有办法。这是令人讨厌的胡闹。”

学校里，除了组织学生缝千人针，每逢军队打了胜仗，都组织学生庆祝。有时上街游行，有时开庆祝会，有时还要求学生写诗歌。

一天，日本关东军攻克中国哈尔滨的消息传来，学校一片欢呼。关东军占领哈尔滨，就意味着整个东北都在日本的掌控之中了。

那天照子正在寝室里看书，好友长户恭跑来喊她：“照子，快来呀，同学们都去庆祝关东军大捷了，走吧。”

照子无精打采地说：“有什么可庆祝的，到人家的家里去打架，胜了也不光彩。”

长户恭说：“你呀，就是事多。老师还说了，让我们在会刊上写诗，歌颂关东军里那些为国捐躯的士兵呢。”

照子说：“我不写。”

长户恭说：“你要是不写，我也不写了。”

9“Verda Majd”——绿色的五月

还差三个月就要毕业了，可是，照子却被学校开除了。

这一切，都是因为“Esperanto”，即世界语。

世界语是波兰医生柴门霍夫博士于1887年创制的一种语言。他看到世界上各民族间由于语言不同而产生的隔阂，以至相互间的仇恨和杀

戮，这让他痛心不已。他认为强权与战争是人类罪恶与痛苦的根源，他希望人类能够借助一种共同使用的语言，达到民族间相互了解，消除仇恨和战争，给世界带来和平。

于是他潜心研究，终于创制出了世界语。这种语言一经问世，便被世界广大反对战争，倡导和平的人士所喜爱，成为他们反对战争，实现世界和平的有力武器。

世界语在日本一度非常流行。

一个偶然的机会，照子和同学长户恭一起去听一位叫富武正道的老师讲世界语课。听了几次之后，便喜欢上了这门语言。

其实，与其说照子喜欢这门语言，不如说她被柴门霍夫的博大胸怀所打动。

“打破吧，打破这民族之间的壁垒；扔掉把，扔掉这民族间的仇恨，全人类团结起来，合成一个和睦的大家庭，让我们相亲相爱，相帮相助……”柴门霍夫的话让照子热血沸腾，她觉得自己终于找到了人生的目标，她就是要像柴门霍夫那样，一生为世界和平，为消除战争，献出自己的热血甚至生命。

兴奋的照子给姐姐幸子写了封信，在这个家里，姐姐是唯一可以讲心里话的人。她在信中对姐姐说，自己的灵魂终于找到了归宿，她摸到了真理的大门，看见了真正的上帝，她不再迷茫了，不再彷徨了。在信的结尾处，照子还引用了柴门霍夫的话：“漫长的黑夜，还将很久地笼罩着大地，但是，它绝不会永久地持续下去。人们结束虎狼相对的那一天终会来到……”

照子还把柴门霍夫创造的那首世界语的颂歌《希望》，用世界语和日语一笔一画地抄下来寄给了姐姐。

原文：

1

En la mondon venis nova sento,
tra la mondo iras forta voko;
per flugiloj de facila vento
nun de loko flugu ĝi al loko。

Ne al glavo sangon soifanta
ĝi la homan tiras familion:
al la mond′ eterne militanta
ĝi promesas sanktan harmonion。
2
Sub la sankta signo de l′ espero
kolektiĝas pacaj batalantoj,
kaj rapide kreskas la afero
per laboro de la esperantoj。
Forte staras muroj de miljaroj
inter la popoloj dividitaj;
sed dissaltos la obstinaj baroj,
per la sankta amo disbatitaj。
3
Sur neŭtrala lingva fundamento,
komprenante unu la alian,
la popoloj faros en konsento
unu grandan rondon familian。
Nia diligenta kolegaro
en laboro paca ne laciĝos,
ĝis la bela sonĝo de l′ homaro
por eterna ben′ efektiviĝos。

译成中文是这样：

嘹亮之声在大地上回旋，
新的希望已然降临人间。
驾驭轻风展开双翼飞翔，
一片一片拂过人们心田。
远离残忍放下手中战剑，
引导人们创造美好家园。

勇敢面对战乱不休世界，
神圣之光照亮和谐明天。

希望之星发出神圣宣言，
和平战士来自八方四面。
世界语者团结努力奋斗，
光荣事业蓬勃发展向前。
语言障碍禁锢人们千年，
民族交流陷入层层锁链。
人类之爱必将冲破枷锁，
和谐世界一定将会实现。

平等之语消除隔阂权限，
各族人民欢聚畅所欲言。
团结一心创造大同世界：
一个人类一个和谐家园。
勤劳勇敢我们奔向前线，
不惧疲惫谱写历史新篇。
世界语者团结努力奋斗，
和谐社会就在灿烂明天。

姐姐读后，就想："是啊，这样的歌词，难怪让照子着迷。"

照子还告诉姐姐，她有了一个世界语的名字"Verda Majd"，读作"维尔达·玛约"。"Verda"是"绿色"的意思，它象征着和平、安宁，代表着全世界各族人民"和睦相处，共享太平"的美好理想。"Majd"，即"五月"，五月意味着革命和进步。

照子参加世界语的活动越来越多了，言行也越来越出轨。特别是九一八事变后，照子公开反对日本出兵侵略中国，在学校写文章、做讲演、提抗议、散发反战传单，进行反战活动。而且，在她的周围还聚集了一大群进步的女学生。她和长户恭还在学校成立了文化小组，这个小组成为奈良进步文化活动的一个重要部分。

照子开始变得精神抖擞，热情活泼了。有了斗争对手，让她产生快感，她觉得自己的人生有了价值，有了方向，这个世界不要再有战争了，不要再有杀戮了。她认为，一个民族再强大，也不能通过武力去征服别人，不能强制推行自己的主张，各民族应该是平等的，应该是相互帮助的。她甚至在一次世界语的学习会上，激动地表示："作为一名绿色的世界语者，我毫不掩饰地反对侵略，反对战争。"

这天，照子感觉有些累了，她想早些休息，明天还要赶到奈良市内参加一个世界语会议。可是，长户恭却还在那里看书。

照子走到她床前，问道："什么好书，这么入迷？"

长户恭把书在照子眼前晃了晃，照子刚要伸手去接，长户恭赶紧收了起来。她笑着对照子说："别以为好书都是你找到的，这本书你听都没听过。"

以前长户恭读的书都是照子看完给她的，而这次却卖起了关子。长户恭的话吊起了照子的胃口："真的？"

长户恭说："那还有假。《蟹工船》，作者是小林多喜二。写得好极

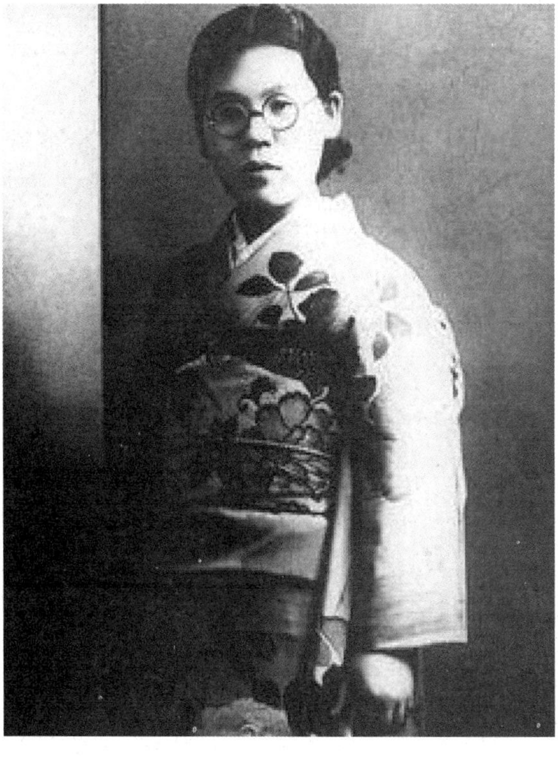

• 身穿和服的绿川英子

了。这个世界真是太不平等了，那些有钱人，钱是哪来的？全是从工人身上盘剥来的。书里写的那些船主和工头，根本不把蟹工们当人，在他们的眼里，就是猪仔，蟹工们的命还不如一条小船。最后蟹工们团结起来，痛打了船长和工头，真解气。”

照子听了，心情变得沉重起来，她说：“这样的事在我们日本实在太多了，可是敢起来反抗的人，就太少太少了。他们吃不饱饭，找不到工作，被有钱人欺负。到海上当渔工只是一小部分，更多的是被欺骗，到满洲去当兵，去当开拓团，去当满洲新娘。好吧，你快些看，看完后借我，有时间，我想把它译成世界语，让全世界的人都能看到。”

照子和长户恭的言行，被奈良特高课列入了黑名单。就在照子还有几个月就要毕业的时候，奈良特高课警察突然闯入女高师，将照子、长户恭以“具有危险思想的人”、“共产党同情者”的罪名逮捕，关进奈良警察署。但是，迫于社会舆论的压力和奈良世界语组织的奔走，警察署在关了照子和长户恭十天之后，被迫放人。

其实，学校对照子等人的表现和言行早已不满，而且多次对照子等人进行过警告，但照子并不放在心上，依然我行我素。这次警察署对照子逮捕关押，终于给了学校以口实，他们马上对照子和长户恭进行处理，开除学籍。

这时的照子还刚刚二十岁，只差三个月就毕业了。面对这冷酷的现实，她丝毫没有懊悔和害怕。她在写给姐姐的信中表示：“尽管环境恶劣，但心情平静，今后的生活纵然最不安定而意志绝不动摇。”

照子回到了东京，父亲大发雷霆，骂照子“你不但毁了你自己，你还会毁了这个家庭”。为了回避震怒的父亲，母亲只好把照子送到下关叔叔家去，以切断照子和那些世界语组织的联系。

但是他们想错了，尽管叔叔家里对照子看得很严，但她还是设法偷偷逃了出来，只身踏上开往东京的列车。后来照子在回忆自己从下关回东京时的复杂心情时写道：“我下巴紧靠在车窗台上，眼睛望着外面。夜色苍茫，漆黑一片。万籁俱寂，无一灯火。这时火车一定行驶在旷野上。难道你知道火车吐出的是烟还是火？”

回到东京后的照子，同日本著名世界语者秋田雨雀领导的日本无产阶级世界语同盟东京支部取得了联系，她加入了这个同盟，成为东京支部的一个成员，她一面在世界语协会从事义务工作，一面进打字学校学习。

这时，日本NHK广播电台招收播音员，从小照子就喜欢这个工作，她高高兴兴去报了名。初试合格了，可是复试时，电台了解到了她的“劣迹”，进过警察局和被学校除名，这样的人怎么能当播音员呢，照子的这次机会就这样失掉了。

但是照子并不遗憾，她认为世界之大，能够施展自己才能的舞台还会很多很多。

照子不顾父亲的反对，她参加的世界语活动也更多更频繁了。接着，照子又参加了日本世界语妇女组织克拉拉会、日本世界语文学研究会，并参与了这个研究会会刊《世界语文学》的创刊工作。

照子的写作才能如井喷般的一发而不可收。

她以绿川英子这个笔名，用世界语写的诗歌、散文作品不断地在《东方杂志》《世界语文学》上发表。还有各种评论文章散见于各类报刊，内容涉及历史、文学、妇女问题等。

照子在世界语文学刊物上发表了用世界语写成的小说《春之狂》《一对男女世界语者的独白》《六个月》等等。这些小说大都以自己的亲身经历和心路历程而写成的，特别是《春之狂》，几乎就是她少女时期经历的再现。

此外，照子还写了一批有关社会和文学的评论文章，这些文章无论在日本还是在中国都产生了一定的影响。特别是她应中国上海世界语杂志《世界》之约，写了《日本妇女之现状》《日本无产阶级文学现状》《日本无产阶级文学处于何种状态》等有影响的重要评论。

说到这儿，有必要介绍一下世界语在中国的发展。

应该说，世界语在中国的发展受到日本的影响还是很大的，在20世纪初世界语刚传入中国的时候，“Esperanto”（世界语）这个词被音译成“爱斯不难读”，也叫“万国新语”。后借用日本人的意译称为“世界语”。

世界语在中国的发展也是很快的。到1931年底的时候，在胡愈之、楼适夷、叶籁士等人的倡议下，成立了中国青年世界语联盟，后改名为中国左翼世界语联盟。接着他们又在上海成立了上海世界语者协会，主要人员有叶籁士、张企程、肖从云、何增禧、霍应人、乐嘉煊等人，并创办了世界语会刊《世界》杂志。

上海的世界语者和日本的世界语者联系紧密，他们从日本的各种世界语杂志上，发现了绿川英子这个名字，而且，绿川英子的文章不仅犀利，而且颇有见地。于是编辑叶籁士千方百计联系上了绿川英子，向她约稿。

而照子也“不负众望”，写了《日本妇女之现状》一文，在《世界》杂志发表。文章介绍了日本妇女遭受封建压迫与资本主义剥削的双重苦难，也介绍了她们为追求解放而进行的斗争，而且，照子还以她敏锐的洞察力，透彻地分析了造成日本劳动妇女悲惨境遇的社会原因和阶级原因，揭露了日本民族沙文主义者企图把妇女引向军国主义歧途的阴谋，并明确指出：“只有解放无产阶级，女工才能享受与男工平等的权利。”

接着，她又连续写了《日本无产阶级文学现状》等文学评论。在这篇评论中，她敏锐地看到了无产阶级文学在写作上的弊端，“这些类似宣传品的小说，它们以赤裸裸的思想说教、狭隘的题材、幼稚的表现手法、表面的观察为特征”，她认为这样的小说是难以承担无产阶级文学的使命的。不过，这些无产阶级作家们也逐渐地认识到了这种写作方式，难以被广大人民群众所接受，并在不断地改进自己。她说：“作家们意识到了自己的使命，重新开始深入广泛地观察社会，并且用现实主义手法进行写作。”

不得不承认，一个年轻的女作家能够在那种繁杂的文学流派中，敏锐地觉察到无产阶级文学发展阶段的幼稚病，并能勇敢地进行批评，这既需要勇气，更需要睿智。

那些日子，照子甚至忙得不可开交。

姐姐幸子一连好几天见妹妹关在屋里，不知她又在忙些什么，便悄悄推开照子的屋门，见照子伏在桌子上，正在写着什么。

幸子说：“照子，饭也不吃，觉也不睡，不知你都在忙什么呢?”

见照子没吱声，幸子便坐在照子旁边，顺手拿起照子旁边的那本书：“《蟹工船》?”

照子放下笔，伸伸双臂，长长吐了一口气，对姐姐说：“累坏了，累坏了。我在把这本小说译成世界语呢。”

幸子问："谁写的？"

照子说："小林多喜二。这是一个了不起的人，他刚刚被警察迫害死了。"

幸子惊讶地"啊"了一声，问道："为什么？"

照子气愤地说："因为他的作品写了穷人的反抗。"照子站起身，对姐姐说："小林的小说写了一个真实的日本，你看，战争、失业、死亡，这就是日本。工人们为生计所迫而无奈地选择了犹如地狱般的工作。在那丧尽天良的船主面前，生命贱如臭虫，用船主的话说，就是'死五六个人倒是小事，要是船丢了，那损失就大了'。真是毫无人性。"

幸子不无担忧地说："照子，你翻译这样的小说，也会带来麻烦的。"

照子坚定地说："随他们便，我不怕。"

后来，在照子的影响和劝说下，姐姐幸子也成为了一个世界语者，她也常常参加照子他们的世界语活动，并在活动中，认识了一位叫西村的世界语者，从相识相爱，到结成伴侣。幸子出嫁后，定居大阪。

于是西村姐夫的家，又成了照子在大阪活动的据点，照子经常奔走于东京与大阪之间，出席过大阪世界语协会会议和东京世界语文学协会召开的"文学者座谈会"，还协助世界语国际组织刊物《世界儿童》编辑日本特辑专号。

此时的照子，在日本的世界语者中，以绿川英子这个名字，成为一位知名人士。

10　相识于东京

当缘分来临的时候，躲都躲不开。

刘仁做梦都不会想到，他会爱上一个日本女人。

他从小就对日本人有一种刻骨铭心的仇恨，在他的家乡桥头，日本人可以耀武扬威，日本人掠夺中国的财富，一车一车地往日本拉。日本不仅占领了他的家乡，对整个中国都虎视眈眈。他们炸死了张作霖，发动了九一八事变，占领了全东北，对反抗的中国人残酷镇压和屠杀。这些国恨家仇，刘仁是不会忘记的，他到日本是来求学的，不是来寻温柔乡的，他是要学成文武艺，把日本人从中国的大地上赶出去。

从他来到日本后，他这种感觉更加强烈了。在日本，中国人还不如朝鲜人，而像他们这些来自中国东北的留学生，在日本人的眼中，甚至不如来自其他地方的中国人，他们把他看成是满洲人，是亡国奴。强烈的自尊心，让刘仁对日本人同样投以鄙视的眼光。

可是，现在的刘仁，却深深地陷入热恋之中，一个日本女孩儿，深深地打动了他的心，他无法摆脱，无法自拔，尽管他不断地谴责自己。

这个日本女孩儿就是绿川英子。

自从迷上了世界语，刘仁参加世界语的活动渐渐多了起来。而且，由于刘仁在国内参加了东北民众抗日救国会，从事过抗日宣传鼓动工作，到过工厂、矿山、学校，善于和各类人物打交道，所以，他很快便和好多世界语者都建立了联系。

有一天，刘仁和弟弟在东京街头看到一处名叫“绿星”的茶馆，他知道，“绿星”就是世界语的意思。好奇的刘仁立刻走了进去，看到里面的菜单都是用世界语书写的。原来老板名叫“中垣虎儿郎”，是日本赫赫

● 刘仁与绿川英子的结婚照

有名的一位世界语者。刘仁很高兴，便和弟弟又来了几次，在这里，他认识了中国的留学生叶君健、丁克、黄乃、李益三等人，原来他们正跟中垣虎儿郎学习世界语呢。可是不久，因为经营不善，茶馆关门停业了。中垣虎儿郎就让这些学生到他家里继续学习世界语。

刘仁本以为，这位如此有名的学者，家中一定很富足，哪想到，中垣虎儿郎不仅单身，娶不起老婆，就连房子都是租的，有时还欠房东的租金呢。可是，中垣虎儿郎对此毫不在意，他把全部身心都投入到了世界语的推广中。对这样有献身精神的人，刘仁非常钦佩，所以，他们几位总是想办法资助中垣老师，中垣推辞，他们便说这是"红色互助"。

其实，刘仁他们这些年轻人聚到一起，学习世界语是一方面，更主要的是为了在一起探讨国际国内形势，探讨中国的发展方向，研究救国方略。

中垣老师从不插言，默默地看着这些血气方刚的年轻人口吐白沫，喋喋不休地争论，有时甚至嘴角微笑着，似乎在嘲笑这些年轻人的自负。因为在他看来，"这是一群不具备独立生活能力，而且缺少生活经验，是一些经过宣传煽动，仅靠书本而激发出参加阶级斗争愿望的知识分子"。他们没有任何斗争经验，只不过"喜欢过激的言辞和张扬的行动而已"。

尽管如此，中垣虎儿郎还是非常钦佩这些中国学生，他说："这些留学生都是左翼学生，家人送他们赴日就是为了读名校，而他们自己则想在日本学习社会主义、共产主义，为中国革命做准备。他们热衷于到旧书店寻找马恩列斯著作的日译本。他们组织很多俱乐部，在留学生中宣传政治、文化。警察局把这些学生列为抗日学生、危险分子，严格控制。我教的世界语学生就是这样。"

就是在中垣老师的家里，刘仁认识了绿川英子。

其实中垣老师除教授世界语，他还在日本世界语文艺协会里帮忙编辑《世界语文学》杂志，绿川英子也在这里做编辑，而且还在上面发表了很多文章。所以，通过这个杂志，刘仁知道了一个叫绿川英子的人，叶君健就曾向他推荐绿川英子的文章。所以，刘仁很钦佩她。

终于，有一次在中垣老师家，刘仁认识了绿川英子，原来她也常到中垣这儿来，和叶君健他们早就熟悉。

“砥方，过来，过来，我给你们介绍一下，这位是日本的世界语者，大名鼎鼎的绿川英子小姐，日本名长谷川照子。这位是来自中国的留学生，也是我们的世界语者刘砥方先生。”叶君健和丁克把两人叫到了一起。刘仁在日本的时候，为自己取名刘砥方。

刘仁握住绿川英子的手说：“久仰久仰。”

绿川英子眼前一亮，望着眼前高大帅气的刘仁说：“其实咱们早就见过。”

刘仁急忙说道：“是吗？失敬，失敬。”

刘仁有些慌张，他不敢看绿川英子的眼睛，他想不起在哪次集会上见过，也许真的见过，只是没有留下印象，而绿川英子却记住了他。

说实话，因为刘仁家中已有妻子，尽管他不爱她，但也从没有娶一个日本老婆的想法，何况他对日本人有着根深蒂固的“偏见”。还有，以刘仁的相貌和才华，在中学和大学中，不乏“疯狂”的追求者，但是似乎有些木讷的刘仁，压根儿都没放在心上。

绿川英子身材不高，有着日本女人特有的瘦弱，但是一副圆圆的眼镜后面，却是一双一下子就能把人抓住的眼睛，这眼睛，既温情又叛逆，既高傲又善良。

如果说初次见面的绿川英子就给刘仁留下深刻的印象，还不如说，刘仁这个高大帅气的来自中国的青年，初次见面，就让绿川英子怦然心动。这种奇妙的感觉，绿川英子还从来不曾有过。绿川英子喜欢读小说，而小说中那些关于青年男女的爱情描写，很少能打动她，因为她从不相信一见钟情。但是，此刻奇迹却发生在自己的身上，眼前这位漂亮的男人，正是她理想中的男人，那明亮睿智的眼睛中透出一股英武之气，高大的身材和笔直的腰身凸显着一个男人的桀骜不驯和十足的信心。

她喜欢这样的男人。

从中垣虎儿郎家出来，绿川英子建议两人一起走走。

刘仁彬彬有礼地称绿川英子为“绿川”，而绿川英子却笑着说：“你还是叫我照子吧。”

刘仁会心地一笑说：“那你就叫我砥方好了。”

照子从来没有这样痛快淋漓地谈着，他们从荷马谈到莎士比亚，从中国的《红楼梦》谈到日本的《源氏物语》；从柴门霍夫谈到小林多喜二。自然，他们免不了还要谈到中日关系。不过，提到中日关系，刘仁免不了欲言又止，尽管他知道照子是一个反战人士，但他还是尽量避免伤害照子的感情。只是说："我的家乡在中国的东北，现在你们日本称为"满洲国"，可是我们中国人是从来不承认的。我是中国人，不是满洲人。一想到我的父母兄弟姐妹在日本人的铁蹄下，我的心里就在流血。"

照子喜欢这种血性的男人，她说："总有一天，日本要为自己的行为付出代价的。"

最早发现照子变化的是姐姐，她发现妹妹不像以前那样忧郁了，而是阳光了，快乐了。于是幸子问妹妹："照子，说实话，是不是恋爱啦?"

照子笑着问道："你看得出来?"

姐姐说："你自己都写在脸上了。说吧，是一个什么样的男人，让我们的照子这么动心?"

本来姐姐只是想开个玩笑，诈一下妹妹，没想到这个肚里装不住东西的妹妹早已和盘托出，她告诉姐姐，那个她喜欢的男人叫刘砥方，是个中国留学生，在东京高等师范读书，也是个世界语者，而且人长得高大帅气。

姐姐笑着说："你可要当心，漂亮的男人是靠不住的。"

照子说："我不管。不过，他是一个好人。"

姐姐说："你可不要看走了眼啊，什么时候领到家里来，让我们也看看。"

照子说："我会的。"

看到妹妹快乐，姐姐很高兴。不过，她不能不提醒妹妹，他是中国人，他会留在日本吗？而且，日本和中国的关系如此紧张，将来怎么办？你能到中国去吗?

热恋中的照子根本不去想这些。

照子经常邀请刘仁到家里来做客，还常常把刘仁的弟弟刘维也一起叫去。照子的家是一幢比较幽静的别墅式楼房，家里宽敞整洁，一尘不染，一看就是生活比较优裕的家庭。

家里来了客人，母亲忙前忙后。照子的母亲是个非常贤惠的人，她对刘仁和弟弟非常客气。刘仁总是彬彬有礼，按照日本人的礼仪，一边

打招呼一边行个深礼，然后跪坐到坐垫前。看到刘仁高大的身躯僵硬地跪坐在那里，照子母亲总是笑着说："不必这么客气，就按照你们中国的习惯好了。"

照子的母亲也很喜欢刘仁，她对女儿表示，这个中国青年真的不错。但是，照子的父亲对刘仁的造访却不欢迎，尽管他也从心里喜欢这个诚恳英俊的中国青年，但是从女儿的口中，知道他是一个反战人士，虽然他本人也不赞成日本对中国的战争，但他不希望女儿和这样的人在一起，那样会使女儿在危险的道路上越走越远。虽然他没有像其他日本人那样歧视中国人，但他清楚地知道，如果纵容女儿，就意味着失去这个女儿，甚至给女儿带来不幸。所以，父亲坚决反对女儿和刘仁的来往。

由于照子父亲的反对，刘仁和弟弟后来就很少到照子家了。但是父亲越是反对，照子和刘仁的交往便越是密切，她也经常到刘仁的住处，而她的母亲每次都让照子带上些罐头、糕点和酒等食品。刘仁也每次都把弟弟喊来，三人饱餐一顿。

此时，已经是1936年的春天了，看到哥哥和绿川英子的关系非常融洽，经常在一起，刘维不免担心起来，他怕哥哥越陷越深，便提醒他说："哥，你该注意了，家里还有嫂子呢。"

其实刘仁也一直认为这是一段没有结果的爱情，弟弟的忠告让他有所醒悟。照子是个好姑娘，可是，自己不能对她不负责任，自己已经苦了一个，没办法，那是父亲造成的。可是，现在明知不可而为之，岂不又害了一个？他开始想摆脱这段恋情。有几次照子找他，他都借故推辞。但每次看到照子那失望的样子，他又不忍，他知道自己深深地爱着照子，他知道这世界上再也没有一个女人能像照子那样适合自己，理解自己，他们有共同的理想，他们有共同的语言。他承认照子的相貌并不漂亮，甚至没有家里的妻子好看。但是，照子的睿智、坚忍、果敢、正义、大度、才华，这些女人所缺少的品格，在照子的身上都能找到，刘仁知道自己这辈子离不开她。

但是热恋中的照子丝毫没有察觉刘仁内心的挣扎，她认定了眼前的这个男人就是她最爱的人，是她一生追随的伴侣，哪怕他走到天涯海角，她也毫不犹豫随他而去。

一天，照子拿了两张筑地小剧场的票，邀刘仁一起去看世界语话剧《拂晓》。

“筑地”小剧场在东京非常有名，那里经常上演日本的左翼戏剧，主要是配合当时日本国内的革命运动，向广大工农阶级及都市的劳动阶层进行革命的启蒙教化活动。但是，日本军国主义在发动对中国侵略战争的同时，对国内的左翼势力也采取了残酷的镇压政策。当时，日本的左翼戏剧家们不断有人遭到逮捕。所以，演出这样的戏剧需要一定的勇气，而来观看这样的戏剧也需要一定的勇气。

演出结束后，两人并肩走着。

不太明亮的路灯和遥远天空中的星星一起闪烁。路上行人渐少。

刘仁问道：“这里为什么叫筑地呢?”

照子解释说：“筑地就是人工填海造的地嘛，这里过去是大海。日本人多地少，没办法，只能向大海去要。”

刘仁略带讽刺地说：“人多地少，于是就向海外扩张，去霸占人家的土地。”

照子并不生气，她说：“你别发火，其实很多日本人也是不愿意看到战争的，大多数人只是暂时被那些战争的狂热分子所蒙蔽。好了，我们今天不谈这些。”

照子望着天上的那轮明月，对刘仁说：“砥方，你在家乡看到的那轮明月和我们今天看到的明月，其实是同一轮明月，可是同一轮明月下的人，却有着不同的命运。过去，我对婚姻怕极了，日本的女人是不幸的，她们从结婚的那一天开始，就成了丈夫的附属品，只能待在家里，一辈子做不完的家务，看到妈妈，我真的一辈子都不想嫁人了。”

刘仁说：“其实，相比之下，日本女人的婚姻比起中国来还要好些呢，至少你们还有自己选择的权利。可是在我们中国，则是媒妁之言，父母之命，你只能听天由命。”

照子说：“是这样？那两人能相爱吗？一辈子怎么能幸福呢?”

刘仁说：“中国人就是这样的，一辈一辈的就是这么过来的。我给你举个例子，在我们老家那儿，有一个男孩子才十三岁，他的父母就给他娶了一个十九岁的老婆。虽然那男孩儿不愿意，可是他又能怎样？还不是屈从父命。”

照子笑着说："不会是你吧？"

没等刘仁回答，照子便把头偎在刘仁的胸前，低声说："砥方，我们结婚吧。"

刘仁把照子紧紧搂在怀里，说："你是一个好姑娘，可是，我没有资格爱你。"

沉浸在恋爱中的少女，没有真正体会到刘仁这句话的真正含义，她急忙说："是的，日本人对中国人有偏见，是的，父亲反对我们相爱，可是，只要我爱你，任何人也阻挡不了我。"

刘仁从兜里掏出一只红绸手绢，这是他刚刚在商店里精心挑选的。他对绿川英子说："照子，这手绢是红色的，和我的心一样，从今以后，我就把心交给你了。"

绿川英子接过手绢，贴在胸口上，忍不住抽泣起来："砥方，我是这世界上最幸福的人，感谢神灵，让我得到了你。"

1936年秋，绿川英子不顾家人的反对，毅然与刘仁举行了婚礼。弟弟刘维再一次提醒哥哥，但刘仁决心已定，他对弟弟说："照子是我这辈子最爱的女人，我不能没有她。家里的事我会找机会处理好的。"他告诫弟弟，家中的事情不要对任何人提起。

刘仁和绿川英子的婚礼非常简单，只有刘仁和他的几个朋友还有中垣虎儿郎老师以及弟弟刘维参加。绿川英子原本希望父亲和母亲能来参加她的婚礼，可是愤怒的父亲不允许家里任何一个人参加。

结婚后，刘维经常到哥哥家去，哥哥在原住处附近租了一间大一点的屋子。绿川英子对这位小叔子非常热情，只要他去，便张罗给做好吃的，和刘维也是无话不谈。

这天，哥哥外出还没有回来，绿川英子就对刘维说："你说，我们今天吃什么好呢？"

刘维说："到嫂子家里，当然是嫂子说了算。"

绿川英子想了想，说："有了，我们吃饺子吧。"

刘维以为嫂子说笑话，没有想到嫂子是认真的。说实在的，绿川英子高估了刘维，刘维虽然是中国人，可是他们在家里的时候，也是只会吃，不会包。不过，没吃过肥猪肉，还没见过肥猪跑吗？

刘维说："好啊，我正馋饺子呢。不过我也是看过妈妈包，自己确实没包过，咱们试试看。”

在包饺子过程中，绿川英子问刘维：“你处女朋友没有？”

没等刘维回答，绿川英子接着说：“你来日本的时间也不算短了，日本女性你是知道的。千万不可为恋爱而恋爱，更不能草率从事。你年纪还小，学习最重要。我弟弟弘与你同岁，就是因为谈恋爱而荒废了学业，你可别像他。”

刘维不知道嫂子的话究竟是什么含义，他对嫂子说：“不会的，嫂子放心。再说我还是喜欢中国姑娘。”

绿川英子说：“看你生活都很俭朴，经济上是不是有困难？如果有困难，你就跟我讲，我翻译两个小时文稿，就能拿到三十日元呢。你千万不能生活太苦了啊！对了，刘维，从今以后，你就教我说中国话吧。”

刘维说：“有哥哥教你岂不更好吗？”

绿川英子笑了笑说：“你们中国人不是有句俗话，叫‘自己的刀削不了自己的把’吗？他那个人，没有耐心。”

说到这儿，绿川英子叹口气说：“你们是中国人，迟早都要回去的，我也打算好了，只要你哥哥走，我就随他一起去，我的家也在中国。”

11　祖国在召唤

1936年底，日本加紧策划全面的对华战争。

此时，日本军阀巨头们的战争叫嚣，甚嚣尘上，整个日本的空气中都弥漫着令人窒息的战争烟云。广播里、报纸上，甚至大街、工厂、校园，各式的集会，刘仁耳闻目睹的都是战争、战争、战争。

日本的政府官员、军人、各社会团体，甚至普通市民，都发出了声音，支持政府对中国作战。

“惩罚暴戾的支那军队，惩罚暴戾的南京政府，向野蛮的中国人讨还血债！我大日本天皇的光辉必将照耀整个亚洲，照耀全世界！”

“神圣的、伟大的天皇陛下、皇后陛下万岁！万万岁！！”

“支那政府藐视我神圣帝国，反日排日，杀害我同胞，迫害我侨民，在华北挑起事端，在上海向我海军陆战队开枪开炮，已经达到肆无忌惮和残暴的程度。”

“在华北通州，支那军队无理逮捕我日清株式会社和商社干部员工家属一百九十余人，全部予以残酷杀害。在武汉、重庆等地，支那宪兵任意逮捕我侨民，政府怂恿不法暴徒砸毁我商社，抢劫我侨民财物。8月9日在上海虹桥机场，支那军队竟敢开枪杀害我两名帝国海军军官……”

“更为严重的是，南京政府公然发布战争动员令，公开宣布与帝国对抗，公开侮辱我万世不变的天皇陛下的神圣光辉，侮辱我帝国皇军的神勇声威……”

此刻，整个日本国民义愤填膺，狂热的日本学生纷纷投笔从戎，甚至年轻的教师也换上军装，唱着热血沸腾的军歌上前线。连日本共产党领导的左翼工会也发表声明，谴责中国军队的暴行和支持本国政府的战争行为。

“战争决不仅仅是种个人行为，”东京大学教授寿龟松尾先生也在《读卖新闻》上撰文写道，“亚洲地大物博，生产落后，亚洲诸国人民的生活长期遭受西方殖民者的压迫，谁能解救他们？西方人不能，亚洲是亚洲人的亚洲，唯有我大日本帝国的光辉才能照亮亚洲大陆的黑暗……”

“多么冠冕堂皇的理由，这是强盗的逻辑！”看到这篇文章，刘仁气得把报纸扯得粉碎，狠狠地摔在地上。

战争的威胁越来越迫近，在日的中国留学生们清楚地看到，中国危在旦夕。

刘仁、叶君健、丁克、李益三、黄乃他们，悲愤至极，这些天，中国留学生们很少外出，他们不愿看到日本人的疯狂。他们常聚在一起，讨论着事态的发展。

这天，刘仁、叶君健、李益三、黄乃，还有其他几位中国留学生，聚集在丁克的“赁房”里，几个年轻人喝着闷酒，谁也不说话。

突然，刘仁啜泣起来。叶君健问道：“砥方兄，你喝醉啦？”

刘仁站起身，突然大声朗诵起南唐后主的词来：

帘外雨潺潺，春意阑珊。罗衾不耐五更寒。梦里不知身是客，一晌贪欢。

独自莫凭栏，无限江山，别时容易见时难。流水落花春去也，天上人间。

接着，丁克也站起身，朗诵了一首杜牧的诗：

烟笼寒水月笼沙，夜泊秦淮近酒家。商女不知亡国恨，隔江犹唱后庭花。

叶君健把手中的酒杯扔掉，说："二位仁兄调子过于低沉了，难道我们中国就没有希望了吗？不，有我们在，中国亡不了。"接着，他朗诵起岳飞的《满江红》来：

怒发冲冠，凭阑处，潇潇雨歇。抬望眼，仰天长啸，壮怀激烈。三十功名尘与土，八千里路云和月。莫等闲，白了少年头，空悲切！

靖康耻，犹未雪；臣子恨，何时灭？驾长车，踏破贺兰山缺。壮志饥餐胡虏肉，笑谈渴饮匈奴血。待从头，收拾旧山河，朝天阙！

当叶君健诵到"靖康耻"的时候，屋里的人都跟着一起朗诵起来，大家泪流满面，真可谓壮怀激烈。

从这天开始，这些中国的留学生便开始谋划着返回祖国，参加抗日，他们要"重头收拾旧山河"。

绿川英子这段时间，对刘仁格外体贴，她知道刘仁心中的烦恼，她早做好了思想准备。

终于，刘仁开口了："照子，我不能再待在这里了，国家危难之际，我却在敌国这里袖手旁观。不行，我做不到，我应该回去了。"

绿川英子看着刘仁的双眼，坚定地说："砥方，我理解你，支持你。走吧，回国去吧。"

刘仁说："可是，你怎么办？"

绿川英子说："我早想好了，从嫁你的那天开始，我就做好了和你同去的打算。不过，你先走，再过三个月，就是我二十五周岁了。按照日本的法律，我就有决定自己的权利了。”

于是两人商定，刘仁先期回国，三个月后，照子再赶赴中国，两人在上海会合。

刘仁和绿川英子一起，把这个想法告诉了弟弟刘维，说：“根据当前国内形势的发展，我没有必要再继续留在这里了。我想尽快回国去做点有益的工作，我要尽早动身。我和你嫂子已经商量好了，我先走，你嫂子再过一段时间，找机会也去中国。”

在做好充分准备之后，1937年1月，刚过新年，刘仁和朋友们假装外出游玩的样子，然后刘仁和绿川英子一起悄悄离开东京，来到横滨。弟弟刘维已经先期到达，托他们农学院的日本同学买好了去上海的船票。刘仁和绿川英子、弟弟刘维只做了简单的道别，就跟随人流匆匆地上了一艘开往上海的英国邮轮。

在返回东京的路上，绿川英子心神不宁，她很替刘仁担忧。她一再对刘维念叨着：“你哥哥能否安全到达?”绿川英子担心海上的风浪，而且天气又凉，刘仁也没有带多少衣物。

刘维知道嫂子挂念刘仁，就一个劲儿地安慰她。

绿川英子又说：“再过几个月，我也要到中国去了，可是不知到了那里，一切会怎么样?”刘维安慰她说：“哥哥一定会安全抵达上海的，我也保证把你安全送走，让嫂子也顺利地离开这块土地。”并说，“哥哥到了上海，一定会把一切都安排好的。”

这时的绿川英子显得高兴了些。

刘仁走后，绿川英子就开始秘密地变卖衣物，销毁书信、手稿和照片，还特意买了一架日本造的“丸善牌”世界语打字机。

1937年3月下旬，弟弟刘维回东北老家探亲。临走的时候，他和绿川英子商议，如有紧要的事，就用电报联系。果不然，4月8日，刘维收到嫂子从东京发来的电报：“学校有事速返东京。”于是刘维不敢怠慢，便匆忙返回日本。

刘维到达东京的时候，绿川英子已经在火车站等候一个多小时了。看样子，绿川英子已经急不可耐了。他们乘车回到高园寺区刘维的住处。她告诉刘维哥哥刘仁已经来信的情况和到中国去的准备工作。绿川英子多年来积存的比较贵重的衣物都变卖了，准备些钱以备到中国用。

她告诉刘维，随身行李不多，只携带一台打字机和几件衣物，两个小包。她还说，已经订好了4月15日的船票。

按事先的约定，15日早晨，绿川英子很早就从家来到刘维的住处，然后他们又一起乘车返回杉并区三谷町。汽车停在她家门前的道路上，绿川英子急匆匆地奔进屋内去向亲人告别。等她出来时，她的姥姥、父亲和带病的妈妈都送了出来。

刘维看见绿川英子亲人们那种难过的表情，心里也十分酸楚。绿川英子手里提着包裹，两眼噙着泪水，神情肃然地走向汽车。在这一二十步的路程中，她没有回头再看看自己的亲人。看来，她是不忍让老人看见夺眶而出的泪水。突然，绿川英子的妈妈喊了一声“照子”，绿川英子回过头去，走到妈妈身边，妈妈从手上摘下一枚戒指，戴在绿川英子的手上。绿川英子紧紧抱住母亲，然后向爸爸妈妈深深鞠了一躬，说了声“爸爸，妈妈，你们保重”。

绿川英子的姨妈和姐姐幸子也一同上了车。坐好后，车便直奔横滨。告别的时候，姐姐把腕上的表摘了下来，给了妹妹。

英国客轮接近中午才从横滨港起航。绿川英子站在甲板上，向姨妈、姐姐、刘维招手。终于，绿川英子再也忍不住了，她失声痛哭起来。

客轮经过四天的颠簸，终于停靠在了上海码头。

绿川英子按捺不住内心的喜悦，早早地收拾好行李，她想早早踏上中国的土地，更想早早看到自己的丈夫。

绿川英子远远地看到了人群中高大英俊的刘仁，三个月没见了，绿川英子兴奋地向刘仁招手。刘仁也看到了妻子，他快步迎上前去，把妻子紧紧地抱在怀里，过了好一会儿，才喃喃地说：“欢迎你来到中国，我们会师了！”

一路的颠簸让绿川英子颇感疲惫，虽然下了船，但是两只脚好像怎么也站不稳，身子依然像在船上那样晃来晃去。她不自主地把头靠在了刘仁那宽厚的肩上，这是她深爱的男人，也是她将托付一生的男人。从此，她将在异国的土地上，和这个男人相亲相爱，度过一生。

4月下旬，在日本日夜牵挂的弟弟刘维，接到哥嫂从上海发来的信，是用日文夹杂着世界语写的，这信外人很难看懂。信中说，照子已于19日安全抵达上海，现在一切安好，还要刘维把他和照子的情况，转

告给丁克、叶君健他们。

其实，他们哪里知道，就在绿川英子离开东京不久，叶君健、丁克、李益三、黄乃还有他们的老师中垣虎儿郎便被东京警察署抓走了。

本来，为了不引起警察的注意，他们决定绿川英子走的那天，就不到港口去送她了，而是提前搞了一个送别仪式，过几天，也步她的后尘，束装返国。

没想到，就在绿川英子离开东京不久的一个大清早，警察便把他们几个人分别抓走了。其实，中垣虎儿郎和中国留学生的密切往来，早就受到警察的重点监视。日本特高课人员曾多次来日本世界语学会事务所调查中国留学生的行踪。

日本的特高课捏造罪名说，他们接到日本驻上海领事馆的报告，知道丁克、叶君健他们是根据莫斯科共产国际的指示，推派绿川英子前往上海出席世界语五十周年纪念大会，并且“具有抗日危险思想”，所以将他们师生全部逮捕。日本报纸《大和新闻》对此事曾刊出特大标题，称“一网打尽”，其他一些日本大报也在头版登出了这个消息。

叶君健、李益三、黄乃他们在被关押了近三个月之后释放，驱逐出境。而丁克则被关押了达八个月之久才被释放。

他们的老师中垣虎儿郎的罪名是违反治安维持法，被“劳役二年，缓刑四年”。但后来因证据不足，把他关了九个月后放了出来。被释放的中垣老师，依然被限制居住、交往和通信自由。

12　上海抗战

刘仁先期从日本回到上海，他还没能找到一个稳定的工作。

绿川英子来到后，俩人租住在上海的法租界里。可是，自从日本发动七七事变，进而进攻华北，甚至威胁上海的时候，上海法租界内的住房租金暴涨，他们已经无力支付高昂的房租。眼看就要身无分文了，他们不得不去另寻租金较低的住房。但是，由于绿川英子是日本人，常常被人拒绝。甚至刘仁已经谈好的房子，当他们要搬来的时候，又被人赶了出去，谁也不愿意把房子租给一个日本人，甚至刘仁和绿川英子他们还屡遭谩骂。

本来，中日甲午战争之后，傲慢的日本人把中国人看成是东亚病夫，瞧不起中国人。所以，一个大日本帝国的女人嫁给一个“东亚病夫”，是一件“非常耻辱”的事。更何况，绿川英子是和一位反对日本军国主义的中国留学生结婚，这就不仅仅是“耻辱”而是“背叛”了。不但绿川英子的父亲一时难以接受，就是周围的亲朋好友，对她的“疯狂”举动也是难以理解。

这一切，绿川英子都可以忍受，她以为，只要和丈夫一起来到中国，这一切都会得到改变。因为她的丈夫是一个革命者，是为了抗日才从日本回到祖国的。而作为他的妻子，她和其他的日本人不一样，虽然她也爱自己的祖国，但她更爱和平，反对战争，反对日本军国主义。所以，她一定会受到中国人的欢迎，至少会得到应有的尊敬。可是现实并非如此，一切都出乎绿川英子的想象。

为了不暴露身份，刘仁和绿川英子平时更多的是用世界语交谈。当有人问及时，刘仁就谎称绿川英子是马来西亚人或越南人。但是，随着日军的暴行升级，中国人对日本人的憎恨也在不断升级，遮掩自己的真实身份也更加困难。为了减少不必要的麻烦，绿川英子穿着打扮也尽量和中国妇女一样，她轻易不暴露自己的日本人身份，也尽量少出门。

刘仁看到妻子所受的委屈，非常懊恼。但是绿川英子却能理解中国人的感情，她安慰刘仁说：“都是暂时的，你放心，我能理解。在这种情形下，谁也无权要求中国人去理智地判断哪个日本人是好人，哪个日本人是坏人啊。”

现在，租界的房子已经住不下去了，他们几乎身无分文了，他们必须在今天找到新的住所，不然，就要露宿街头了。

他们对上海并不熟悉，只能凭借两条腿，走到哪儿打听到哪儿。奔波了一天，饥渴难耐，却依然毫无收获。可是，就在他们筋疲力尽、灰心泄气的时候，他们走到了卡德路嘉平坊（现石门二路一百六十九弄），这里距苏州河不是很远。

刘仁看到一幢二层小楼，墙上挂一块不大的方形牌子，牌子的上方有一行弧形的世界语文字，中间是一颗五角星，下面一行字是“上海世界语者协会”。

刘仁惊喜地说道：“瞧，我们找到家了。”

绿川英子也一眼看到了那醒目的世界语文字，惊讶道：“真是太巧了。”

他们走进屋，一个三十岁刚出头，戴眼镜，打着领带，身着大衣，面部白皙的年轻人迎了过来。他叫乐嘉煊，是一个世界语者，他和妻子以及两个孩子就住在这里。

乐嘉煊问道：“朋友，你们是……”

刘仁说：“我叫刘仁，她叫绿川英子，刚从日本回来，我们也是世界语者。”

乐嘉煊听了“哎呀”一声，马上过来和他们握手，高兴地说：“原来你们就是刘仁和绿川英子，我早就听说过你们的名字，绿川英子小姐还给我们的杂志写过文章呢。你们坐，你们坐。”

乐嘉煊让妻子给客人倒了茶水，然后自我介绍说：“我叫乐嘉煊，就在这上海世界语者协会工作，同时也是这个书店的经理、营业员，还是协会的接待员，来来往往的各地世界语者、爱好者还有国际朋友等，都来此落脚。”

乐嘉煊的热情，让饱受冷落的刘仁和绿川英子，心里顿时热乎乎的。

乐嘉煊继续介绍说：“上海世界语协会是一座二层小楼，我和家人住二楼的亭子间。楼下是世界语协会的办公室、会客室，还有一个世界语书店，书不多，有三个书架子，主要代售国内外世界语书刊。楼上是教室，有讲台、课桌、长凳，可容纳三四十人，主要是用来开办世界语函授学校、世界语讲习班和开会等。协会的机关刊物《世界》的编辑部也都在这里。”

刘仁和绿川英子立刻有了一种轻松的感觉。

正说着，又进来一位年轻人，他叫徐雉，既是上海的世界语者，更是一位有名的诗人、小说家，他是中国现代文学史上第一个把毛泽东写进小说的作家。

当他知道刘仁和绿川英子这对世界语者夫妇刚刚从日本回来，至今还没有找到住处的时候，徐雉便毫不犹豫地说："没关系，你们不要租房子了，就住到我那儿好了。"于是，也没问刘仁和绿川英子是否同意，就把他们带到自己的家里。

当天晚上，听说刘仁和绿川英子到了上海，中国世界语者、《世界》杂志主编叶籁士和张企程、乐嘉煊等人，来到刘仁和绿川英子的住处，拜访了这位早有文字之交的绿色之友。

一见面，叶籁士便对刘仁和绿川英子说："咱们是老朋友了。"原来，刘仁早在京津地区从事抗日救亡活动的时候，就曾经与叶籁士有过通信联系。而且，绿川英子还在日本的时候，他就向绿川英子约过稿。绿川英子的那几篇《日本妇女之现状》《日本无产阶级文学现状》的文章，就是应叶籁士之约，发表在《世界》杂志上的。

老朋友相见，自然兴奋不已。

叶籁士关切地看了他们的住处，这栋房子是前后相通的两间房，徐雉夫妻住前间，刘仁夫妇住在后间。他们几个人走进刘仁和绿川英子的房间，见到靠南墙放着一张四尺半的白木床，罩着蚊帐，西面窗口下有张未漆过的小写字台，也像木床一样未曾漆过，台前有把靠背木椅。看不出他们有什么行李，最显眼的是一部新的手提式世界语打字机。

他们关切地对刘仁和绿川英子说："太简陋了，不过，有什么困难就和我们说。"

说到工作，叶籁士答应介绍刘仁到一家出版社工作，然后对绿川英子说："你是日本人，出去找工作也不方便，这样吧，你就到我们的世界语者联盟来吧，我们正在编印一份对外宣传的世界语刊物《中国怒吼》，前段时间一度停刊，现在正要恢复，你就过来当编辑。砥方有时间，也过来帮帮忙。还有，我们正在筹备庆祝世界语诞生五十周年大会，届时你们二位一定参加。有绿川英子这位日本友人到会，这次大会将更有意义呀。"

送走了客人，刘仁和绿川英子兴奋得难以入睡，一段时间的委屈、压抑、奔波、劳累全都烟消云散了。绿川英子认定了这些和刘仁一样的热血青年，就是中国的希望。有了这些人，日本就休想战胜中国。

第二天，绿川英子把自己带来的世界语打字机拿到协会，这台打字机真的发挥了作用，绿川英子照稿子打好蜡纸，然后一页页地用油印机印好，装订。曾一度停刊的《中国怒吼》又继续出版了。绿川英子在这里不仅当编辑还亲自写文章。

过了几天，绿川英子发现一些人偷偷地运来一些药品、纱布、医疗器械等。叶籁士告诉她说，这批货是宋庆龄先生送来的，准备运往共产党的解放区。原来他们这里，不单单是世界语协会，还是共产党解放区紧缺物资的集散地，像宋庆龄这些共产党的朋友，常常为解放区搞到一些急需物品，就由这里偷偷运送到解放区。于是，每次再有物品送过来，绿川英子也和他们一起搬运。

庆祝世界语五十周年大会如期召开了，这是绿川英子在上海参加的第一次中国世界语者空前盛大的集会。这次集会一方面是为了庆祝世界语诞生五十周年，而更重要的是借此号召全国世界语者行动起来，实现"为中国的解放而用世界语"的战斗口号，积极投入到已经爆发的抗日战争中去。大会于7月15日下午，在西藏中路上的原宁波同乡会内举行，到会者有来自全国各地的和上海的世界语者共三百余人。

事先叶籁士就找到绿川英子说："我们研究了，希望你能在大会上，作为一名世界语者、国际友人，在大会上发言。"

绿川英子没有推迟，她一口答应下来。

大会那天，绿川英子镇定地走上台前，她用世界语流利地讲道："柴门霍夫创造世界语的宗旨，就是消除仇恨，增进理解，反对战争，维护和平，日本帝国主义发动对中国的野蛮战争，是不得人心的，是迟早要失败的。我是一个日本人，我来到中国，就是要和中国人民一起战斗，勇敢地抵抗日本帝国主义的侵略。"绿川英子在大会上的发言，赢得与会者的热烈掌声。

刘仁激动地对绿川英子说："照子，你今天说得太好了，你知道吗？你的话，不仅仅代表你自己，你让中国人听到了来自日本的另一种声音。谢谢你！"

绿川英子回答说："砥方，这也是我的誓言。你放心，在中国，我会尽全力去反对这场战争，我不会食言。"

一天，刘仁在出版社的工作完成后，来到世界语协会。这时，叶籁士从外面赶回来，他对大家说："国民党逮捕了'救国会七君子'，上海各界准备举行示威游行，营救他们，我们明天把所有的工作都停下来，参加游行。”

原来，1936年5月，沈钧儒、邹韬奋等著名爱国人士响应中国共产党建立抗日民族统一战线的号召，在上海发起成立了“全国各界救国联合会”，要求国民党停止内战，释放政治犯，并与中共谈判，建立统一的抗日政权等。对此，国民党竟以“危害民国”的罪名，逮捕了沈钧儒等七位救国会的领导人。

接着，国民党上海市政府发出布告，宣布他们的“罪行”：“李公朴等自从非法组织所谓‘上海各界救国会’后，托名救国，肆意造谣，其用意无非欲削弱人民对于政府之信仰，近且勾结‘赤匪’妄倡人民阵线，煽动阶级斗争，更主张推翻国民政府，改组国防政府，种种谬说均可复按。”

国民党的倒行逆施，引起全国人民的愤怒，于是全国各界陆续掀起了声势浩大的营救运动。上海自然首当其冲。刘仁曾向绿川英子介绍过这个事件的前因后果，让绿川英子感到不可思议的是，为什么大敌当前，兵临城下，这些爱国人士却不能爱国，反而抗日有罪呢？这样的政府不就是一个卖国的政府吗？

于是她马上问叶籁士：“我也要参加，可以吗？”

叶籁士高兴地说：“当然可以，不过大家要注意保护好绿川英子的安全。”

刘仁说：“放心吧，有我呢。”

游行那天，绿川英子冒着危险参加了。她是这支游行队伍里唯一的一名日本女性。那天刘仁紧紧跟在她的身边，几乎寸步不离，生怕出现什么意外。协会的其他人也都时刻注意着她的安全。有这么多人的关注，绿川英子感到很幸福。

她在一篇文章中这样写道：“幸亏有了世界语，使我在上海并不感到完全陌生。同样在战争中我也不是一个多余的人，尽管那时我还不能公开地参加中国抗击日本侵略者的斗争……”

13　中国怒吼

在《中国怒吼》杂志编辑部工作的那段时间，绿川英子一个人能做好几个人的事，她写文章、编稿件，打字、印刷，还和乐嘉煊等人一起发行，刘仁只要有时间，也来帮忙。

绿川英子的很多文章，几乎都是晚上回到家里写的，刘仁是她的第一个读者，哪个地方写得不够劲，哪些地方需要修改，俩人就一起商量。这个时期，她以“M”署名，连续发表了好多篇有影响的重要文章。

除了自己写，她还用世界语翻译了一些文章，其中就有中国作家苏醒所写的揭露日军在中国犯下大量罪行的报告文学《花儿怎样开?》。为避免麻烦，她还用刘蒙晖这个笔名，把这篇稿子寄往东京的《日本评论》上发表，连《日本评论》的主编伏室高信也以为刘蒙晖就是个中国人。

这个时候，随着战火的蔓延，抗日运动在全国蓬勃发展，反日情绪日益高涨，娶有日本妻子的中国人不得已以各种理由离婚或劝妻回国。

刘仁虽然处境艰难，但是他对自己心爱的人一再表示，我绝不会抛弃你，无论如何，我都不会让你走。绿川英子也说：就是死也要死在心爱的人身边，我绝不会回去。

上海的战事一天天地紧张起来。

由于8月9日上海虹桥机场事件，中日两国开始频繁调动军队，大战开即。

一天，一位素不相识的日本女人突然来到绿川英子的家。她知道绿川英子也是日本人，她焦急地对绿川英子说，现在上海战事正紧，很多在上海的日本人都回国了，她也想和绿川英子一起结伴同行，回到日本去。

绿川英子没有犹豫，对她说：“你认错人了，我不是日本人。”

这位日本女人知道绿川英子在撒谎，便央求道，“你不要瞒我了，等到战事一起，一切就都晚了。明天还有最后一班轮船开往日本，我想搭乘这条船。难道你不想跟我一块儿回国吗？”她的话语几近哀求。

尽管绿川英子从心里感谢她的关心，但她还是硬着心肠，背过脸去，坚定地对这位同胞姐妹说：“太太，很遗憾。这儿除你之外再没有第二个日本人了，你还是请回吧，祝你一路平安。”

见实在无法说通，这位失望的日本女人只好悻悻而去。

绿川英子背过身去，直到那“踏、踏”的木屐声渐渐远去，她才慢慢走到窗前。她望着窗外的蓝天，远处传来轮船的汽笛声。

绿川英子在一篇文章中，把自己当时的心境写了下来。她写道：“祖国——多么迷人悦耳的字眼，人们可以断言，她们比我幸福，因为她们有祖国可回，而我既无国可回，也不能进入丈夫的国土，像一只双方都要捕捉的弱小野兔，漂泊在‘中立地带’。”

是啊，上海战事近在咫尺，一触即发，日本侨民都慌不迭地匆匆离去，而她却义无反顾地留下来，选择了危险，也选择了孤独。而在上海，她时刻处在危险之中，她不能像一个自由人那样，随便出行。而日本，那是一个多么亲切的字眼！那是她的祖国，是她的家乡，那里有生她养她的父母，有情同手足的兄弟姐妹。可是，她不能回去，她的丈夫在中国，她嫁给了一个属于中国的丈夫，那么她便也属于中国，只要她的丈夫走到哪里，她就必须跟随到哪里，中国才是她的家。不被理解是暂时的，迟早，她会被中国人所接纳。

战争终于爆发了，枪炮声震耳欲聋。仅仅几天工夫，日本军队就占领了上海。绿川英子目睹了日军在上海的暴行，她在日记中写道：“日本人在空中投下了好多燃烧弹，又给地上的平民洒上了汽油，他们封锁了道路，用机枪扫射那些逃命的市民。”

绿川英子怒不可遏，她为自己的国家感到羞耻。她知道，一个民族一旦陷入军国主义的泥潭，就会变得毫无人性，变得凶虐残暴。但是，令她惊讶的是，日本的凶虐残暴远远超出了她的想象。她目睹了日本侵略者发动的“八一三”事件给中国人民带来的深重灾难。她怀着无比愤恨的心情，写下了《爱与恨》《中国的胜利是全亚洲明天的关键》等文章，揭露日本法西斯的侵略罪行。

她在《爱与恨》一文中写道：“这座国际城市为烟火所笼罩，到处是

一片惊骇恐惧的喊叫声。炮声隆隆，恐惧地划破了中午宁静的空气。一些人，吸完了最后一口气，无声无息了；另一些人，血迹斑斑，满身泥垢，爬行着，作垂死挣扎。……夜里，我为轰炸声所惊醒。两眼再也不愿意闭上，于是我走上了阳台。西北的天空红红的，闪烁着耀眼的亮光。这样的大火1932年也同样燃烧过，如今它不仅威胁着上海和北平、天津，还威胁着唯一拥有几千年文明的整个中国。”

她大声疾呼：“我憎恨，我竭尽全力地憎恨在两国人民之间进行的那种屠杀。我的心叫喊着：为了两国人民，停止战争！”

绿川英子又连续写了几篇文章。

10月12日，上海的《救亡日报》发表了《爱正义爱祖国者的呼声——一个日本女子的家书》，信中对日本军队的野蛮侵华极为愤怒，对日本军队丧尽天良的种种罪行进行了揭露。这封家书署名的日本人名叫妙子。上海和中国知识分子很快知道了一个日本人在支持中国的抗日战争。只是他们不知道，这个妙子就是在世界语杂志《中国怒吼》上发表文章的绿川英子。

这封写给日本世界语者的信是这样写的：

同志们：

好久没有给你们写信了！日本的严格的检查制度一直使我犹豫，是否要给你们随意写信。而今这战争已使我们有两个半月以上完全中断了联系。但我不愿意再沉默下去了。一种强烈而复杂的心情在促使着我……但从哪儿说起呢？

同志们，凡是有一颗人心或理智清醒的人，不管他们属于哪个民族，都一定会同情中国的。我不是畜牲，我也学习过正义。因而在我的头脑里一直有着这样的问题：我应该做什么？像一些同志那样奔赴前线，还是像女同志那样为难民和伤兵工作？但是我不能，因为我是一个连中国话都讲不好的弱女子。同志们，幸而我是个世界语者。是的，我说“幸而”，因为多亏这个，我在反对日本帝国主义的革命战斗中找到了自己小小的岗位。现在我们应最有效地把我们的语言当作国际武器。“为中国的解放而用世界语！”这无论如何也不是写在纸上的漂亮词句。为《中国怒吼》及其他而共同工作，对我来说意义并不简单。这并非仅仅是一个外国世界语者为出版一本薄薄的刊物而提供自己微薄的技术。当我拿起笔来之时，我由于正义感受压抑而热血沸腾，由于对野蛮的敌人的愤怒而怒火燃烧。我感到高兴，因为我与中国人民站在一起！

谁愿意叫我卖国贼，就让他去叫吧！我对此无所畏惧。我倒为我是那些不仅侵略别人国土，而且肆无忌惮地为无辜也无助的难民们制造人间地狱的人们的同胞而感到羞耻。真正的爱国主义从来不会反对人类的进步。如果不是这样，那它就是沙文主义。而战争给日本产生了多少沙文主义者啊！当我得知，甚至那些从前自诩为有觉悟的、进步的，或甚至是马克思主义者的有识之士，今天也无耻地跟在反动的军国主义者和政客们的屁股后面而大叫大擂着“皇军”的“正义”之时，我再也不能抑制住愤怒和厌恶了。在知识阶层有着很大影响的批评家室伏高信吹嘘道，日本民族肩负着创造新世界的使命，而任何妨碍他的人都应消灭，因而现在的战争是东方的两大民族命中注定的。曾经是科学社会主义者的三川均堂而皇之地提出了一个有关中国军队“鬼性及兽性”的问题，并气愤地谩骂中国人民是“比魔鬼和野兽更坏的东西”……我不列举了，因为这个你们应该知道得比我更清楚。

啊，同志们，难道人们能如此轻易地连最后一点良心都要扔掉吗？然而同志们，我是相信你们的。我深信无疑，你们甚至一步也不会向他们靠拢，因为只有你们这些进步的世界语者，真正的国际主义者，能够彻底懂得这场战争的意义和自己行动的正确方向。

在中日两大民族之间不存在根本的仇恨。翻一下历史，人们就会与此相反地发现，在所有方面都存在着亲密的关系。1911年，中国国民革命期间，许多日本人自愿地为邻国人民的解放而洒下了自己的鲜血。而在几年以前，为了无产阶级的解放，两国工人的手是握得多么紧啊！同志们！我记得很清楚，我们在东京常常以何等的热情谈起这一点，而每次都认真地商讨日中世界语者间的合作以促进东方的运动，继而推进全世界的运动。今春我离开日本之时，这个问题变得尤其现实了。但是后来各种事情——最大的一桩是日本警察的镇压——妨碍了它的实现。

同志们，现在正其时矣！我们迫切等待着你们的帮助，中国人民需要各种合作者。你们怎么能不管呢？真的，今天是让长期以来的富有意义的计划以最直接、最真诚的形式跨出第一步的最好时机。丝毫的犹豫

定将使你们后悔莫及，使我们遗憾万分。我们确实预见到，道路是荆棘丛生的，但这算得什么呢？要知道，同志们，尽管政府以死相胁，反战运动在日本或已燃烧，或已暗中点燃了。甚至在上海的日本军队里，竟无视战时严格的纪律，也出现了反战的标语。

同志们，在这次战争里，中国的胜利不仅意味着中华民族的解放，而且也意味着包括日本人民在内的远东所有被压迫人民的解放，它的确是全亚洲和全人类明天的关键。同志们，你们为何如今还在动摇不定呢？要记住，此时即使无所作为也意味着不可饶恕的罪过。关于这点我再也无话可说了，因为我完全相信你们毫不动摇的同志之情。

啊，同志们，在这祖国危急存亡的阶段，中国的士兵们战斗得多么英勇顽强啊！我时常感到心脏剧烈的跳动，甚至热泪盈眶。如果你们也能亲眼看看……但可怜的是我们祖国的那些士兵。报纸上说，最近一周内，在上海死去了一万二千名日本士兵。而人们还不断地把成千上万个青年人送来。我怎么能肯定，在他们中间没有你们之中的这位或那位呢。不！连想想也都可怕。把战争强加给被压迫的邻国人民，而自己也白白地死去……同志们，对于世界语者来说，难道有比这更巨大的悲剧吗？

好了，余言后谈吧！

祝你们大家战斗顺利，身体健康！

一九三七年九月于上海

一个日本女子在战争最惨烈的时刻，公然站在中国人民一边，反对本国发动的这场侵略战争，这是需要多大的勇气啊。

中国军队对日军的进攻进行了顽强的抵抗，特别是团长谢晋元率领的八百壮士，坚守四行仓库的消息传开，上海人民无不敬佩感泣，把他们誉为“八百壮士”。每天从早到晚，数以万计的各界群众，不顾北岸日军的流弹四射，纷纷聚集在苏州河南岸，表示对四行仓库孤军的尊敬和关心。10月28日黎明，一名叫杨惠敏的女孩儿，渡过苏州河进入四行仓库，向孤军敬献一面新制的国旗，表示全市人民的崇高敬意。团长谢晋元命令将国旗在仓库大楼楼顶升起，隔河观望的人们无不拍手欢呼。

当天的《申报》有这样的一篇特写：“天亮时分，国旗飘展，隔河民众经此地，纷纷脱帽鞠躬，感动落泪。”看到这篇消息，刘仁和世界语协会的同志们感动得热泪盈眶。

日军终于攻占了上海，租界地区变成了“孤岛”，《中国怒吼》的主编叶籁士和其他一些同志，包括刘仁夫妇，必须尽快撤离上海，他们准备转移到广州，然后，奔赴武汉。

为了转移途中的方便，绿川英子须抓紧学会把自己装扮得像个中国人。徐雉爱人像一个经验丰富的导演，她耐心地教绿川英子怎样走路，怎样穿衣。绿川英子则像个小学生似的，一遍一遍地模仿，惹得坐在一边的刘仁和徐雉哈哈大笑。

徐雉的爱人终于成功地把绿川英子打造成一个上海常见的中国妇女的角色，身穿紧身细腰的旗袍，脚蹬半高跟皮鞋，模仿中国妇女走路的身段和步伐，还教了她如何擦胭脂、涂口红。这一切对绿川英子来说都很不习惯，但她学得用心，做得认真。这样，会减少很多不必要的麻烦。

1937年11月27日早上，在叶籁士的帮助下，刘仁和绿川英子从黄浦滩边，坐着一只小舢板，来到停靠在公和祥码头的法国邮船。后来他们才知道，和他们同船的还有何香凝、邹韬奋、郭沫若等上海各界的要人和名流。

在船上，他们听到有人唱这样一首歌：“中国不会亡，中国不会亡，你看那民族英雄谢团长！宁愿死，不退让；宁愿死，不投降！同胞们起来，快快上战场，拿八百壮士做榜样！”

刘仁听了几遍，便也跟着哼起来。会唱的人越来越多，歌声也越来越大。

14 南下广州

刘仁和绿川英子随着人群出了码头。

到哪里去呢？刘仁从下船开始，心里就一直在想着这个问题，先找个住的地方，然后再找一份工作，想办法和广州的世界语者取得联系。

刘仁突然想起身后的绿川英子，自己只顾想事，没想到绿川英子落在了后面。

一路上，船遇上风浪，颠簸得很厉害，绿川英子不停地呕吐。她躺在狭窄的床铺上，面色蜡黄。刘仁看着妻子如此难受，心里很难过，如果不是自己，照子这个时候，大概还在日本家中的宽大松软的床上睡懒觉呢。

刘仁看着走路摇摇晃晃的绿川英子，正要回去搀扶一下。这时一个警察拦住了绿川英子。刘仁急忙跑过去："先生，您这是要……"

警察态度很蛮横，他的广东口音，刘仁听起来很别扭："没什么，请这位女士跟我到警察局走一趟。"

刘仁慌了，忙说："为什么？我们没犯法，凭什么去警察局？"

那位警察说："因为她是日本人。"

刘仁强作笑容："先生，您误会了，她是马来亚人，我们是夫妻。"

警察毫不客气地说："先生，你在说谎吧，这位女士的长相和走路的姿势一看就是日本人。"

说着就要把绿川英子带走。

刘仁忍不住心头的怒火，伸手抓住那位警察，绿川英子急忙拦住刘仁："砥方，没关系，我跟他们走一趟。"

正说着，一位长官模样的人走了过来，问道："怎么回事？"

刘仁只好实话实说："她是我妻子，我们都是世界语者，知道吗？世界语者是要和平，反对战争的。我妻子叫绿川英子，是日本人不假，可她到中国来是来帮助中国抗日的，她是世界语作家，在上海的《中国怒吼》杂志工作，写了很多反对日本侵略的文章。上海沦陷了，我们从上海逃出来，这是要转道广州，然后去汉口。"

长官和那位警察听了刘仁的话，态度有些缓和，说："可是怎么证明呢？"

刘仁急忙打开手提箱，拿出几本《中国怒吼》杂志："先生你看，这就是我们在上海编的杂志，这是她用世界语写的文章，对了，你不认识，这是世界语，好，这样吧，我给你们读一段，'我应该做什么？像一些同志那样奔赴前线，还是像女同志那样为难民和伤兵工作？但是我不能，因为我是一个连中国话都讲不好的弱女子。同志们，幸而我是个世界语者。是的，我说幸而，因为多亏这个，我在反对日本帝国主义的革命战斗中找到了自己小小的岗位。现在我们应最有效地把我们的语言当作国际武器。’……”

这位长官终于面带笑容，他打断了刘仁：“好了，不用念了。我们应该感谢你的夫人。走吧。不过，根据战时法令，你必须离开她。当然，这是你的问题。好了，注意，别到处乱走，这样很不安全。”

两个警察走了，刘仁扶着有些站不稳的绿川英子，赶紧叫了辆人力车，对车夫说：“送我们去旅馆。”车夫问：“先生，去哪家？”刘仁顺嘴说了句：“方便一些的。”

没想到，车夫把他们送到了广州最豪华的新亚酒店。这家酒店，刘仁哪里住得起，但看绿川英子身体的样子，只好说：“咱们先在这里住下，明天我再出去找旅馆。”

第二天，刘仁赶紧出去找了一家简陋的旅馆住下来。

刘仁和广州的世界语者取得了联系，这是一群热血沸腾的年轻人，其中一位叫陈原的人，还是中山大学的学生。这几天，他也正在想办法联系刘仁夫妇，因为他刚刚收到叶籁士从上海寄来的信，一是让他帮助安排刘仁和绿川英子的生活，二是协助刘仁和绿川英子，把广州世界语协会的工作开展起来，还说刘仁和绿川英子都是了不起的世界语者。

因为绿川英子外出不便，那些天，陈原和那些大学生们就常来刘仁的住处，有的女学生从家里带来衣服，把绿川英子装扮成一个外省妇女的样子。这样，不会讲广东话的绿川英子，行动会方便一些。为了节省开支，他们又为刘仁和绿川英子找了一处他们过去使用的废旧的仓库，虽然房间狭小，里面又堆满了各种书报和纸张，但至少不用付房费了。他们又从各自的家里拿来一些生活的必需用品，使得他们至少可以做饭生活了。

绿川英子感动地说：“我和砥方就像沙漠里的流浪汉，遇见你们这些世界语者的朋友，对于我们来说，就是遇见绿洲了。”

之前，广州的世界语运动非常活跃，也成立了一些团体，甚至在国内也产生了很大的影响。但是后来由于没有适当的人去组织，所以一度陷入低谷。

刘仁知道，要把广州的世界语运动开展起来，必须要取得政府部门的认同和批准，然后进一步争取活动经费。但是，他清楚，要完成这个目标，不容易。他和陈原等人找了一些关系，跑了几次政府部门，但都被婉言拒绝了。

正在他们一筹莫展的时候，广州出版的《救亡日报》，这是由郭沫若和夏衍创办的，刚从上海转移到广州的一张宣传抗战的爱国报纸，上面以显著的大字标题刊登了一则消息："抗日英雄丁克回到了广州。"

这条消息让刘仁喜出望外。这位在日本东京掩护过刘仁和绿川英子出走后，被警察当局拘捕下狱达八个月之久的丁克终于回来了。其实丁克在东京的时候，就加入了中共东京特别支部的外围组织社会主义青年同盟，是明治大学中国留学生同学会的负责人，在地下党的领导下，利用日本世界语协会开展反对日本侵略的进步活动。

当丁克出现在刘仁和绿川英子面前的时候，这几位患难之友紧紧地抱在了一起。

刘仁和绿川英子向丁克打听中垣虎儿郎老师、叶君健、黄乃和李益三几位同学的情况，丁克告诉他们，自绿川英子走后不久，他们几个就被东京警察署抓起来了，被关了三个多月。现在也都陆续回国了。只是中垣老师还在关押中。

丁克见刘仁和绿川英子的处境如此尴尬和寒酸，便说："你们不能在这里住下去了，走，搬到我那去。"他找来陈原等人，三下五除二，把刘仁和绿川英子的所有物品，搬到了他的住处。

这是一座漂亮的二层楼房，是丁克的女朋友借给他的。里面还有一位学生，也是世界语者。现在，绿川英子成了这幢楼房的主人了，这里环境优雅、安静，让绿川英子很惬意。从日本到上海，从上海到广州，她不停地奔波，不停地搬家，现在终于有一个安逸的住所，虽然不属于自己的，虽然她是暂时的主人，但她还是高兴地给它取了一个名字："绿色之屋"。凡来参加活动的世界语者都被绿川英子热情地称之为"绿色之屋"的家庭成员。

丁克在广州上层有很好的人脉，他的父亲邓乃燕，是同盟会元老，辛亥革命时，他在指挥惠州战役中牺牲。他的母亲余浣香和那些同盟会的革命家也都有很好的交往，特别是和廖仲恺的夫人何香凝都是很好的朋友。丁克母亲还是一个有名的教育家，曾创办学堂，自任校长，是广东女子启蒙运动的先驱之一。1924年遇刺殉职的粤军第一师师长邓仲元是丁克的族叔，民主革命者邓演达是他的族兄。当年在广东掌握兵权的将领如张发奎、余汉谋等都出身于第一师。因而他有着很广泛的社会关系。

于是，丁克带着刘仁和其他几个世界语者，游说于政府部门，甚至在亲族和熟人之间奔走。最后，终于得到了广州政府的认可，成立了由广东省政府宣传部领导的广州国际协会，下设英语、日语和世界语三科，其中世界语科由刘仁负责。

有了政府的支持，就有了资金保证，开展工作就一顺百顺。刘仁从来没有感受到工作如此得心应手。

在到日本留学之前，刘仁在高崇民的领导下，在北平和天津开展救亡运动，但是那时是地下的，是秘密的，是偷偷摸摸的，国民党不允许你大张旗鼓地宣传抗日。现在则不一样了，不但共产党号召抗日，国民党蒋介石也开始抗日了，国民党和共产党又一次携起手来，走到了一起。曾经抱怨张学良不抵抗的刘仁，此刻真的觉得有些对不起自己的校长，因为自己误解了这位曾经的偶像。如果没有张学良发动的西安事变，中国的内战不知道还要打到驴年马月。到时候，整个中国都要被日本占领，中国人真的就要成为亡国奴了。

刘仁满腔热情，他起早贪黑，召集开会，物色人员，布置任务，创办世界语刊物，编印宣传小册子，开展抗日宣传。在他的带领下，广州的世界语活动很快就活跃起来了。

广州的这些学习世界语的年轻人知道刘仁和绿川英子是从上海来的，就要他们介绍上海的世界语情况和上海抗战的情况。刘仁在上海的时候，就对谢晋元和他的八百壮士的抗日壮举了如指掌，加之刘仁本来就有很好的口才，所以讲得那些年轻人热血沸腾。不忙的时候，刘仁还教这些年轻人唱歌，那是他在上海学会的《救国军歌》：

枪口对外，齐步前进！不伤老百姓，不打自己人！我们是铁的队伍，我们是铁的心，维护中华民族，永作自由人！

装好子弹，瞄准敌人！一枪打一个，一步一前进！我们是铁的队伍，我们是铁的心，维护中华民族，永作自由人！

还有在船上学会的那首《歌八百壮士》：

中国不会亡，中国不会亡，你看那民族英雄谢团长！宁愿死，不退让；宁愿死，不投降！同胞们起来，快快上战场，拿八百壮士做榜样！

……

这个时候，武汉已经成为中国抗战的中心，很多革命青年和一些知名人士，都已北上汉口，刘仁很羡慕他们，心里也很着急。而此时，绿川英子在广州的行动却依然不便，她最多只能参加那些世界语朋友圈的聚会。很巧，在一次世界语朋友的聚会上，刘仁听说郭沫若先生也在广州，就住在新亚酒店，决定去拜访他。

在日本的时候，刘仁就对郭沫若有所耳闻，而郭沫若也刚从上海转来广州不久，他在上海创办的《救亡日报》，也转移到了广州。尤其郭沫若先生在《救亡日报》上发表的复刊词，写得慷慨激昂，让刘仁钦佩不已。

救亡就是我们的旗帜，抗战到底就是我们的决心，民族复兴就是我们的信念。

我们要在文化战线上摧毁敌人的鬼蜮伎俩，肃清一切为虎作伥的汉奸理论，鼓荡起我们民族的忠贞之气，发动大规模的民众力量，以保卫华南门户，保卫祖国，保卫文化。

在广州的这些日子，刘仁真切感受到了广州救亡的生命脉搏跳动了，消沉的民气又开始鼓荡起来。高悬在马路两旁电线杆上的横幅标语，被风吹得鼓鼓的，斗大的黑字在上面跳跃："军民团结起来！用我们自己的力量保卫大广州！"到处都可以听到"对准敌人开枪，前进。不要内战，忠于人民"的歌声。

在广州新亚酒楼郭沫若的房间，刘仁和绿川英子慕名来访。他们向郭沫若表达了想去汉口参加抗战的意愿。在两国交战的非常时期，一个日本人如果没有中国政府的特别许可，绝对难以在中国的土地上自由行动。在日本过了十年流亡生活的郭沫若，非常理解绿川英子此时的心情和她面临的困难。

他对刘仁和绿川英子说："我会尽最大的努力帮助你们的，希望你们俩能再耐心地等待一段时间。只要有机会，一定帮你们安排一个满意的工作。"抗战需要枪杆子，也同样需要笔杆子。郭沫若还鼓励绿川英子说，这段时间，可以一边利用你所擅长的世界语作为抗日宣传的武器，一边等待国民政府对你的认可。最后，郭沫若还叮嘱刘仁和绿川英子，一定要注意安全。

此时的广州也战事紧张起来，日军不断对广州进行空袭。

然而，就在这时发生了一件让刘仁意想不到的事情。一天早上，绿川英子去参加一个世界语的朋友聚会，正走在广州街头的绿川英子突然遇到日机空袭，警笛响起，人们都迅速地向安全地方跑去。羊城的天气热得很早，焦急中的绿川英子一边随着人群奔跑疏散，一边掏出那只红色的手绢擦擦头上的汗水。突然，几个国民党特务一拥而上，不由分说地将她绑架进了拘留所。

原来，绿川英子被当成了"日本间谍"，国民党的特务们认为她手里的那条红手绢是在给俯冲的日本轰炸机打信号。绿川英子哪里知道，自从她一踏进广州，就引起了国民党特务的注意，特务们一直在暗中监视她的行踪。

在国民党的拘留所里，绿川英子百口难辩。尽管她坚决否认，尽管没有足够的证据，但广州当局还是以"日本间谍嫌疑"为由，要将绿川英子从广州强行遣送到香港。

刘仁得到消息后，为营救妻子，四处奔走，但是毫无结果。他气愤至极，对着那些面无表情的警察和国民党特务大声吼道："她是日本人不假，可她不是特务，她是来帮助中国抗日的英雄，你们不能这样对待她。"

没有人听他的分辩和怒吼。

绿川英子满腔热血参加中国人民的抗日斗争，却背上莫须有的罪名，被驱逐出境，受到不应有的对待，这使刘仁和绿川英子无法理解。

刘仁无奈，只好相伴随行，两人一起流落香港。

在香港，刘仁举目无亲，囊空如洗，不得不在香港的一间破旧的棚屋里过着屈辱和苦闷的日子。

刘仁对绿川英子抱歉地说：“真的对不起了，没想到会是这样。”

绿川英子反倒安慰刘仁：“没关系，砥方，会过去的。”

好在后来遇到了香港世界语者曹乃飘先生，他听说刘仁夫妇被驱逐到了香港，就找到他们，让他们住到自己家里。

和香港世界语的同志接上关系后，有人邀请绿川英子到电台去做一次演讲，绿川英子爽快地答应了。演讲中，绿川英子对日本法西斯发动的对中国的侵略战争进行了强烈的谴责，同时，她也表示，自己虽然被广州当局误遣香港，但她依然耐心地等待时机，和丈夫刘仁一起返回内地，参加中国的抗战。

终于，熬到了1938年的6月底，在郭沫若等人的积极努力下，国民党政府发给了绿川英子入境通行证，准许她到武汉。

接到通知，刘仁和绿川英子非常激动，“照子，都过去了。”刘仁抱住绿川英子，激动地说。绿川英子眼泪流了下来，她哽咽道：“砥方，我可以留在中国了，我可以永远和你在一起了。你知道吗？这些天我多害怕，我怕他们把我赶回日本，那我就再也不能和你在一起了。你知道，我不能失去你。”

15　北上武汉

刘仁和绿川英子终于结束了四个月的香港流亡生活，到达国民政府大本营武汉。经过一年多的辗转流离，刘仁和绿川英子才真正实现了抗日救国的愿望。

刘仁和绿川英子从香港经广州，到达武汉。就在他们离开广州不久的1938年10月21日，广州沦陷。

刘仁和绿川英子被郭沫若安排到了国民政府军事委员会政治部第三厅工作。

西安事变后，蒋介石停止内战，国共开始第二次合作，共同抗日。

● 绿川英子在对日广播（塑像）

蒋介石的庐山讲话，也表达了他的抗战决心："如果战端一开，那就是地无分南北，人无分老幼，无论何人，皆有守土抗战之责任，皆应抱定牺牲一切之决心。"

蒋介石认识到，要把这种抗战决心变成军队和全国人民的自觉，就离不开宣传政治工作，尤其是军队的宣传政治工作尤为重要。他说："这种没有灵魂的军队，自然非走上失败道路不可。"所以，在1937年底，蒋介石命令陈诚等人重组国民政府军事委员会政治部。

经过紧张筹备，至1938年2月6日，国民政府军事委员会政治部正式成立，由陈诚任部长，周恩来、黄琪翔任副部长。政治部下设四个厅，即总务厅和第一、二、三厅。其职责大致是总务厅负责人事、后勤保障，一厅负责军队和军事院校的军事训练，二厅负责国民的军事训练，三厅主管国内和对外的抗日宣传。

可以说，之所以选择周恩来担任政治部副主任，蒋介石也是经过深思熟虑的，要想恢复北伐时期军队政治工作的信誉，没有共产党的帮助是无法完成的。当年在黄埔军校时，蒋介石是校长，周恩来是政治部主任，他那超拔的政治工作能力早令蒋介石赞叹不已。

而选择郭沫若担任第三厅厅长也是有其原因的。一个是郭沫若是中国新文化运动的旗手，在中国的文艺界有相当的号召力；二是在北伐军中郭沫若就担任了政治部的宣传工作。

本来，开始的时候郭沫若并不愿意担任这个三厅的厅长，他不愿意到国民党政府部门来做官。但是周恩来做了他的工作，周恩来说：“要知道第三厅是个政权，政权机构的作用是很大的，我们不能小看它……现在许多人要到前线去工作，如果没有他们司令长官的同意，他们就可以说你是汉奸，把你枪毙或活埋了。我们拿着三厅这个招牌，就可以用政府的名义，组织团体到前线去，也可以到后方去，到后方大大小小的城市乡村去，公开地、合法地、名正言顺地进行宣传，既可以宣传民众，也可以宣传士兵，现在武汉搞宣传不是有人捣乱吗？那个时候他再捣乱，就可以宣布他是汉奸，把他抓起来。政权机构的重要性就在这里，我们的工作意义就在这里。”

于是，郭沫若向陈诚提出，宣传工作需要专门的人才，而这些专门的人才大都不是国民党员。如果你们坚持“一个主义”，关紧大门，那你就一个人才也找不到。郭沫若提出三个条件：一是工作计划由我们提出，二是人事问题应有相对自由，三是经费要有保障。

可以这样说，第三厅的工作之所以能够做得轰轰烈烈，有声有色，聚集了大批优秀人才，被称为“名流内阁”，和部长陈诚在用人上的宽容、大度分不开的，他对郭沫若提出的条件全部答应。

但是，周恩来却提醒郭沫若，虽然有用人的权力，但是第三厅不能全由共产党来包办，要体现统一战线的政策。

这个时期的武汉，形势非常严峻，当时日军已经占领南京，国民政府虽西迁重庆，但政府机关大部和军事统帅部却仍在武汉，武汉实际上成为当时全国军事、政治、经济中心和战时首都。

刘仁被安排在第三厅从事资料编辑工作，又和老朋友叶籁士、叶君健、乐嘉煊等人在一起了。尤其是叶君健也从日本归来，老友相见，分外高兴。

可是，绿川英子做什么工作呢？刘仁向叶籁士打听，叶籁士说，郭老另有打算。

这天，刘仁从三厅回到家中，绿川英子急忙问道：“砥方，我的工作确定下来没有？”

刘仁兴奋地说：“郭沫若先生要请你去做对日广播。”

绿川英子“啊”了一声，惊讶道：“对日广播？他让我去做对日广播？”

刘仁说：“是啊，你在日本的时候不就去考过播音员吗？现在你的愿望实现了。”

绿川英子摇摇头说：“那是不一样的。”她犹豫了一下说，“还是回绝吧，我做不到。”

刘仁说：“你能，这就是战争。你看到中国人被屠杀，难道你就无动于衷吗？你虽然是日本人，但你也是中国人的儿媳，这儿也是你的祖国！那些被日军子弹杀死的人也是你的同胞！你不是说过，为了停止战争，你什么都愿意吗？”

见绿川英子低头不语，刘仁越发激动：“照子，想想吧，九一八事变、七七事变，日军占领上海，占领南京，占领广州，有多少中国人被杀害？你口口声声说要帮助中国人民抗日，可是当中国人民需要你的时候，你却退却了，害怕了，难道你以前说的那些都是假的吗？你让我还怎么相信你？如果你不想帮助中国人民抗日，那你为什么还要到中国来？回你的日本好了！”

刘仁还要说下去，这时却看到绿川英子双肩抖动起来，原来她哭了。

刘仁知道自己的话说重了。他双手搭在绿川英子的肩上，恳切地说：“照子，答应吧，中国需要你。”

绿川英子抬起头，对刘仁说：“你误会了，我不是要退却，我只是担心。”

刘仁说：“担心什么？你会干好的。”

绿川英子摇摇头说：“我是担心……担心远在日本的父母。”

刘仁明白了，他坐下来，叹口气说：“是这样。照子，我理解你。好吧，明天我就去和郭沫若先生说，给你换个工作，反正都是抗日。”

绿川英子说：“不用了，我想好了。中国需要我，这个工作需要我，我会干好的。”

第二天，绿川英子来到郭沫若先生的办公室，虽然在广州见过郭沫若先生，但现在还显得有些拘谨。

郭沫若给绿川英子倒了杯水，指着沙发说："你坐，其实我在上海的时候就知道了你。你是日本人，到中国来帮助中国人民的抗日斗争，我们都很感谢你。这项工作很重要，你在日本的亲属有可能会受到牵连，这点你要想到。"

绿川英子说："我想到了，我愿意去做。"

郭沫若先生接着说："和我们一起工作的日本人不是你自己，还有鹿地亘夫妇，青山和夫等人。你们勇敢的决意和出色的行动，完全证实你们和我们是全然站在同一战线上的。我们大家受同一脉搏的鼓动，我们大家的血向相同的目标流动，拥护正义，争取真理，反对侵略，维护和平。"

绿川英子说："请郭先生放心，只要中国抗战需要，我什么都可以做。"接着，绿川英子问道："请问郭先生，对播音有什么要求呢？"

郭沫若说："你是日本人，就按你的方式广播吧。"

1938年7月2日，绿川英子从她在汉口的住处上海路十五号，来到设在武汉关附近的怡和街怡和洋行楼上的国际宣传处，这里是中国对外广播电台。

十九时，播音正式开始：

现在是中国广播电台对日播音时间。日军同胞们！当你们的枪口对准中国人的胸膛，当你们大笑着用刺刀挑死一个个无辜的婴儿，当你们手举火把点燃一栋栋草房，当你们扑向可怜的少女……你们可曾想过，这是罪孽，是世界人民不可饶恕的滔天罪孽！当你们高喊着誓死效忠天皇，一腔热血尽洒在中国大地之时，你们可曾知道，这是为谁卖命？又是为谁效忠？圣战祭台上的亡灵，是英雄，还是罪犯？同胞们，别错洒了你们的热血，你们的敌人不在隔海的这里……

绿川英子播音的那天，刘仁坐在收音机旁，兴奋地听着，这是自己妻子的声音，那么纯正，那么坚决。真的，刘仁太感动了，有这样的妻子，他太幸福了。

刘仁准备好了饭菜，等绿川英子回来。他知道，绿川英子进门的第一句话，一定是问他今天播得怎么样。果然，不出刘仁所料，绿川英子一进门，就兴奋地问刘仁："砥方，砥方，你听广播了吗？我播得怎么样？”刘仁把绿川英子搂在怀里，激动地说：“照子，今天你播得非常好，声音铿锵有力，像一发发炮弹射向敌阵，听了你的广播，他们一定会惊慌害怕的。”停顿了一下，刘仁一边抚摸着爱妻的头发一边说，“照子，不但我要感谢你，全中国人民都会感谢你的！”

绿川英子发觉刘仁的眼角有泪流了下来，她伸手轻轻地擦去。

整个晚上，绿川英子都非常兴奋，她知道，做一名播音员自己是胜任的，因为过去在日本国内她就曾报考过日本广播电台，幸亏没有参加复试。假如被录取，岂不成了日本法西斯的喉舌？这次能在中国的广播电台成为一名抗战的日语播音员，她如愿以偿。

从这天开始，她那纯正的日语和流畅而柔和的女中音，便随着电波传向四面八方。

日军同胞们，现在，这个国际城市——武汉，到处是火，是烟，还有惊恐的叫喊，是谁制造了这惨不忍睹的景象，是日本人？不，我要摇头否认，并充满仇恨地说，是日本帝国主义者！……现在日本国内日常生活的必需品价格高涨，劳动人民深受其害，面对在战争中失去儿子和丈夫的老人和妇人，我从心底高呼：中日两国人民赶快停止战争吧！现在，我要请父老乡亲原谅，我已高兴地投身于中国军队。我要对你们说，我不反对日本的人民，我只是反对日本帝国主义者。……

绿川英子的对日广播引起了日本政府的注意。他们判断，这个操纯正日本口音的女播音员，不是中国人，一定是日本人。日本军部也非常恼火，称这位女播音员为“娇声卖国奴”，并狂叫“要千方百计干掉她！因为她动摇了帝国圣战的军心”。

直到10月25日日本攻陷武汉，占领了广播电台后，他们才查明了那个操流畅日语的播音员绿川英子就是长谷川照子。

1938年11月1日，东京的《都新闻》第18379号刊，以《娇声卖国奴的真面目，操流畅日本语，面向祖国恶言恶语，赤色败类长谷川照子》的醒目标题，报道了在汉口广播电台对日军进行反战宣传的日本语播音员绿川英子的消息，报道还登载了绿川英子的照片并特意言及其家庭。

嬌聲賣國奴の正體はこれ
流暢な日本語を操り
祖國へ毒づく
赤くされ長谷川照子
殊勝捕虜も一役
漢口陥落の後に
何もしない

● 日本东京《都新闻》对绿川英子娇声卖国奴的报道

那篇报道这样写道：

本报前不久曾报道过在汉口广播电台用流畅的日本语进行反日宣传的蒙面人物，今天，这个向祖国发射毒箭的卖国女人的面具随着武汉的攻破被揭穿了！据上月三十日傍晚当局收到的警视厅外事科汇报，该女人是住在东京杉并区三谷町十五号的前任市役所土木科科长长谷川幸之助的女儿，曾在奈良女子高等师范就读，中途退学回乡后，摇身一变成为“赤色女斗士”活跃在暗中，后来与中国留学生发生“赤色之恋”，婚后渡往支那。

今年二月上旬，香港广播电台突然传来女子反战演说，竟然是口齿清楚流利的日语！听到该广播谁都会不禁想知道这个站在麦克风前面的女人是谁？当局为了弄清该人物的真相竭尽全力进行调查，然而一直没有结果。而那广播却频频传来。今年夏天，正当所向无敌的皇军集中火力攻克武汉的前夕，这一反日宣传又以汉口为舞台每晚播出，对我军部进行肆意诽谤。上月二十七日下午五点半，皇军威力神速牵制武汉，与此同时，这个恶毒之极的广播也戛然而止，蒙面女人长谷川照子的真面目暴露无遗。……

该女人的父亲长谷川幸之助悲痛诉说自己对女儿的卖国行为一无所知，他说："此事着实出乎意外！自从今年元旦后接到女儿从香港寄来短信后就再也没有收到她的消息。我相信自己的女儿不会是向祖国发射毒箭的人。倘若这是事实的话，我宁愿以日本一臣民的名誉挺身自尽。吾儿（照子的弟弟）患胸疾，无奈从东京大学土木系退学在湘南疗养，大女儿（照子的姐姐）之夫也卧病在床。为此我老夫妇常感叹在皇军的连战胜捷中的自身不幸，照子绝非不忠之女"……

这篇报道发表后，在日本引起很大的震动，当地政府和警察局对绿川英子的父母施加压力。甚至有人在她家门上挂上写有"卖国贼"字样的牌子，父亲的门前总是有人在呼口号，骂他们，让他们去死，姐姐和弟弟走在大街上，也遭人唾骂。她的父亲还不时接到恐吓电话，骂他家出了叛逆，要他剖腹明志，向天皇赎罪，并给绿川英子定为"娇声卖国奴"、"赤色败类"等罪名，通令在华军警宪特、谍报机关通缉绿川英子。

这一切虽然早在绿川英子的预料之中，但她还是在心中默默祈祷，愿上苍保佑家人平安。

16　献金风波

在武汉，刘仁和绿川英子终于可以大张旗鼓地参加抗日斗争了。

刘仁每天都收集整理大量资料，有中国军民英勇抗击日寇的，有日本侵略者屠杀中国士兵和老百姓的，有的让他兴奋，有的让他愤怒。

特别是中国士兵英勇杀敌，不怕牺牲的故事，刘仁回家的时候，总是讲给绿川英子听。这些故事感动了绿川英子，她对刘仁说："砥方，我想为前线的中国士兵做点什么。"

刘仁说："你现在每天用你的声音和日本侵略者战斗，就是对中国士兵的最大帮助，这就够了，还做什么呢？"

绿川英子说："中国士兵太了不起了，虽然武器落后，但在战场上不怕流血，不怕牺牲。我想表达一下我的敬意，写一篇慰问信你看怎么样?”

刘仁说：“好啊，要是用中文来写就更好了。”

见丈夫支持，绿川英子高兴了。她用了一个晚上，写出了这封信，然后交给刘仁，刘仁看了一遍说：“照子，你的中文不错嘛。”一边说一边给改了几个字。这篇文章发表在《新华日报》1938年8月20日第三版上，题目是“日本朋友慰劳信”：

亲爱的中国士兵们：

首先我向你们拿自己的血肉来保卫中华民族的英雄们，致诚实的敬礼。假使我有百个身体，要到前方的日本军队去，同他们好好谈一谈，不让他们再杀中国兄弟，中国老百姓；假使我有千只手，要到前线去，给中国士兵绷一绷受伤的地方，替他们洗一洗衣服。但可惜得很，我只有一个身体，只有两只手，只有留在汉口，帮你们做点后方的事情。但，我努力做下去，因为这也是必要的。日本军队不过是持较优良的武器，可是，这种武器赶不上你们的勇敢，更赶不上你们的团结，因为他们没有正当的理由打仗。看啊，经过一年余，他们打得已有些不好了！而且他们在张鼓峰同苏联冲突时，吃了大亏，只好屈服。虽然他们进攻汉口，可是不管在什么战线上，他们都没有精神，现在无疑是给他们大打击的一个好机会。你们无情的、顽强的打下去吧！我也在后方用一切方法来支持抗战。

你们的日本朋友　绿川英子

绿川英子的文章发表后，感动了很多人，同时也让更多的中国人知道，有一个日本人在反对他们国家的侵略战争，并加入了中国的抗战。

绿川英子精力充沛，她的激情全部喷发出来，她除了写很多的评论文章外，有时还像一个新闻记者一样，遇到一些有新闻价值的人物和事件，她还要写成新闻报道。

7月29日，绿川英子参加了欢迎《日本的泥足》一书的作者、英国女作家阿特南的茶话会。这是武汉文艺界的一次盛会，很多文艺界的名人如老舍、胡秋原、邵力子、胡风、盛威、白薇、叶君健等都出席了这次茶话会。

阿特南是英国著名的作家和记者，1938年，她作为伦敦《新闻记事》的记者被派到上海。先后到香港、广州、武汉、长沙、南昌等地考察和采访。抗战爆发之前，她就出版了名著《泥足的日本》，在她来中国时，她的另一部著作《日本在中国的赌博》刚刚问世，国内文化界对她的名字早已熟知。“泥足巨人”这个典故出自《圣经·旧约·但以理书》，说巴比伦国王尼布甲尼撒梦见一个巨大雕像，头是金的，胸和臂是银的，腹和腰是铜的，腿是铁的，但脚是半铁半泥的，被飞来的一块石头砸倒，随即粉碎。这个典故比喻那种外强中干的巨人，足是泥的，一推即倒。

这次座谈会开得热烈，与会者竞相发言，阿特南说：“我未到中国之前，我就钦佩中国文化的高深与伟大。在这次抗战中，我十分相信中国会为世界保存这最高的文化而胜利。”

绿川英子在发言中说：“我说不好中国话和英语，也不好意思用侵略者的日语来向大家讲话，但是我可以用世界语来表达我的愿望，因为世界语标志着人类的爱与和平！”

当叶君健主动用中文和英文为绿川英子翻译出她的这段话时，会场上顿时报以热烈的掌声！

会上，诗人盛成站起来朗诵了一首诗：

苦难孕育着希望，
死亡预示着再生。
在苦难深重的日子里，
和平，是中国千百万人的心声。
生中有死，死中有生，
苦难无边，希望永存。
这就是为什么，
苦难总伴随人生。

这首诗让绿川英子和在座的人都非常感动。

第三厅在郭沫若的领导下，把抗战的宣传鼓动活动搞得轰轰烈烈。

特别是1939年初的那场献金活动，成为第三厅抗战宣传活动中最得意的一笔。

上海、南京先后被日军占领后，1938年5月19日徐州沦陷，不久安庆失守，武汉岌岌可危。为配合“保卫大武汉”的战略需要，刚成立不久的第三厅，决定在七七事变纪念日开展一次大规模的献金运动，发动民众，“有钱出钱，有力出力”，以实际行动保卫大武汉。

7月7日上午，献金活动刚开始，摩肩接踵前来献金的人就把设在武汉三镇的几座献金台围得水泄不通。据当时报纸的现场采访报道说：“五座固定的献金台，三座流动的献金台，掀翻了整个武汉三镇。”人们像潮水一样涌向献金台，底层民众中有黄包车夫、码头工人、贩夫走卒，也有达官显贵、军政要人、富家少奶，甚至还有妓女娼妇、鳏寡孤独，人们把一分、一角、一元、十元，乃至百元大钞毫不犹豫地投进献金箱里，更有人把手表、金镯、戒指等名贵细软送到献金台上。就连蒋介石、宋庆龄、周恩来，甚至远在延安的毛泽东、朱德等人，也都参与到献金活动中来。八路军武汉办事处组成了中共献金团，周恩来亲自将他在政治部的月薪二百四十元投入献金台，接着董必武、秦邦宪、邓颖超等中共领导人也将7月份的国民参政员薪金捐献，办事处全体战士将伙食节约款一千元全部捐献。

中国人的这种火热的爱国激情，让绿川英子深受感动。她也要为中国人民的抗战事业献出自己的一点力量。晚上回到家中，她翻箱倒柜地折腾出全部家当。可是，本来从日本来到中国，身上就没有什么财物，而且这两年颠沛流离，生活困窘，能当的东西早就进了当铺，只剩下几本不值钱的书。

下班回家的刘仁见绿川英子愁眉不展的样子，就安慰她说：“我们没有什么值钱的东西，要不你就别去献了。”“你这是什么话？亏你还是中国人！”绿川英子生气地瞪了刘仁一眼。最后一狠心，撸下了手上的戒指和手表，这是她身上唯一还值点钱的东西了。但这也是她母亲和姐姐送给她的最珍贵的纪念物。

“快帮我选一下，我献哪一个呀？”刘仁琢磨了好一会儿才说：“还是捐戒指吧，上班你不能没有时间哪。”

说心里话，绿川英子还真有点舍不得这枚戒指，这是母亲在她离开日本的那天，匆匆从手上摘下来送给她的，她知道，这是母亲给她的最好的祝福，愿女儿幸福平安。这是她唯一的一个纪念了。看到这戒指，就仿佛看到妈妈。这两年，她始终把这枚戒指戴在手上，想母亲的时候，就对着戒指说上几句话。可是，明天她就要把它捐出去了。睡觉前，绿川英子把戒指小心地放在枕边，说最后再陪妈妈一夜。

第二天一大早，绿川英子就匆匆赶到设在都邮街的献金台。这里等待献金的人早已排成了长队，等了好一会儿才轮到她。正当她走上前把戒指恭恭敬敬地递上去，工作人员还没有接过来的时候，忽然有人喊了一声："她是日本人！黄鼠狼给鸡拜年，没安好心。我们不要她的几个臭钱，快滚她妈的蛋吧！""什么？日本人？她是日本人？"

人们开始骚动了，有人挥拳喊起了口号："打倒日本帝国主义！""小日本滚出去！"人们叫骂着向她挥起了拳头。绿川英子尽量蜷缩着自己瘦弱的身体，她觉得黑压压的一片愤怒的拳头正在向自己挥来。

突然，情急之中的绿川英子想起台上的人可能是政治部的工作人员，她便慌忙地向台上的工作人员伸出求救之手："快拉我一下！快拉我一下！"愣在台上的几位政治部第三厅的工作人员这才猛醒过来，一把把她拉上了台去。一位认识绿川英子的三厅干部向台下骚动的人群大声喊道："同胞们，你们误会了。她叫绿川英子，她虽然是日本人，但是她是同情中国的，是来帮助我们抗日的，她就在我们三厅工作，那些反对日本侵略的广播就是她播的呀！她也是来献金的，我们不应该排斥她，我们应该欢迎她才对呀！"

说完，他向绿川英子鞠躬致敬，并接过她手中的戒指举过头顶："我代表中国人民向您表示感谢！您是第一个来献金的外国朋友。"台下的人们醒悟过来，愤怒、惊愕变成了赞美和钦佩，随之鼓起掌来。

绿川英子站在台上，不好意思地向台下的人鞠躬致意。

后来，绿川英子在回忆录《在战斗的中国》一书的后记中，回忆武汉的这一段时光时写道："这一阶段仅有三个月，时间很短，但却是多么振奋，多么活跃，多么紧张啊！……我看到了和感觉到了我终生难忘的东西，而这些也定将感动任何国家爱好正义的人们。"

绿川英子用自己的行动打动了很多人，郭沫若先生称她"是一个诗人"；日本作家泽地久枝说她是"掌握着丰富的、生动的、能够打动读者的心的语言的人”。

朝鲜诗人、世界语者安偶生被绿川英子的言行所感动，写了一首诗《和平鸽》赞美她：

如今你站在麦克风前开始翻译、播音，
向你的同胞把真理预言。
你那尽管温柔的嗓音，
却足以制造电闪雷鸣。
你句句金玉献给仍有良知的心灵。
你的声音是不会白费的啊，
因为它是能将那喝血入迷，制造痛苦的狼心，
打得粉碎，撕得干净。

17　辗转重庆

终于到达重庆了，刘仁和绿川英子终于可以松口气了，这一路的颠簸，让他们真正体会到了战乱时代那种颠沛流离，身无归宿，生死瞬间，阴阳两隔的感觉。他们到达重庆的时候，已经是当年的12月了。

这一路，他们经历了很多风险。

他们从武汉撤出不久，日本军队就占领了武汉。他们刚到长沙，便听到岳阳失守的消息。岳阳到长沙仅有一百五十公里，如果日军长驱直入，一天多的时间就能兵临城下。

当时的长沙城顿时紧张起来。周恩来指示郭沫若，马上做好第三厅同志的撤离工作。但是，谈何容易，武汉会战后，原驻武汉的大量的机关、工厂开始搬往长沙，大批的难民和伤兵也涌入长沙。一时间长沙人口骤增，交通工具奇缺。

危难之际，周恩来决定让第三厅的同志们先撤，一部分人乘火车撤离，另一部分人步行撤离，而周恩来和郭沫若等人则留下来还要安排其

他同志。

可是，就在刘仁和绿川英子他们撤离长沙的第二天清晨，长沙便燃起大火，全城房屋大部焚毁，居民被烧死2万余人。三厅的同志闻讯，很替周恩来和郭沫若担忧。后来听说他们已经从大火中逃了出来，那颗悬着的心才算放下。终于，刘仁和绿川英子他们在到达桂林的时候，才又见到郭沫若先生。

重庆是中国的大后方，原以为，只要到了重庆，一切就可以安顿下来。然而，作为中华民国战时首都的重庆，也是乱哄哄的一片。数以万计的学校、机关、工厂一路搬迁，道路拥塞，数以百万计的老百姓，坐车的，走路的，乞讨的，挈妇将雏，携老扶幼，潮水般涌入重庆。

一时间，重庆的吃和住都非常紧张。

刘仁有些面露难色，他觉得让绿川英子跟自己如此吃苦遭罪，有些对不起她。可是绿川英子对此毫不在意，她安慰刘仁说："我不是跟你到中国来享福的，我是跟你来中国抗战的。相信你，等战争结束了，你会给我幸福的。"

好在三厅的工作效率极高，很快就在重庆成立了由国际宣传处直接管辖的国际广播电台，负责对全世界各地区的播音工作，地点就在距嘉陵江南岸不远处的上清寺附近。那是一座灰色的砖木结构的二层小楼，小尖顶，建筑面积不到三百平方米。然而就是这样一个不起眼的小楼房里，发出让日本法西斯胆寒的声音。曾有一位叫堀锐之助的日本士兵在偷听绿川英子的广播后，在日记中写道："重庆广播，偷偷倾听，那流畅

● 绿川英子在重庆群众大会上发表演讲

的日语，心中难以平静。”

和绿川英子一起工作的还有日本人青山和夫，而日本作家鹿地亘也经常来到广播电台做一些对日演讲。在电台工作的还有一个人，叫池步洲，他负责对日广播宣传的撰稿工作，每天把从报纸上摘编下来的各地战况、有关评论等翻译成日语，然后交给绿川英子播出。为了活跃一下广播，有时池步洲还把一些稿件编成对话稿，和绿川英子一起播。

池步洲是一位了不起的人物，他是福建人，也是日本留学生，大刘仁一岁，他在日本的时间长达八年之久。抗日战争一爆发，这位爱国青年便回国参加抗日，在国民党中统局从事密码破译工作。但是由于战乱流离，密码破译难出成果。所以一到重庆，他便改行来到了中央广播电台的国际台，和绿川英子在一起工作。然而仅仅三个月之后，他又被中统局调回，这次他可是大显身手了，日本“海军之花”山本五十六被截杀，就是因为他劫获并破译了日本外务省的密电。

刘仁好不容易在大田湾找到房子，是一座破旧的二层小楼，恰好，日本作家、反战人士鹿地亘夫妇也住这里。这地方距国际广播电台不算太远，这样每天绿川英子就可以步行上下班了。但那个地方相对比较偏僻。开始的时候，刘仁有些不太放心，常常陪绿川英子一起上下班。但是，由于他们的工作不在同一个节奏上，绿川英子不忍心让刘仁太过辛苦，就不再让他接送了。

一天傍晚，独自上班的绿川英子正走在这条小路上。忽然，她觉得背后有几双杂乱的脚步跟了上来。她回头一望，果然有几个工人模样的人在跟着自己。直觉让她感到，这几个人肯定是冲自己来的。慌乱之下，绿川英子一边大声喊着“刘仁”的名字，一边跑起来。可是，没跑几步，就被人从后面推倒。跌倒在地的绿川英子从地上摸索着拾起眼镜，转过头，看到几双冰冷而又凶狠的目光向她逼来。

“同胞们！你们……这是……”绿川英子用生硬的中国话向他们问道。

“哼！哪个是你的同胞？”

“先生，你们要干什么？”

“干什么？你这个日本婆娘，东洋鬼子，肯定是个特务！我们要送你上西天！”

“先生们，别误会……我是……”绿川英子的话还没说完，一只拳头就落在了她瘦弱的肩上。

“打死这个日本婆娘!”一个工人愤怒地嚷道。

眨眼之间，她的前胸后背着实地挨了几脚。

这时，另一个工人夺下她的提包，翻着里面的东西，找出一摞稿纸：“瞧，这一定是你偷来的情报。”

“放下，你们给我放下。”提包里有下午刚写好的一篇给《新华日报》的文章和当天晚上的广播稿，绿川英子怕他们给撕掉了，便伸出手去要把稿纸夺回来。可她哪是那几个人的对手，一个工人将她的胳膊猛力拧向后背，疼得她“哎哟、哎哟”直叫唤。

那位拿着文稿的工人是识字的，他看着文稿念起来：

我爱中国，因为它是我新的家乡，在我的周围有着许多善良和勤劳的人民。

我憎恨，我竭尽全力憎恨正在屠杀中国人民的日本军阀。

我憎恨，我竭尽全力地憎恨在两国人民之间进行的那种屠杀，他们之中谁成了牺牲品，我都会陷入悲痛而不能自拔。作为一个妇女，一个人，我本能地渴望和平。作为一个世界语者，一个世界文明的爱好者，我愿意保卫中华，使她不受强盗魔爪的糟蹋。如果可能的话，我愿加入中国军队，因为他是为民族解放而斗争，他的胜利也将预示着东方光明的未来……

后面的署名是“绿川英子”。

拿文稿的工人问：“你就是绿川英子?”

绿川英子点点头：“是的。我在第三厅做对日广播工作。”

几个人顿时傻了眼。他们放开绿川英子，惭愧地说：“夫人，真是对不住你了，我们还以为你是日本间谍，原来你是帮助我们中国抗日的，没打伤你吧?”

绿川英子宽容地笑了，向他们习惯地鞠着躬：“没什么，没什么。只要稿子在就好，几位大哥你们回吧。”

“您先走，我们看着您!”

“那好吧。”绿川英子忍着身上的疼痛，坚持来到广播室，把广播稿播完。晚上回家，她没有告诉刘仁刚刚发生的事情。但是，细心的刘仁还是发现了绿川英子身上的青紫淤块，便一再追问，绿川英子只好把上班路上发生的事情告诉了刘仁。

刘仁知道这是一场误会，他知道那几位工人也是出于爱国之心，他们不是坏人。可是，绿川英子自从来到中国，吃了多少苦头啊。她不仅仅是来做自己的老婆的，她还是来帮助中国抗日的，作为一个日本人，能做出这样的义举，多不容易，她要承受多大的压力呀。可是自己却没能保护好她，让她受了这么多的委屈，他觉得自己对不住绿川英子。想到这儿，刘仁忍不住眼眶湿润，他抱歉地对绿川英子说：“让你受委屈了。”

绿川英子笑了：“还男子汉大丈夫呢？有你对我好，这点委屈算什么？”

刘仁说：“你放心，以后每天我都送你、接你，不能再让你受委屈了。”

绿川英子说：“难道你不工作啦？你放心好了，那几位工人说了，以后，他们会保护我的。不信，你明天可以看。”

第二天，刘仁远远地看到，在绿川英子上班的路上有几位工人模样的人，他们和绿川英子打了个招呼，便远远地跟在后面。绿川英子回过头，向刘仁招招手，刘仁便也放心地走了。

一直到绿川英子离开国际广播电台，参加文化工作委员会，搬到歌乐山上为止，这几位工人才不再出现了。

18　重庆大轰炸

一天，吴一凡和杨志信来到刘仁家，他们约好一起去看望郭沫若先生。

在国民党陪都重庆，郭沫若的寓所成为了进步文艺工作者经常聚会的场所。因为在重庆，只有在红岩八路军办事处和郭沫若的家里，进步文化人士才能畅所欲言，呼吸到新鲜自由的空气。郭沫若在重庆为文化战线的朋友们撑起了一小片自由的天空，所以大家都把郭沫若的寓所称为“重庆的小延安”“国统区里的解放区”。

吴一凡和杨志信都是刘仁东北大学的同学，后来又都到了北平。刘仁出国到日本留学后，他们再没有见面。刘仁和绿川英子到达武汉后，他们也到了武汉，并一起在第三厅工作，但由于各自工作紧张，见面的机会很少。从武汉撤退后，他们由于各自的路线不同，所以吴一凡和杨志信到达重庆的时候已经是1940年的年初了。

原来，第三厅从长沙撤离时，他们是步行离开长沙的，就在他们离开长沙才几个小时，长沙便燃起大火。他们从长沙到衡山、桂林，最后辗转经贵阳到了重庆。现在就在郭沫若领导下筹办新的世界语国际宣传刊物《中国报道》。

他们三家住得都不太远，刘仁住在大田湾，杨志信住化龙桥，吴一凡住放牛巷。都是东北老乡，又是大学同学，所以每到星期天，只要没什么事，他们三家就常聚在一起，吃点饭谈些话，然后就告辞各自回家了。刘仁的住房虽然也很破旧，但毕竟还是一栋两层的独立的小楼房，在二楼有相连的两间房，一间住着刘仁夫妇，另一间住的是鹿地亘和池田幸子夫妇。

进到郭沫若的家，他们看到有一位年轻帅气且腰身挺直的军人站在郭沫若身边，听着郭沫若谈话。见大家进来，郭沫若站起身，指着大家对那位军人说：“这些人都是我们三厅的同志，这两人是刘仁和绿川英子，他们是夫妻。”军人很客气地说：“久仰，久仰。”

然后郭沫若又指着年轻的军人，开玩笑似的对绿川英子介绍说：“这位军人的名字，日语发音较为困难，你就叫他U先生吧。对了，U先生的妻子是你的同胞呢，也是日本人。”

原来，这个人就是吴履逊。吴履逊在当时的重庆很有些名气，他先在上海读大学，后读黄埔军校，接着又去读日本陆军士官学校。在日本留学时和郭沫若相识。回国后，在国民党第十九路军中任团长，守卫吴淞口。在上海一·二八事变中，面对骄横寻衅的日本军舰，吴履逊果断下令开炮，被誉为“一·二八炮手”。上海沦陷后，郭沫若带领《救亡日

报》的同仁转移广州，吴履逊帮了大忙。到广州后，郭沫若等人能住进广州的新亚大酒店，也是因为他的安排。

郭沫若还介绍说，吴履逊是一位血性军人，为了抗日救亡，断然和自己的日本妻子离婚，然后奔赴前线，并写诗明志：

我乃本初衷，歼倭气胜虹。
男儿忠国志，当效老陈翁。
死守吴淞口，弹倾藩寇戎。
睡狮惊梦起，拒敌力无穷。

绿川英子对吴履逊有所耳闻，吴履逊离婚的消息曾登在报纸上，绿川英子偶然看到，非常惊讶，曾在日记中写道："吴履逊先生是个军官，也有一个日本妻子。最近，有人在报上看到他俩离婚的消息——我很惊讶，难道他不再爱她啦?"

绿川英子很难理解，为什么非要和妻子离婚才能上战场呢？难道只有失去自己心爱的人才能表明自己对国家的爱和忠诚？才显得英勇和壮烈?

这个想法她装在心里，没有和刘仁交流。见到吴履逊本人，她本想和他探讨一下他的想法，但因为她看到在场的每个人，都对吴履逊大加赞赏。有人还朗诵起郭沫若先生写的那首《又当投笔请缨时》的诗来：

又当投笔请缨时，别妇抛雏断藕丝。
去国十年余泪血，登舟三宿见旌旗。
欣将残骨埋诸夏，哭吐精诚赋此诗。
四万万人齐蹈厉，同心同德一戎衣。

那天她的情绪似乎有些不太好，但她极力掩饰着。她安慰自己，日本人不是也和中国人一样吗？她嫁给中国人的时候，日本人不是也认为她背叛祖国，卖国投敌了吗？同样，娶日本老婆的中国人，在这战争的非常时期，要想百分之百地得到同胞们的信任，只有像吴履逊那样断然离婚，别无选择。而像砥方这样不离不弃，宁愿和自己一起遭受误解和磨难，真的不多呀。她庆幸自己没有看错人。

不久，重庆市区连续遭受日本飞机的狂轰滥炸。

根据郭沫若同志的安排，第三厅工作人员转移到重庆郊区的赖家桥。那天他们刚上了车，就听到警报响起，汽车像狂奔的野马，在坑坑洼洼的公路上狂奔，路上有被炸死的母亲的尸体，被炸死的孩子，被炸伤的百姓。一会儿，飞机又飞了回来，在他们头上盘旋，扔下炸弹。

“快，进防空洞！进防空洞！”

汽车猛地停了下来，人们纷纷跳下汽车，绿川英子下车的时候摔了一跤，还扭伤了脚，刘仁和吴一凡、杨志信他们扶起绿川英子，连拖带拽，跑进了防空洞。洞里哭声骂声一片，有抱孩子的，有在路上摔伤的，有亲人被炸死的，有一边跺脚一边指着天上飞机叫骂的。防空洞外，飞机凄厉的轰鸣声，炸弹爆炸的轰隆声，绿川英子感觉自己的心脏都要蹦出来了。

怒不可遏的杨志信指着防空洞外，狂叫道：“小日本，我操你祖宗！小日本，总有一天，我非灭了你不可！”突然他看了一眼绿川英子，摇摇头，不再说什么了。

绿川英子低垂着头，她的膝盖磕破了，已经流血了。她看着外面被炸死的人，突然产生一种愧疚，仿佛这飞机是她驾驶的，这外面的人都是她炸的，一种罪恶感涌上她的心头，她恨死了这场战争，日本人对中国是犯下罪恶的，她所做的一切，就是要替日本来向中国人民赎罪的。

日本的飞机似乎不把重庆炸平誓不罢休的样子。

6月的重庆，天气闷热，几乎要让人透不过气。这天晚九点左右，日本飞机对重庆又一次进行地毯式轰炸。因为经历多了，加之刘仁和绿川英子他们住在乡下，也就没有太害怕。敌机轰炸好几个小时，直到午夜后，一切都平静了下来。

可是第二天一早，刘仁和几位同志接到通知，要他们紧急参加市区大轰炸后的紧急救援。一到市区，刘仁看到城里到处是断壁残垣和老百姓的尸体。有的房子还在燃烧。特别是位于较场口附近，那里有一个十八梯大隧道，当时听到警报的老百姓有近万人拥进这座公共防空大隧道中。然而由于洞内避难人数过多，守护的宪兵及防护人员锁住栅门，在长时间高温和严重缺氧的情况下，近万人因缺氧窒息而死。其现场令人

• 日本大轰炸时重庆的防空洞

惨不忍睹。见到的人无不怒火填膺，泪如雨下。

一连几天，其惨烈画面一直在刘仁脑子里挥之不去。他不想吃饭，也不说话，甚至晚上瞪着眼睛睡不着觉。绿川英子关切地问他怎么了，是不是哪不舒服，刘仁依然不言语。绿川英子忍不住了，她非要刨根问底：“砥方，你到底是因为什么？难道是我有什么不对的地方吗？”

刘仁被问急了，勃然大怒道：“你对，你对，都是你对！这没完没了的轰炸，重庆到处是尸体、是焦土！你们日本人太狠毒了，畜牲，你们日本人都是畜牲！你说，是不是！”

刘仁的突然暴怒，让绿川英子猝不及防，她愣了一下，也有些控制不住自己，对刘仁嚷道：“你不要这样对我说话，我是日本人不假，可是，难道我是畜牲吗？”

突然，绿川英子感到自己不该这样对丈夫说话：“对不起，砥方，我太激动了。”她压低了声音对刘仁说：“砥方，你说得对，我是日本人，我对日本的疯狂感到羞耻，我向你道歉，向重庆人道歉，甚至向中国人道歉。可是，你不该把这仇恨记到我的身上，记到所有的日本人的身上，日本人中也有很多人是反对这场战争的，鹿地亘夫妇、青山和夫，还有日本反战同盟中的那些人，都是这样。我希望你能够尊重他们，他们很不容易，他们为什么甘愿背着背叛祖国的罪名，在帮助中国抗战，就是为日本洗刷罪恶啊。”

刘仁知道自己错了，他不应该把火发向自己心爱的人，他极力平静一下自己，然后向绿川英子道歉说：“对不起，照子，我太冲动了。”

绿川英子虽然感到委屈，但她还是安慰刘仁说：“砥方，我理解你现在的心情，战争中的日本军队失去了理智，滥杀无辜，这是中国人的悲剧，也是他们的悲剧，他们会得到报应的，他们也一定会付出代价的。”

虽然刘仁道歉了，但是绿川英子的心还是很不舒服，她觉得心里压抑得厉害，因为自己是日本人，日本人所犯下的那些罪恶，无论自己怎样分辩，都难以推卸必须承担的那一份。而且，让她感到不安的是，中国人对日本人的仇恨，仿佛悬在自己头上的一柄利剑，随时都可能落下来。

有一天晚上，刘仁、绿川英子还有老同学吴一凡和杨志信，他们一同去看平剧《斩经堂》，是由著名平剧演员赵荣琛主演的。

赵荣琛当时在重庆是很有名的一位平剧演员，他是北京人，书香门第，官宦公子，祖上连出四代翰林，太高祖是清朝嘉庆状元，与李鸿章一家三代都是儿女亲家。这样一个出身，却不肯走仕途，迷恋平戏，并成为一代名家。1937 年抗日战争爆发，他带着戏班来到大后方重庆。1941 年秋在重庆成立了“大风剧社”，演出的戏有《樊江关》《长坂坡》《得意缘》《棒打薄情郎》和《斩经堂》等。

刘仁想起自己那天向绿川英子发的那通火，实在愧对人家，请她看场戏，也算是赔礼道歉了。

绿川英子第一次看平剧，当然，她不可能把所有的对白唱段都听得清清楚楚明明白白。但有了刘仁在旁边指点，她还是大体上明白了这个故事的主要内容。

这出戏是这样的：

汉贼王莽篡逆，汉平帝遭王莽毒手，汉室三千余口死于王莽刀下，唯独逃了皇子刘秀。刘秀竖起义旗，起兵反莽。王莽命驸马吴汉镇守潼关，吴汉大败义军，生擒刘秀，并准备将其押赴长安。这时，吴汉之母闻之，告儿真相，说那王莽正是你杀父仇人。母亲要吴汉做三件事：第

一放走刘秀，送出潼关，不准加害；第二砍倒帅旗，紧闭城门，不再理事；第三赐儿三尺宝剑，命他杀掉爱妻，因为她是仇人王莽之女。

前两件吴汉都不难做到，可这第三件，却让吴汉为难。妻子王兰英虽是王莽之女，但她善良贤惠，孝敬母亲，每日于经堂之上，拜佛烧香，祈福母亲，保佑丈夫，并无半点差池，吴汉怎忍下手？但是母命难违，国仇家恨不共戴天，戏中母亲唱道：

我命你杀妻绝后患，
再杀王莽除奸谗。
辅佐幼主光炎汉，
才算吴门好儿男。

无奈，吴汉提刀来到妻子念经的经堂前，把母亲要他为报国恨家仇而杀妻之事说了出来。妻子王兰英流泪哀求，吴汉不允，无奈王兰英拔刀自尽。

戏演到这里，剧场里爆发出热烈的掌声。这掌声，既是对演员精湛演技的肯定，更是对吴汉杀妻的赞赏。绿川英子看到刘仁、吴一凡、杨志信也和其他观众一起，站起身来，大声叫好。

回家的路上，绿川英子一直闷闷不乐。刘仁问她中国的平剧怎么样，她也不说话。

回到家里，刘仁问道：“我看你有些不高兴，怎么啦?”

绿川英子想起在书中看到的一个关于吴起杀妻的故事，突然问道：“砥方，记得我在一本书上看到一个中国古人的故事，那个人叫吴起，他的妻子是敌国的女人，为了取得国王的信任，当上统帅，他杀死了自己的妻子。如果你是吴起，你会杀了我吗?”

刘仁吃了一惊，问道：“你怎么会问到这样的问题呢？吴起是古人，古人的观念和今天有天壤之别。再说了，吴起那个人，是个卑鄙小人，中国人并不赞赏他。”

绿川英子说：“可是，吴汉杀妻的时候，我看你们都站起来，大声叫好呢。”

刘仁笑了，说：“你多心了，那是演戏。再说，吴汉是忠君报国，他的妻子是汉贼王莽的女儿啊。”

绿川英子说：“王莽是坏人，可他的女儿并不是坏人，而且还是吴汉的妻子呀。”

刘仁吃了一惊，他明白了绿川英子心里在想什么，便拉住绿川英子的手，放慢了语调说：“照子，我亲爱的照子，你是我的妻子，是我最爱的人，而且你不但不是侵略者，你还和中国人民站在一起反对侵略者，你要的是和平，反对的是战争，是中国人的好朋友，不但我会感谢你，全中国的老百姓都会感谢你呢。”

绿川英子笑了，对刘仁说：“难道你就不想大义灭亲吗?”

刘仁把绿川英子搂在怀里，轻声地说：“照子，你放心，我会用我的生命来保护你。和你一起生，和你一起死。”

绿川英子用手捂住刘仁的嘴：“不许这么说，即便我死了，你也要好好活。”

19　文化工作委员会

第三厅在郭沫若的领导下，不但工作开展得轰轰烈烈，而且也凝聚了全国最优秀的文化艺术界的人才。这些人才“身在曹营心在汉”，虽然人在国民党的第三厅，但心却没有站在国民党一边。还有些人，干脆就有共产党的嫌疑。如果任其发展下去，迟早会是国民党的心腹之患。

怎么对付这些人呢？这个问题不能不摆在国民党的桌面上来。于是他们采取了一拉一打的策略。拉，就是让这批人加入国民党，为我所用。打，就是把不肯为我所用的人排挤出去，净化第三厅，以绝后患。

其实这种做法，在武汉的时候就已经牛刀小试了。当时政治部在没有征求大家意见的情况下，突然要求三厅全体人员一律加入国民党。“入党自愿，退党自由”，这是人人都知道的起码的道理。这种做法，对三厅的那些人来说，只能让其反感。所以，这种强人所难的方式受到大家的一致抵制，加之日军迫近，武汉人员正在撤退之中，此事便不了了之。

然而到了重庆之后，国民党又旧事重提。由于当时周恩来和郭沫若都不在重庆。政治部又下发了通知，强令三厅全体人员加入国民党。得知此事后，郭沫若急返重庆，并提出辞职以示抗议。见郭沫若对此极力反对，此事便又拖了下来。

1939年1月，国民党秘密制定了《限制共党活动办法》《共产党问题处理办法》等文件，确定了“防共、限共、溶共、反共”的方针，接着蒋介石又亲下手谕，“凡在军事委员会各单位中的工作人员一律均应加入国民党”，否则，“凡不加入国民党的一律退出三厅”。这道手谕是很严厉的，可见蒋介石对防范共产党对国民党的渗透是非常害怕的。

为了落实蒋介石的手谕，三厅里的一些国民党人四处活动，他们把入党登记表发到每一个人的桌子上，还不断地到各部门找人谈话，劝说他们加入国民党。刘仁也面临这样的抉择。刘仁问绿川英子：“照子，你说我该怎么办?”其实，刘仁从日本回到祖国以后，他所有的活动都和共产党人在一起，他也和这些人有着同样的理想和信念。没等绿川英子回答，刘仁坚决地说，“我们跟定了郭沫若同志。不能加入国民党，如果让我们退出三厅，那就退出好了。”

对国民党强迫三厅的同志入党这件事，郭沫若非常生气，他在1939年12月第三厅召开的一次全体委员及全体工作人员会议上，义正词严地说：“入党不入党，抗日是一样抗的；在厅不在厅，革命是一样革的。”“我们虔诚信奉孙中山先生的三民主义。但是，信佛不一定非做和尚不可。那些做了和尚的，我看并不都信佛。信仰三民主义不一定就入国民党，非党员信仰三民主义的程度，奉行三民主义的热忱，我敢说不在国民党之下。”

但是，国民党不能坐视共产党势力在自己眼皮底下做大。到1940年9月，国民党借口政治部改组，撤销了第三厅，调任郭沫若为政治部部务委员，明升暗免，等于变相免去了郭沫若的第三厅厅长职务。这件事，引起了三厅全体工作人员的强烈不满，他们抗议国民党取消他们抗日的权利。

作为政治部副部长的周恩来出面了，他对时任政治部部长的张治中说：“第三厅这批人都是无党无派的文化人，都是在社会上很有名望的。他们是为抗战而来的，而你们现在搞到他们头上来了。好！你们不要，我们要！现在我们准备请他们到延安去。请你借几辆卡车给我，我把他们送走。”

蒋介石得知此事后，急忙召见郭沫若等人，要三厅的人员留下来继续工作，承诺在政治部里再成立一个文化工作委员会，宗旨是对文化工作进行研究。这样，就可以把这些人留在重庆，免得他们奔赴延安，让共产党如虎添翼。

郭沫若等立即向周恩来做了汇报。周恩来说：“那就答应他吧！他画圈圈，我们可以跳出圈圈来干嘛，挂个招牌有好处，我们更可以同他们进行有理、有利、有节的斗争。”

就这样，被撤销的第三厅只是换了一个牌子，人员几乎还和过去相同。对此，国民政府军事委员会政治部下发了一个关于成立文化工作委员会的文件，并附有该会工作人员名单和职级的名录，从这个名录中可以看出，担任文化工作委员会主任的郭沫若职级与中将同，三个组长，除叶籁士为上校级别外，田汉、冯乃超都与少将同。在冯乃超第三组任秘书的刘仁和绿川英子则与上校同。其他更年轻一些的同志，比如事务员、书记、司书等则为中校以下和尉官等。

1940年11月7日，是文化工作委员会成立的日子，那天，刘仁和绿川英子来到纯阳洞中国电影制片厂礼堂，参加了郭沫若主持的文化工作委员会成立的招待会，在来宾签名的宣纸上，刘仁和绿川英子用毛笔签下了自己的名字。看着签名册上那一个个振聋发聩的名字，看着会场上那一张张充满希望的面孔，刘仁激动地对绿川英子说：“照子，和他们在一起，肯定错不了。”

这时的绿川英子在国际广播电台工作已经有两年多时间了，现在她辞去了对日播音工作，全身心地加入到了文化工作委员会，她和刘仁在文化工作委员会里的工作是从事对日宣传与敌情研究的文字搜集整理和编写工作，还负责文化工作委员会下属的世界语工作室，同时也协助重庆世界语刊物《中国报道》做编辑工作，而且还要为研究日本政治、经济、军事的刊物《政情研究》撰稿，真是身兼数职。

文化工作委员会的工作十分繁忙，但是刘仁却热情极高，他全身心地投入到工作中去。在这里，除组长冯乃超外，刘仁和绿川英子属于有经验、能力强的“老同志”了，对于新从事这项工作的年轻人，他们不

仅要求十分严格，也经常给他们以帮助和生活上的关怀，只要有点好吃的，绿川英子就主动把组里的年轻人请到家中。有时，刘仁和绿川英子写文章得点稿费，刘仁就让绿川英子去买来好吃的，把组里的同志请到家里来。虽然这个时候绿川英子已经有孕在身，而且身体也不太好，但她还是和刘仁一起，在厨房里忙来忙去。

此时刘仁的家已经从大田湾，搬到了歌乐山上赖家桥文化工作委员会租住的三塘院子附近。开始的时候，先在邻近的农民那里租房子住。后来，刘仁就和大家商量，与其租人家的房子住，不如自己盖房子。这一提议立即得到大家的响应，于是有钱出钱，有力出力，在三塘院子后面的小山丘上，面对着金刚坡，一下子修建了十余间草屋，刘仁取名"金刚村"。意思是我们这些人虽然是文弱书生，但是在抗日的文化战线上，也是一尊顶天立地的金刚。刘仁的解释得到大家的认可。

这里共住有十户文化人，包括鹿地亘夫妇也住在这里。

刘仁的老同学吴一凡和杨志信他们也经常来，和鹿地亘夫妇也混得很熟了。所以，只要他们一来，鹿地亘夫妇便也过来，谈天说地，喝茶聊天，其乐融融。

到了1941年的10月，金刚村里添人进口，一片喜庆。绿川英子生下了儿子刘星。这不仅是刘仁和绿川英子的喜事，更是金刚村里的喜事，各家各户都前来向刘仁和绿川英子道喜，并献上自己的礼物。

虚弱中的绿川英子问刘仁，给孩子起个什么名字，刘仁想想说："儿子是黎明的时候生的，虽然太阳还没有升起来，但是满天的星斗，我小时候就喜欢星星，就叫他'星儿'吧，大名就叫'刘星'。"

刘仁望着还在酣睡的星儿，心里默念着："星儿啊我的星儿，你是我的希望之星，在这战争的腥风血雨中，在这艰难困苦的黑暗年代，你就像夜空中出现的一颗光明之星。你远在桥头的爷爷如果知道我给他生了个大孙子，他一定会在桥头摆上酒席，再请来秧歌队，扭上一整天。当年他早早给我娶上媳妇，不就是为了抱孙子吗？唉，想起来也真可笑，我那时才十三岁呀。"此时的刘仁并不知道，他的父亲已于两年前就被日本宪兵杀害了。

不过，高兴之余，刘仁内心不免又纠结起来，因为在他的家乡，他还有一个妻子，还有一个女儿。这一切，他该怎样向绿川英子解释呢？

见刘仁沉思不语，绿川英子问道：“砥方，你都发呆了，想什么呢?”

刘仁愣了一下，急忙掩饰道：“我在想，将来抗战胜利了，我们做什么呢? 反正无论做什么，都要首先保证星儿幸福。照子，你说呢?”

绿川英子说：“我的愿望就一个，让星儿在一个和平的环境中成长，不要战争。”

20 周恩来说，你是真正的爱国主义者

1941年11月16日，是郭沫若先生五十寿辰，同时也是他从事文学创作二十五周年。在周恩来同志的倡议下，重庆各界准备隆重地开一次庆祝大会。

文化工作委员会的同志听了这个消息，都非常高兴。

这天，刘仁兴冲冲地回到家里，见绿川英子正伏案写着什么。就对绿川英子说：“照子，你身体不好，就别这样劳累了。写什么呢?”

绿川英子说：“这不，星儿刚刚睡着。《新华日报》邀我写一篇文章，祝贺郭沫若先生五十大寿，要得急，我这才写呢。”

刘仁说：“哎呀，肚子饿了。算了，你写吧，我来做饭。照子，我们今天也忙了一天。你猜忙的是什么?”

“也是郭老祝寿的事吧?”

“你真聪明，没错。可是不能大家都写文章，总得有点新颖的东西呀。所以，我们几位同志一商量，干脆给郭老送件礼物吧。”

绿川英子好奇地问：“什么礼物?”

刘仁说：“一件非常贵重又非常特别的礼物，是咱们组长冯乃超的主意，一支笔。”

绿川英子说：“算了，笔有什么特别的，太一般了吧。”

刘仁说：“这可不是一般的笔，是我们六个人一起做的，到时候你就会看到，简直好极了。”

1941年11月16日，郭沫若的祝寿大会在重庆中苏友协礼堂召开，参

● 刘仁等人为郭沫若制作的巨笔，图为郭沫若和儿子汉英

加会的足有两千多人，在战时的重庆，这可是空前的了。

当天的《新华日报》出版了一个《纪念郭沫若先生创作二十五周年特刊》，头版刊登了周恩来的文章《我要说的话》，三版、四版刊登了董必武的诗《郭沫若五十大庆》、邓颖超的文章《为郭沫若创作廿五周年纪念与五秩之庆致祝》、田汉的贺诗《南山之什》、欧阳凡海的文章《我们应该研究郭沫若先生的作品》、潘梓年的文章《诗才、史学、书征气度》、绿川英子的文章《一个暴风雨时代的诗人》。

看到绿川英子和这些名人排在一起，刘仁向妻子祝贺，说："看来你现在也是名人了。庆祝会上，如果让你发言，你说什么呢?"绿川英子说："那我就朗诵一下这篇文章。"

这次纪念活动之所以搞得这样隆重，周恩来有他的想法。开始的时候，郭沫若觉得这样做，有些承受不起，他曾向周恩来推辞说："我没有什么重大贡献，不必了吧！”

可是周恩来明确告诉他说：“为你做寿，是一场意义重大的政治斗争。通过这次斗争，我们可以发动一切民主进步力量，来冲破敌人的政治上和文化上的法西斯统治。”

刘仁和绿川英子抱着刚刚百日的星儿参加这个祝寿会。

他们走到重庆中苏文化协会门口，就看到矗立在门口的那支硕大的毛笔，这支大笔有两米左右，碗口粗细，上面刻写“以清妖孽”四个大字。绿川英子看了这支笔，夸奖道：“这件礼物真是不错，这支笔，只有郭老才配得上啊！”刘仁说：“是啊，我们就是希望他写出更多的战斗檄文。”

刘仁、乐嘉煊、冯乃超几个人，忙着把笔立在门口，这时郭沫若先生走过来，见了这支笔，非常高兴。说“这件礼物我收了，谢谢你们”。然后说，“来，咱们合个影吧。”于是把摄影师请过来，郭沫若先是倚着这支大笔照了张相，然后又和冯乃超、刘仁、乐嘉煊等六位文化人士，一起抬着这支巨笔合了一张。郭沫若居中，刘仁站在郭沫若左手边。照完，郭沫若似乎意犹未尽，又把他的小儿子汉英喊过来，郭沫若把大笔揽在怀里，让小儿子站在他的身前，又照了一张。刚刚三岁的小汉英，穿着一件小长袍，团团的憨憨的脸盘，煞是可爱。

在这次会上，绿川英子又一次见到周恩来，他那睿智迷人的眼睛，他那和蔼可亲的笑容，让绿川英子又一次感动。这样的共产党领袖，是中国的精英，让人信赖，跟他们走，保证没错。虽然会场上的人那么多，但是周恩来还是认出了绿川英子，主动和她握手并问好。

绿川英子是三个月前第一次见到周恩来的。

那天是重庆文化界在歌乐山赖家桥全家院子举行郭沫若回国参加抗战四周年纪念活动。

周恩来、邓颖超亲临会场。那天绿川英子高兴地见到了仰慕已久的周恩来。周恩来对绿川英子的事知道已久，在向郭沫若敬完酒后，他端着酒杯来到绿川英子面前，提议大家“为在座的绿川英子同志和鹿地亘等日本朋友干杯！”周恩来热情地对绿川英子说：“日本军国主义把你称为‘娇声卖国奴’，其实你是日本人民忠实的好女儿，中国人民的忠诚战友，真正的爱国主义者。”

绿川英子听了十分激动，她对周恩来说：“您这是对我最大的鼓励，也是对我微不足道的工作的最高酬答。我愿做中日两国人民忠实的女儿！”

邓颖超也鼓励绿川英子，说中国人民不会忘记帮助过我们的日本友人。

郭沫若的秘书翁植耘想得周到，他带了一把白色折扇，请与会的人在扇子上签名。三厅的同志签完，他便请周恩来、邓颖超签。他们笑着答应了，邓颖超把折扇两面反复地看了看，特意把自己的姓名，签在绿川英子名字旁边，签完后，她对绿川英子说：“我们并肩作战！”绿川英子很感动，连连说：“请大姐放心。”

上次是一个小规模的庆祝会，这次规格就大多了。不仅有重庆的两千多位社会名流及进步青年，还专门辟有三间展室，展览郭沫若先生二十五年来出版的各种专著和译本，有八十多种。而且文化工作委员会的小楼里更是红烛高照，祝寿的宴席甚至摆到走廊上。而且那天不仅重庆，连延安、桂林、香港、新加坡等地，也都举行了庆祝活动。

大会由冯玉祥主持，周恩来等讲话。冯玉祥说：“学习郭沫若一是革命精神，二是忠心为国，三是赤子之心。”周恩来在讲话中对郭沫若予以充分肯定，他说：“郭沫若创作生活二十五年，也就是新文化运动的二十五年。鲁迅自称是‘革命军马前卒’，郭沫若就是革命队伍中人。鲁迅是新文化运动的导师，郭沫若便是新文化运动的主将。鲁迅如果是将没有路的路开辟出来的先锋，郭沫若便是带着大家一道前进的向导。”周恩来还说，“郭沫若不只是革命的诗人，而且也是革命的战士，无论是他的著作抑或行动，都燃烧着烈火般的感情；在反对旧礼教、旧社会的战斗中，有着他这一位旗手，在保卫祖国的战斗中，也有着他这一只号角，在当前反法西斯的战斗中，他仍然是那样挺身站在前面，发出对野蛮侵略者的诅咒，这些都是青年们应当学习的。”周恩来还分析了郭沫若最值得大家学习的三个特点：“一是丰富的革命热情，二是深邃的研究精神，三是勇敢的战斗生活。”

轮到绿川英子发言了，她用汉语热情洋溢地朗诵起她的那篇祝词：

“……在反战同盟的一个集会上，先生酒后吐露他的纯情了。当时的话不能完全记忆了，大概是这样吧：‘自己已到了五十岁，自己还得要向那荆棘的路走去。郭沫若的名字和过去的五十年的历史，成绩都不要，只是一个人，为革命干下去。不管我活着的时候革命是否成功，我要一直干到死为止。’这些话像刀似的刺进刚受到中国神圣革命战争洗礼的盟员的内心，他们静下来，默默无言了。他那种诗人的热情的宣传，在这样一个国际的集会的场面，我实在深深感到了它的力量。”

郭沫若听后十分兴奋和激动，当场即兴要为绿川英子题首诗，他吩咐秘书翁植耘为他找来纸笔，绿川英子马上掏出她的红手绢，说：“先生就写在这上面吧。”这是在日本时刘仁送她的那块二尺见方的红绸手绢。在广州的时候因为这只红手绢，绿川英子差点被当成了日本间谍。

郭沫若看了，连连说好，刘仁赶紧用手把手绢抚平，并和翁植耘一起按住手绢的四个角。只见郭沫若提起笔写道：

茫茫四野弥黮暗，历历群星丽九天。
映雪终嫌光太远，照书还喜一灯妍。

郭沫若在诗中把绿川英子比作寒夜中一颗闪亮的星，一盏明亮的灯，用自己的光芒照耀着身边的同志们。

放下笔，郭沫若先生又情不自禁地大声朗读一遍，读罢，会场上人们不禁为绿川英子鼓起掌来。

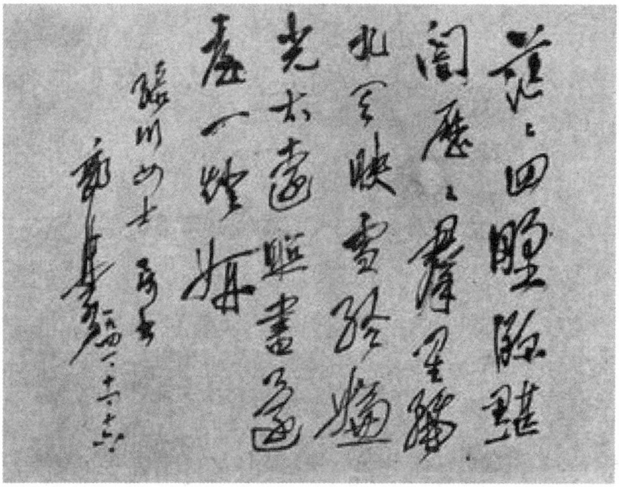

● 郭沫若写给绿川英子的诗

21 在华日本人反战同盟

抗日战争爆发后，有一个很让日本头疼的团体，那就是“在华日本人反战同盟”。

可以说，这个反战同盟虽然没有飞机，没有大炮，但是它来自日本的内部，堡垒是最容易从内部攻破的。所以，这个组织自成立之日起，就不屈不挠地进行反战宣传，对瓦解日本侵略者的军心，起到了很大的作用。

这个组织最早是在1939年底，由日本反战人士鹿地亘在桂林成立，当时名叫“在华日本人反战同盟西南支部”。其成员都是主动投诚和被俘后的日本士兵，他们原本就反对日本的侵略战争，还有的是在战争中看到日本军队的残暴，对战争产生反感，有的是被俘后经过教育，认识到这场侵略战争的非正义性。在鹿地亘的带领下，他们奔赴前线，冒着枪林弹雨，深入阵地前沿，用扩音器向日军喊话，散发日文传单，有的盟员甚至在前线阵地中弹牺牲。

其实，在当时的中国，像这样由日本人组成的反战团体，还有一些。为了更有效地进行反战斗争，有必要把这些组织统一起来，握成拳头，形成力量。所以，由鹿地亘发起，在郭沫若、冯乃超等人的支持下，“在华日本人反战同盟”在重庆成立了。

鹿地亘是日本作家，他毕业于日本东京帝国大学，在学生时代就参加了无产阶级文学运动，后来成为日本无产阶级作家联盟负责人之一。九一八事变后，他发表了许多反战言论，因此受到日本军国主义的迫害，1935年和妻子池田幸子一起流亡到中国上海，后来到了武汉，在郭沫若领导下的第三厅对敌宣传处工作。第三厅从武汉撤退的时候，他随同一起来到重庆。

成立“在华日本人反战同盟”的想法，得到很多日本同胞的支持，特别是绿川英子，更是积极响应，她和鹿地亘一起研究和筹备反战同盟成立的各项事宜。

1940年7月20日，“在华日本人反战同盟总部”成立大会在重庆召开。大家一致推举鹿地亘为“反战同盟”总部会长。绿川英子、池田幸子、青山和夫、成仓进、前野恭子、广濑雅美等为总部有关负责人。大会制定并通过了“反战同盟”总部的“四项工作方针”：“一、协力于中华民族之自己解放之抗战，灭绝日本帝国主义及其在大陆上一切之代理人；二、拯救被压迫而牺牲于战场之人民，根据人民之素志以建设民主之日本；三、努力中日两民族之亲善提携，根据自由平等友爱之原则，以奠定东亚和平；四、反对帝国主义战争，联合世界爱好真正和平之各民族，以绝灭人类之任何不幸。”

成立大会这天，郭沫若亲自赴会致词。他在致词中说：“你们作为日本人，参加到我们中国的抗战阵营，就好像给我们添了五十万大兵，你们的行动，给了日本军国主义巨大的打击，给了我们后方民众最大的鼓励”。“我们希望日本国民中多产生一些和你们一样的反战同志，帮助中华民族解放，同时也促进了日本民族的解放。”

这一天，《新华日报》等重庆各报，也发表社论或评论，对反战同盟的成立给予充分肯定和寄予希望。《新华日报》的社论说：“同盟工作，是在事实上，证明中日两国人民已经携手地反对侵略而奋斗的。”“我们应该加紧敌军工作，以配合在华反战同盟。”

一直以为自己是孤军作战的绿川英子，身边终于有了一大批来自日本的反对战争的朋友和同志。她对刘仁说：“这下好了，我不再孤单了。”

参加到反战同盟之后，绿川英子的工作更忙了。在重庆反战同盟从成立到解散的一年时间里，绿川英子参与了反战同盟总部举办的各项活动，出版和播发对敌宣传品，开展敌情研究，给反战同盟会刊《真理之斗争》撰写敌情研究和宣传材料，他们每周都举办一次对日广播，协助文化工作委员会编辑出版反战传单、广播稿和小册子。绿川英子还亲自到重庆的刘家湾战俘营进行反战宣传，同时把刘仁他们用日文编写的抗日宣传小册子散发给俘虏们。

刘家湾战俘营里面关押有日本战俘近千人。反战同盟认为这是他们做工作的最好时机，如果其中能有一大批日本人和他们一起站出来反对侵略战争，那势必会产生巨大的影响。

● 绿川英子与日本人民反战革命同盟合影（前排左五为绿川英子）

战俘营戒备森严，机枪、岗哨遍布，有至少一个排的国民政府宪兵驻守。为了感化教育日本战俘，还写有“欢迎日本兄弟”、“日本人民是我们的朋友”等大字标语。

应该说，初次来到这里，面对自己的同胞进行反战宣传，绿川英子不能不有一些心理压力，她在第三厅进行对敌宣传和广播的时候，面对的只是一只麦克风，在她身边的是和她丈夫刘仁一样的爱国者，他们投给她的是赞许的目光。

可是现在，她将要面对的是自己同胞的鄙视的眼光，是卖国贼的咒骂。

刘仁对她要到战俘营去宣传演讲，也有些担心，怕她受委屈，怕她承受不了那巨大的心理压力。为了让绿川英子能讲得更好，刘仁早早就帮助她收集材料，整理演讲的提纲，帮她分析国际国内的战争形势，分析正义战争胜利和侵略战争失败的必然性。刘仁对绿川英子说：“最重要的是要用事实说话，用事实来揭露日本法西斯的暴行和这场战争带给中日两国人民的苦难。”

果然不出刘仁所料，当绿川英子走进战俘营，还没有等她开口，那些顽固的军国主义分子就向她投来鄙夷的眼光和卖国贼的咒骂。但是，有了足够心理准备的绿川英子，并不在意，她觉得，自己是来挽救这些深陷战争泥潭的士兵，她怜悯这些执迷不悟的青年，她就是来让他们觉醒，不再为日本军国主义卖命的。看到这些同胞，绿川英子觉得自己此行简直就是一次壮举，这和那些拿着武器冲上前线和日本侵略者战斗的士兵是一样的，只不过他们用的是子弹，自己用的是思想。于是她坦然地宣讲自己精心准备的东西。渐渐地，那些喧闹声平息了下来，那些不屑一顾的眼光也渐渐地平和了下来。

其实，战争真的是一个怪物，它可以让参与战争的人瞬间变成魔鬼。即便你现在暂时缚住了这些魔鬼的身体，但也未必缚住他的心，只要一有时机，他还会兴风作浪。所以，从内心深处唤醒这些士兵深藏起来的良知，让他们认识到战争的罪恶，才能从根本上消灭战争。绿川英子知道，自己的工作，就是要把这些日本士兵那颗潜藏心灵深处的良知唤醒。

这一时期，反战同盟做了大量工作。可惜的是，由于反战同盟的内部因为工作产生了分歧，一些人离开了反战同盟，有的前往延安，有的前往别处。加之国民党嗅出反战同盟中的共产主义味道，所以在1941年8月，下令将“在华日本人反战同盟”总部解散了。

后来，这些人在战后返回日本的时候，日本的政府和右翼分子并不欢迎他们，他们找不到稳定的工作，有的人一生过着清贫的日子甚至在凄凉中死去。其实，这些人在他们当时参加反战同盟的时候，早已意识到了这一点，这就是一个人一旦他的世界观发生根本转变的时候，他就会不惜背负所谓的“叛变”、“卖国”的罪名，而奋不顾身地站到正义一边，甚至以自己的终身为代价，去反对战争，呼唤和平。他们中的许多人，甚至终身都在为中日友好而努力着。

分手的时候，绿川英子和大家一起合影留念，还真的有点依依不舍。

在这期间，绿川英子还被聘请到由国民政府举办的“留日学生训练班”去当老师。

其实，绿川英子是到了这个训练班之后才知道，在中国，竟然有那么多像刘仁这样的留日学生，在祖国危难之际，他们都能够奋不顾身，毅然回到祖国，参加到抗日斗争之中。她对这些人真的是肃然起敬。

刘仁是1937年七七事变之前回国的，而在中国的抗战爆发后，除极少数人没有能够及时离开日本，大多数人都愤然离开，迅即回国参加抗战。有人根据日本日华学会编印的《留日学生名簿》（1936年第十版）作出的统计，当年我国留日学生人数有八千人左右，东三省籍的学生约占三分之一。这是一个不可忽视的群体，这些人在抗战中，发挥了巨大的作用。

国民政府对这部分留学生很重视，于1940年1月，由军委政治部在重庆开办留日学生训练班，这个班有二百多人。派三位日本进步人士到训练班用日语讲课。鹿地亘讲授《日本的政治现状》，青山和夫讲授《战时的日本经济》，绿川英子讲授《对敌宣传技术》。绿川英子的内容主要是讲对敌军宣传，如日文传单、标语、口号和歌曲等的内容以及广播、宣传的技术方法等。

这个学习班是1941年1月开办的。刘仁风趣地叫绿川英子为“绿川老师”。刘仁说：“好啊，你这个大学还没毕业的人，却给留学生讲起课来，了不起。”

绿川英子说：“是啊，你不要太骄傲了，我的学生都和你一样呢。”

刘仁说：“我当然也是你的学生了，不然，我怎么叫你绿川老师呢？对了，这个班有多少人？”

绿川英子说：“一共有二百多人，时间是三个月。我和鹿地亘都是这个班的老师。学生中还有一个叫李益三的，不知道你还记得他吗？”

“李益三，当然记得呀，在东京的时候，他也在中垣虎儿郎那儿学习世界语呢。”

绿川英子说：“对，就是他。我从日本出走的时候，他和叶君健还有丁克为我提前开了一个欢送仪式。后来也被抓进了监狱，关了八十多天，日本警察不断地对他进行审讯。他对我说，他当时就暗下决心，‘若能生还祖国，如不到前线审讯日俘则枉生人世上！’果然，回国后他就到了前线，专门从事审讯日本战俘的工作。”

刘仁羡慕地说：“能到前线真的挺好，如果有机会，我也是要去的。”

绿川英子说：“如果可能，我随你一起去。可是，如果真的让我拿起枪，对着同胞，还真有些难呢。算了，谁叫我是日本人呢，还是做反战宣传更适合我。”

多年以后，李益三在回忆留日学生抗日训练班上听绿川英子讲课的情形时写道："绿川英子结合自身的实践经验讲授，效果很好，深受学员们的欢迎。她在讲课的时候，透过那副近视眼镜所迸发出的炯炯目光仿佛激光一样，流露出她对日本军国主义的强烈痛恨，结合她那丰富卓越的对敌宣传经验，所讲的字字句句都激奋动人。我们每个学员无不侧耳倾听。"

22 绿川英子与萧红

1942年1月的一个傍晚，重庆的天气有些阴冷，正是晚饭时分，鹿地亘夫人池田幸子迈着匆匆的碎步，来到绿川英子家。

刘仁正在吃饭，绿川英子怀里抱着五个月大的星儿。见池田幸子进来，她急忙站起身。池田幸子向刘仁弯腰鞠躬后，把绿川英子拉到一边，轻声说道："告诉你一个不幸的消息，萧红昨天在香港病逝了。"

绿川英子一下子呆住了，她有些不敢相信，她说："怎么可能？她才三十一二岁呀！"

池田幸子是鹿地亘的夫人，俩人和萧红是很好的朋友。他们在上海的时候，经内山完造的介绍认识了鲁迅，然后又认识了萧红。当时上海战事紧张，中日两国关系已到冰点。由于鹿地亘夫妇是日本人，和绿川英子一样，处于两难境地，住中国人的地方不安全，住日本侨民多的租界，又因为他们是反战人士，日本人反而把他们当作叛徒或者间谍对待。战争爆发后，鹿地亘夫妇连出门都成了问题。没办法，他们只好住进了许广平家，但这毕竟不是长久之计，因为在当时的中国，只要收留了日本人，就会被当成汉奸。

这个时候，萧红挺身而出，她机智地帮助鹿地亘夫妇隐瞒了身份，编了姓名，避居到了一家旅馆。萧红还嘱咐他们讲话要注意，不能讲日本话，因为说不定旁边就住着中国人。萧红还把一些能暴露他们日本人身份的东西带走，替他们保存起来。而生活方面的事情则由萧红代为打理，这使鹿地亘夫妇的生活方便了许多。所以，一个人面临危难之际，一般人唯恐避之不及，而萧红却能把危险置之度外，伸出援手，这让鹿地亘夫妇感激不尽。

也许是缘分吧，绿川英子从日本来到上海的时候，和萧红在同一家旅馆住了一个多月的时间。因为绿川英子是日本人，不便和外界接触，所以只是在做饭、洗衣服的时候，绿川英子才看到这位“大大的眼睛，特喜欢抽烟”的年轻女人，但两人没有什么来往，后来听刘仁说，那个女人是一个挺有名的作家，叫萧红。

绿川英子随第三厅到了重庆之后，知道萧红早她一段时间，也随丈夫端木蕻良来到重庆，住在重庆郊区的复旦大学的宿舍里，她的丈夫端木蕻良在复旦大学新闻系任教。萧红在重庆一直埋头写作，和人很少交往。只是因为池田幸子的到来，加之绿川英子的丈夫刘仁是东北老乡，他们又都是世界语者，所以萧红和她们走得就近了一些。

此时的萧红在绿川英子的心目中，充其量不过是一个美女作家而已，她可以浪漫，可以优雅，可以罗曼蒂克，“是一个善于抽烟，善于喝酒，善于谈天，善于唱歌的不可少的角色”。可是将来随着容颜的老化，作品也就完蛋了。但是，经过几次接触后，绿川英子发觉自己的想法是错误的，尤其读了萧红的作品，她认为萧红是一个非常优秀，非常有希望的女作家，只是在爱情的路上，经受了太多太多的波折和打击，绿川英子有些可怜她。

其实萧红并不是一个喜欢和女性交往的人，她之所以常常来看望池田幸子和绿川英子，是因为她非常敬重鹿地亘夫妇和绿川英子这几位日本人，他们冒着生命危险到中国来，真心实意地帮助中国抗日，这让她非常敬佩。尤其绿川英子，在萧红的眼里，她是一个非常优雅、体贴而且很理性，很理解人，又懂得很多道理的人，不像自己常常在情感面前失去理智。所以，尽管萧红大绿川英子一岁，但她却把绿川英子看作姐姐，无话不说。

有一次，萧红和池田幸子来到绿川英子家，绿川英子见萧红身穿一件十分合体的黑丝绒长旗袍，清雅高贵，黑色的丝绒和萧红白里透红的脸，相互映衬，让萧红显得格外美丽。

绿川英子两眼盯住萧红，禁不住赞叹道：“你真漂亮。”然后又说：

“还有这件衣服也真漂亮。”

有人夸奖，萧红很高兴，忙说：“这衣服是我自己做的，料子是在地摊上买的。”

萧红的话多了起来。她告诉绿川英子，说她也在日本的东京待了半年的时间，不过她对日本的印象很不好。萧红是一个直爽的人，她一点都不顾及绿川英子是一个日本人。

绿川英子问她是哪一年，萧红说“是1936年的7月，住到1937年的1月就回国了”。

绿川英子惊讶道：“那时我还在东京呢。”

萧红遗憾地说：“可惜我们不认识。”

萧红说自己在东京的时候，心情很不愉快：“真的，那些日子特别寂寞，想哭。而且东京的天气也很热，连个说话的人也没有，心情坏极了。想到街上去走走，路又不认识，话也不会讲，满街响着木屐的声音，让人心烦。而且还被便衣跟踪，妈的，真讨厌。”说到生气处，萧红的脏话就溜了出来。说完，萧红又羡慕地对绿川英子说：“你的先生很帅气，也很爱你，你很幸福啊。”

绿川英子说：“可他的脾气也不是很好呢。”

萧红说：“东北人嘛都是这样，哪有一个脾气好的呢。女人嘛，能有一个真心爱你的人，就够了。”说完，长长地叹了一口气。

绿川英子曾听池田幸子讲过萧红和萧军、端木蕻良之间的感情纠葛，也知道她怀着一个男人的孩子却嫁给了另一个男人，而另一个男人却对她并不珍惜。一个人挺着渐渐隆起的肚子到处奔波，到重庆后在医院里生下一个男婴，三天后便夭折了。

绿川英子很可怜眼前的这个女人，不想提起她的伤心往事，便赶紧把话头岔开，向萧红打听东北的情况，吃的、住的、生活习惯，等等。

她问萧红：“听说东北很冷很冷，有多冷？”

萧红笑着说：“这么告诉你吧，我刚上小学的时候，上课尿了裤子，等回家的时候，棉裤已经冻得都可以立起来了。”说完三个人一起哈哈大笑起来。

萧红一高兴，就喜欢唱歌，她对绿川英子说：“东北小调很好听，等将来抗战胜利了，你回到东北，怎么也得会几句呀。”于是，就唱起来：

一封书信，何日方能到？山遥水远路几千，一别已经年……

绿川英子很喜欢萧红，一个是她是一个很有成就的作家，再一个就是东北老乡，而且萧红也是一个世界语者。但更重要的是因为萧红是一个单纯可爱的女人，也是一个命运坎坷的女人。

绿川英子和刘仁专门在家为萧红举办了一场文学沙龙。她请来参加的有池田幸子、萧红和端木蕻良夫妇，还有她和刘仁的老朋友叶籁士、乐嘉煊、先锡嘉等人，他们是绿川英子的世界语同仁及重庆文化界的朋友。

抗战时期，重庆物资匮乏，但是大家还是把自己平时舍不得吃的喝的带过来，有葡萄酒，有糖果瓜子等等。但这些都在其次，重要的是带来各自的作品。

那天，绿川英子用中文朗诵了她写给母亲的一首诗，《丢掉的两个红苹果》：

妈妈，
唯您一人是我的至爱，
但我不能仅是您的所有。
别再叫我在这残酷的战争里，
在泪水，呻吟和该诅咒的暴风雨中，
偷偷享受一下只属于我的小小幸福……
每晚每晚，我站在麦克风前，
强烈的冲动常常使我失声呼喊：“妈妈！”
可我的全身，有一种东西在沸腾，使人心碎。
然而，接着的一瞬间，在我的眼前，
出现了无数形形色色的脸颊，
充满悲哀、疲劳、饥饿、愤怒和复仇的男女老幼的脸颊。
……
妈妈呀，
请您睁开眼睛，仔细端详您的阿英！

给予软弱的、受苦受难的人们的热爱，
对于一切虐待他们的东西的憎恨，
这无价之宝的“自豪”，
就是您给我的赏物——
难道我失掉它一丁点了吗？
您的女儿不应该失掉但已经失掉了的东西
只是——我双颊上的红晕。
但是，妈妈，
请您不要为此责怪我，
它们只是无数个
为了在中国、在日本、在世界各国，
永远结下美丽的红苹果，
请记住吧，
曾经早落下来的无数个苹果里的
这两个！

听了绿川英子的朗诵，萧红流下了眼泪。她激动地走过去，紧紧地拥抱着绿川英子：“妹妹，你的诗写得真好。”

后来，由于萧红忙于写作，她们姐妹见面的机会就少了，但池田幸子还常常和绿川英子谈起萧红，感叹道：“这是个有才华的女人，却又是一个不幸的女人。”

那是1940年春节前，绿川英子又见到了萧红，她面色有些憔悴，没有了先前的红晕，她是来向绿川英子和池田幸子告别的，她要随端木蕻良去香港。绿川英子看出萧红有些恋恋不舍的样子，就问她：“为什么这样急匆匆地去香港呢？”萧红没有回答。这时候，端木蕻良赶了过来，他也和池田幸子、绿川英子道了别，就带着萧红走了。没想到这一走竟是永别。

听到萧红去世的消息，绿川英子心里很难过，她老是想起萧红曾说的那句话：“我就像他划过的一根火柴，转眼就成为灰烬，然后他当着我的面划另一根火柴。”“我一生最大的痛苦和不幸都是因为我是女人。”

绿川英子也联想到了自己，一个女人的命运，难道只能是结婚、生产、苦恼、贫困、疾病、死亡？一个女人，怎样才能逃脱这个归宿呢？

绿川英子拿出笔和纸，她要为萧红写篇悼念的文章，不，不仅仅为萧红，还为自己，为天底下所有的女人。

忆萧红

一封书信，何日方能到？山遥水远路几千，一别已经年。

……

这是无聊的时候，无意识地念出来的东北小调——但后来也就没有再念了。

我还记得，这小调是萧红教给我的。而现在，萧红呢——

倒是山遥水远路几千，一别便永诀了。她的家乡已沦入敌手，她的身体在这世上又已不复存在，往哪里去送书信给她呢？

说到关于萧红的回忆，我就追想在抗战爆发的那一年。

“八一三”的炮火使我到上海屁股还没有坐暖，便辗转地从法租界这一隅逃到那一隅。在这过程中，我偶然的和萧红作了一月余同屋的房客。可是避人耳目的我，没有敢去拜访这位女作家，每天只在灶披间烧饭洗衣服的时候，看见过她几回衔着烟嘴的面孔，或听见过她在楼上的谈话声。我们之间，仅不过是这样子的什么来往也没有的“近代邻人”。

巨大的眼睛和响亮的声音就是这些表面的印象，也因上海陷落，在南行避难期间不断的骚扰与不安中，连痕迹也不残留的消失掉了。

我们“正式见面”是在这时的一年余之后，在年末的重庆街上。那时晨雾未收，照射着湿气的电灯光下，她和旧日一样闪烁着两只大眼睛，发出响亮的声音，可是从她的身上总有一种不是相隔一年而是相隔数年的感觉。说到这种变化，不仅她个人如此，就在我自己及其他几千万人的身上也是同样刻着的时代的阴影罢了……？

“你的名字漂亮，你的文章也漂亮，而你本人又漂亮啦。”

她的娴静的微笑，代替了初次和异国同性见面时的酬答。

其实，直到这时为止，她在我的心目中，只不过是现社会中通常的所谓“女作家”罢了。有优雅的文章和罗曼蒂克的生活。以女色出现于文坛，跟着女色的消失，也一同从文坛上消失去短短的存在……

是的，我对于她，还是什么也不知道的，随后，这种成见，自从萧红、池田，及和我们二人的共同生活相似的人们，终日在不见日光的米花街小胡同内开始生活以来，便渐渐被现实情形所修正了。

恐怕是汉口陷落后，战局告了一个段落及远隔前线的安闲感中产生出来的吧，我们日里在重庆所具有的享乐生涯中度过，夜里就又落在不与战争相关的闲谈中。在这些场面中，萧便是一个善于抽烟，善于喝酒，善于谈天，善于唱歌的不可少的角色。另一方面，她又常常为临盆期近，不便自由外出为池田煮她所得意拿手的牛肉，并且像亲姐妹一般关心的跟池田闲聊，无所不谈。

可是，这不过是我对她所回忆到的次要的东西。

“进步作家的她，为什么另一方面又那么比男性柔弱，一股脑儿被男性所支配呢?”

在上海常和她接触的池田，惋惜地，抱不平地对我好几次发过这样的感慨。这是在我的头脑中最为深刻的印象。我想到微雨蒙蒙的武昌码头上夹在濡湿的蚂蚁一般钻动着的逃难的人群中，大腹便便，两手撑着雨伞和笨重行李，步履维艰的萧红。在她旁边的是轻装的端木蕻良，一只手捏着司的克，并不帮助她。她只得时不时的用嫌恶与轻蔑的眼光瞧了瞧自己那没有满月份的儿子寄宿其中的隆起的肚皮——

她的悲剧的后半生中最悲剧的这一页，常常伴随着只有同性才能感到的同情与愤怒，浮上我的眼帘。

她和萧军的结婚，在初期，仿佛是引导和鼓励她走上创作之路的契机。原来，各有其事业的男女结合，不单是一加一等于二，要向着一加一等于三或四的方向发展才是理想。可是在他们的场合，一加一却渐渐降到二以下来了。而这个负数，其负方是常常落在萧红这一面的。自然，这也许是由于两人的性格上所酝酿的矛盾与相克，但是火上加油的仍然是男性至上的封建遗产。

后来萧红就离开我们和端木去过新生活了。不幸，正如我所担心的，这并没有成为她新生活的第一步。人们就不明白端木为什么在朋友面前始终否认他和她的结婚。尽管如此，她对他的从属性却是一天一天加强了。看见她那巨大的圆眼睛，和听见她那响亮的声音的机会也就日渐减少。于是不久之后，他们就在北碚自囚在只有他们两人的小世界中。专心于创作么?——谁也无从知悉。就有他们的谜样的香港飞行。

山遥水远路几千，可是一封信也没有通过，一别便成了永诀了。

喜欢和朋友一道的她，不能不和朋友分离了。

不给人知道，悄悄地走了的她，不给人知道，悄悄地死了。

她脱出了长久呻吟于敌人铁蹄下的故乡东北，却在初次沦入敌人魔手的东南孤岛上了结她的一生。在民族自由与妇女解放斗争的行程上，她没有披沐胜利的曙光，带着伤痕死去了，那作家的生活，也没有能够完成。她并不健康，可是她生前，谁曾把她和死合在一道想过？她的死，殊为出人意料，殊为过早，殊为不应该。

结婚、生产、苦恼、贫困、疾病、早死，无数的女性所踏过的荆棘的道路，“进步的”作家萧红也背负着十字架走过了的。享年只有三十几岁的她的死，殊为意外，殊为过早，殊为不应当。我常常在痛感她的牺牲的生活之余，希望她用抗战的圣火把自己锻炼得钢铁一般。而现在，她的一切苦痛都化为乌有，我的希望也落了空。

她的大眼睛还在我面前闪烁，她的洪亮的声音还在我耳中发响。

然而她不再回来，她死了。

她真的死了么？并不，她至今也仍然在我心中活着。她的张得很大的眼睛，教我知道，流泪是无意味的，她的洪亮的声音，在呼唤我们越过她的遗体进向前去。

一九四二年“七七”的前夜

四天后，这篇悼文发表在重庆《新华日报》上。

23 低潮中的重庆

国共合作的蜜月期终于在1941年产生了裂痕，国民党一手制造了皖南事变，掀起了第二次国共合作以来的第一次反共高潮，接着又连续发动了多次反共高潮。此时重庆的政治空气令人窒息，让人感受到了越来越多的压抑和限制。

许多作家在文学作品中，对重庆独特的气候和终年不散的雾做了含沙射影的描写，如作家包白痕在他的散文《忧郁的山城》中这样写道：重庆“整日云雾弥漫，很难见到红嫩嫩的太阳，住在这里，像住在牢狱里一样，没有光亮也没有热力，冷酷、阴森、沉闷，紧压在人们的心头上，如肺病的患者，感到了呼吸的窒塞。……生活在这忧郁的山城，我底心也如山城一般的忧郁，没有光亮，没有热力，有的只是灰暗的雾，乌黑的云，蒙蔽着山，遮蔽着山城”。

包白痕的描写表面上写的是重庆的雾，而实际上，正是对当时重庆的政治气候和进步文化人士心境的真实描写。

刘仁和绿川英子也是这样。特别是在皖南事变发生的那段时间里，刘仁和绿川英子的心情非常压抑，他们为国共合作和中国抗战的前景担忧。那天他们看到《新华日报》上周恩来的题词：“为江南死国难者志哀！”“千古奇冤，江南一叶；同室操戈，相煎何急！？”心情是复杂的，他们既愤怒又担忧，特别是听说国民党特务、军警上街抢报纸，不准《新华日报》上街发行，而周副主席不顾个人安危，亲自带领工作人员上街发报纸，既为周恩来的斗争精神所感动，又为周恩来的安全而担忧。

他们明白，国民党正在走向反动，因为他们不仅肆意破坏抗日统一战线，而且还破坏民主，坚持独裁，甚至连中共的报纸《新华日报》都要受到他们的检查和限制。

刘仁清楚地记得，西安事变和平解决之后，国共两党开始了第二次合作，这对中国人民是一个极大的鼓舞，增强了战胜日本帝国主义的信心。当时的宋庆龄非常高兴，她于1937年9月24日发表了《国共合作之感言》这样一篇在全国产生巨大影响的文章。

宋庆龄写道：“这几天读了中国共产党共赴国难宣言和中国国民党领袖蒋委员长团结御侮的谈话，使我异常地兴奋，异常地感动。回想国民党和共产党这两个兄弟党，在最近十年以来，互相对立，互相杀戮，这是首创国共合作的先总理孙中山先生生前所不及意想到的。到最后，这两个兄弟党居然言归于好，重新携着手，为中国民族的独立解放而斗争。中共宣言和蒋委员长谈话都郑重指出两党精诚团结的必要。我听到这消息，感动得几乎要下泪。”

宋庆龄希望，“前事不忘，后事之师。在这民族危机千钧一发的今

● 重庆时的刘仁与绿川英子

日，一切过去的恩怨，往日的牙眼，自然都应该一笔勾销，大家都一心一意，为争取对抗战的最后胜利而共同努力。……我相信两党同志，经过十年以来长期的惨痛教训，再加上日寇无情的残酷的进攻，一定能够本着‘兄弟阋墙，外御其侮’的古训，诚信地友爱地团结成一体。唯有这样，才能使中华民国走上独立解放的胜利途径。”

当时的刘仁读了这篇文章后，非常振奋，他立刻推荐给绿川英子，绿川英子读后也连连叫好，和刘仁一起，把这篇文章翻译成日语，发表在1937年10月的《中国怒吼》杂志上。可是，仅仅几年工夫，国民党就把本来应该对准日本侵略者的枪口对准了共产党人。那么，即便将来打败了日本，中国又会是一个什么样的局面呢？国民党能容得下共产党吗？国共的第二次合作还能继续下去吗？刘仁不无担忧。

重庆的政治气候令人窒息，经济上同样让人难以忍受。当时在重庆的文化人很多，但是他们的收入却很少，而且还赶不上飞涨的物价。当时的重庆米价飞涨，有的米店更是一天数次关门调价，上午能买一斤米的钱，下午可能就只能买半斤米了。而所谓的平价米，里面还有很多杂质，除了稗子、谷壳、沙子外，还有很多小虫、老鼠屎等。中华全国文艺界抗敌协会在《发起援助贫病作家基金缘起》中，对当时作家的处境曾有过这样的描述："近三年来，生活倍加艰苦，稿酬日益低微，于是因贫而病，因病而更贫；或呻吟于病榻，或死于异乡，卧病则全家断炊，死亡则妻小同弃。"

特别是戏剧家洪深一家三口因贫病而自杀的惨剧，对重庆的文化人，无疑是一次更为严重的打击。

洪深一家三口当时就住在赖家桥，离刘仁所住的金刚村不算太远。那天早上，刘仁听到院里一阵慌乱，大家都在议论着洪深。原来，洪深唯一的女儿因病重无钱医治，生命垂危，而洪深又身染痁疾，贫病交困。1941年2月5日晚，洪深全家吞服了大量的奎宁、红药水自杀。幸亏郭沫若闻讯带着医生及时赶到，经过一番紧急抢救，才挽回一家人的性命。当时洪深留下遗书一封，上面写道："一切都无办法，政治、事业、家庭、经济，如此艰难，不如且归去。"

洪深一家的自杀，在重庆引起极大的震动。每个人都不能不想到自己将来的命运。

刘仁看着自己的妻子和自己一起受苦，真的有些于心不忍，为自己不能给她一个安定的生活而惭愧。本来，绿川英子在日本生活在一个富裕的无忧无虑的中产阶级家庭，但是随自己来到中国后，她饱受战火之苦，过着动荡和流浪的生活，甚至饱受被驱逐的屈辱，有时甚至囊空如洗，连喝粥的钱都没有。又因为她是日本人，常常被中国人误解而遭白眼、痛骂甚至追打。自己却无力保护她。不过，刘仁还是发自内心地感谢她，因为即便这样，绿川英子也没有感到委屈，也从来没有抱怨，更没有想到放弃。而且，她还常怀一颗感恩的心，认为自己自从来到中国，每每走投无路之时，总会有那些无私的世界语者们对自己和刘仁进行无私的帮助，总是使他们绝处逢生，自己是幸运的。

刘仁觉得妻子是一个有理想、有追求、有境界、有忍耐的人，她比自己强多了。

第三厅解散后，刘仁和绿川英子进入文化工作委员会，尽管工作很忙，但他们这些世界语者们没有放弃他们所钟爱的世界语。他们认为，世界语是和平的象征，只有他们这些世界语者还远远不够，还必须让更多的人参与进来。所以，当叶籁士提议成立“重庆世界语函授社”的时候，立即得到刘仁、绿川英子和其他世界语者的支持。于是重庆世界语函授社于1940年3月成立了。发起人有叶籁士、刘仁、绿川英子、乐嘉煊、冯文洛、先锡嘉，工作人员主要有秦德纯、冯文洛、钟宪民、张闳凡、许寿真、曾禾尧等。他们面向全国招生，主要任务就是通过传播世界语，团结一大批进步青年，共同抗日。

于是，这些人在繁忙的工作之余，都参加到世界语的教学工作中，如讲课、编教材、办杂志等。在《中国报道》杂志工作的五位年轻工人，受到刘仁、绿川英子他们的感染，也主动抽出时间，为世界语函授社的印刷品排版、打纸型等，而且他们没有任何收入，都是白尽义务的。

由于条件艰苦，工作繁忙，函授社里很多人都因为营养不良和过度劳累而病倒了。就连刘仁和绿川英子也病魔缠身，刘仁患上了肾炎，绿川英子染上了肺病。那时候医疗条件又十分有限，缺医少药，何况即便有了医药，手里也没有治病的钱。所以，那一段时间可谓贫病交加，刘仁因便尿困难，身上出现水肿，而绿川英子则咳嗽不止，甚至夜里难以入眠。

而且，又因为敌机对重庆的频繁轰炸，世界语函授社数次受到破坏，几次搬迁，最后搬到了金刚村附近的一个农家，这里离刘仁和绿川英子的家很近。于是绿川英子常常把饭做好，请这些忙碌一天的同志到家里去吃。其实同志们也知道他们的生活非常艰苦，常常有了这顿还要为下顿发愁，但是盛情难却。特别是当绿川英子有了稿费的时候，当然这稿费非常微薄，绿川英子肯定要到市场上买来吃的，请大家到家里来，说是“打打牙祭”。同志们有时不好意思，绿川英子便笑着用刚刚学来的一句顺口溜说服大家，“‘牙祭不打，生意要垮’，别客气，别客气，大家这么辛苦，不打牙祭怎么行?”

对那些没有家室的年轻人，绿川英子真的有些于心不忍。有一次，一位叫李奈西的世界语者来访，函授学社里只有冯文洛、张闳凡两个人在那儿，他们留他吃午饭，可是，函授社里什么都没有，他们平时就是一点咸菜下饭，连油也吃不到，更谈不上吃肉了。无奈冯文洛出去半天才回来，原来他跑到邻居家去借了两个鸡蛋。还有共产党员许寿真，原在西安东北军里入的党，住过国民党的监狱，后来到了重庆，在第三厅《中国报道》杂志工作，并参与函授社的工作，工作起来，简直命都不要。所以，作为函授社发起人的绿川英子，只要有点余力，就要帮助他们。

重庆世界语函授社转眼成立四周年了，几年间，在那战火纷飞的岁月中，函授社取得令人难以想象的成绩，居然招收了两千多名学员，学员遍及全国十八个省，除函授世界语外，他们还编辑出版了《中国世界语者》刊物，出版了二十多种课本和工具书。课本有《世界语战时读本》《世界语战时读本讲议》《世界语语法》《世界语中文大词典》《世界语词典》《世界语文选》等等。编写和出版的这些著作，对中国的世界语发展都起到了巨大的推动作用，尤其是《世界语中文大词典》，直到今天，都是一本学习世界语的权威工具书。

函授社还出版了一大批世界语的文学作品，如描写抗战建设的报告文学集《新生活》，鲁迅的《阿Q正传》、德雷仁的《柴门霍夫评传》、绿川英子的《在战斗的中国》、宋之的的《转形期》，还有一些像中国抗战文艺选集之一的《归来》《郭沫若及其文学作品》《中国抗战歌选》《小母亲》《各国谚语集》《绿星歌集》等等。想想看，短短几年中，学员函授、学习材料编写、邮寄、出版杂志、书籍、翻译作品等等，他们的工作量该有多大。

重庆世界语函授社成立四周年的时候，叶籁士提议说："函授社都成立四年了，我们是不是搞个纪念活动啊?"叶籁士的提议立刻得到大家的赞同。可是，战时的重庆物资匮乏，生活艰苦，要搞个纪念活动，哪怕是小型的也不容易。于是大家商定，既要简简单单又要办得有意义。好吧，那就出一期纪念世界语函授社成立四周年的纪念专刊，找些名人为世界语函授社题词，借此扩大函授社的影响，再开一个小型的座谈会，一杯清茶，大家坐下来谈体会谈感想。

叶籁士、刘仁、绿川英子等人分头去找那些对世界语给予过支持的身在重庆的名人和学者。很快，这些人的题词便都收集上来。

叶籁士看过之后，对绿川英子说："还缺一个人的题词呢。"

绿川英子问道："哪位的？我去请他。"

叶籁士笑了，说："不是别人的，是你的。"

绿川英子连忙说："我？那怎么行，我可不是什么名人。"

叶籁士恳切地说："必须有你的题词，你不仅是世界语的名人，你还是中国人民的朋友，还有鹿地亘先生也要题，有你们的题词会更有意义。"

经过叶籁士的一番工作，绿川英子终于答应了。

这一期的专刊上，登载的题词者有孙科、邵力子、郭沫若、胡风、茅盾、曹靖华、吴敬恒、张申府、绿川英子、鹿地亘等人。

孙科的题词是："世界一家。"

郭沫若的题词是："四海皆兄弟，五洲共一家，努力拉丁化，歌颂新中华。"

张申府的题词是："自从十七世纪以来，直至最近英伦霍格本教授之所为，国际辅助语之制作已在二百种以上，而以柴门霍夫之世界语，习用最广。岂不以其适为人类希望之所在。爱世目伦头（Esperanto 世界语）造于被压迫民族，于我实尤有特殊意义。"

茅盾的题词是："爱世语（即世界语）有其崇高的理想，这就是：为了大众的利益，为了人类之更好的未来，为了'四海之内皆同胞也'的实现。把爱世语看成一种简易而便于学习的人造文字，那就错了；它的价值岂只工具而已。"

绿川英子的题词是："我们世界语的道路，永远和革命事业分不开的。当革命艰辛的日子，我们正走着崎岖的路，当革命成功来到的日子，我们的语言就要开花。它的前途是与革命一样的光明。今天我们正走在这崎岖的路上，更要坚持下去，不论四年、四十年，或更久，不断的培养与成长就是未来的收获的保证。"

看了这些题词，同志们说，绿川英子的题词很美，是诗人的语言。

那天在函授社四周年的座谈会上，绿川英子满怀深情地做了发言，她全面总结了函授社四年来所取得的成就和它的意义，谈了自己从事世界语运动的感受，对世界语函授社同志的艰苦努力和无私奉献给予充分肯定。她说：

我在中国差不多已经待了七年，在各地经历了各种各样的生活。但是在这段不长的时间里，我没有一天离开过世界语。世界语给了我许多好的朋友，它要求我做一些多少总是有点意义的工作，它丰富了我的精神生活。我为我是一位世界语者而感到幸福。这种幸福在别的国家里，例如日本，我是享受不到的。世界语在本质上是反法西斯的，所以没有民主的土壤它就不能开花而要枯萎。中国世界语运动在前进的这个事实，不仅对我，而且对中国人民也是高兴的事情。

当然，由于战争，世界语运动遇到了很多障碍，然而它找到了适合这种环境的另外一条道路。世界语函授学社的成立就是这条道路的一个体现。虽然它只有四年的历史，但是它的成果是不能用这个小的数字来计算的。这些成果是看不见、摸不着的。当然，函授学社的工作无论如何也不会引人注目，也不会举世皆知。但是哪一项有意义的事业不是建立在那种不引人注目的，甚至看不到的，仿佛很微小的，然而一直是艰苦的工作的基础上的呢?

至于从事这项工作的是些什么样的同志，那就无须解释了。由于工作过于繁忙和营养不佳，已经有两三个同志病倒了，他们应该离开岗位去“休息”。他们真的在休息吗?没有，一百个没有，一千个没有。我在许寿真同志身上看到了最感人的例子。世界语函授学社所有的同志都是我的亲密的朋友，我也把函授学社的事情看作是自己的事情。然而我不能够帮助他们，因为我是日本人。这对我来说是最大的遗憾。

尽管世界语的函授学社在四年的时间里作了许多的工作，然而它还是一个孩子。为了让它更好地成长，只靠这几个同志的努力是不够的。我们每一个同志都应该负起责任来。我尤其希望学员们要认识函授学社的特殊意义，尽快形成世界语运动的强大的队伍，这将给他们没有见过面的世界语函授学社的老师——那些忘我工作的同志们，带来最大的快乐。

绿川英子的朴实而又亲切的讲话，赢得大家的掌声。在这里，她说了一句意味深长的话，就是那句“因为我是日本人，这对我是最大的遗憾”。也就是说，她已经把自己的全部心血甚至自己的生命都投入到中国人民的抗日斗争中。但是，她虽然嫁了一个中国丈夫，虽然把自己视为中国伟大事业的一分子，但她的日本血统，决定了她还不能参与到中国的更多的事务中，她还无法改变自己一个日本人的身份，还免不了遭遇异样眼光，这是她心中最大的痛。

刘仁也在会上发了言，他说："在很古很古的时候，咱们人类的语言是一个样子的，大家说着同样的语言，后来他们在向东迁移的时候，遇见一片平原，就停下了脚步，说咱们就住这里吧。他们那里没有战争，没有饥饿。可是，他们有一天却突发奇想，想要用砖来建造一座城和一座塔，让这塔顶直通天堂，那样就可以看到上帝，有什么想法，就可以直接和上帝沟通了。但是上帝害怕了，如果世间的人都说一样的语言，都想一样的事，都那么精诚团结，那还有什么事情做不到呢？那还需要他这个上帝干什么呢？于是他就改变了他们的口音，让他们讲不一样的语言，让他们彼此无法沟通。于是，世间就出现了误解、战争、瘟疫、饥饿和死亡。知道这个故事是哪里的？是《圣经》里说的。我对这个故事的理解就是，人类真的需要一种共同的语言，有了共同的语言，人类就可以消除误解，增强沟通，就能联合起来，就不会害怕那些天灾人祸，就能消除战争，消除饥饿，赢得和平。这个共同语言就是世界语。这就是我们从事世界语事业的意义。"

刘仁讲的这个故事让大家兴奋不已，原来自己从事的世界语竟然有这么重大的意义呀。

政治的压抑和经济的困窘以及疾病的折磨，并没有让刘仁和绿川英子退却半步，她在《冬天来了春天就不远了》这篇文章中写道："新的战斗意志的高涨震撼着我低烧的身躯——我满怀喜悦和自傲的心情断言，中国人民决不会在暴力面前屈服。"

她那种没能成为一个真正的中国人的"最大的遗憾"也在不断消除，她在《暮春的离别》一文中写道："对我们世界语者来说，国籍不是绝对的，它仅仅意味着语言、习惯、文化、肤色等等的不同。我们把自己看做'人类'这个大家庭中的兄弟。这一点我们不是理解到，而是感觉到的。在表面上我们由同一种语言连接着，在内心里我们由同一种感情连接着。我们也同样热爱自己的祖国，然而这种爱同对其他民族的爱和尊重并不是不相容的。"

几年中，勤奋的绿川英子在工作之余撰写了大量的诗歌、散文、政论文章以及翻译作品。重庆世界语函授社为她出版了三本书，回忆录《在战斗中的中国》、文集《暴风雨中的低语》和翻译的小说《活着的士兵》。

丈夫刘仁为妻子的《在战斗中的中国》写下了前言《平凡的回忆录》，在这篇前言中，刘仁对妻子的深情的爱，从心底情不自禁地流入笔端：“照子写的东西也许不是美好的诗歌，也不是卓越的战时记录，或许只是一些清淡的叙事，然而对于我来讲，这些记述珍爱无比，如同我自身写的一样。”

刘仁的真情述说，让绿川英子感到无比的温馨。她觉得自己是幸运的，是幸福的。

很快，刘仁和绿川英子的身体都逐渐得到了恢复。对中国抗战胜利充满信心的绿川英子，于1944年7月7日，在《新华日报》上发表了一首充满激情的诗篇《黎明的合唱》：

为了希望的未来我们不惜流血成海，
五年的抗战奠定了中国解放的基石，
筑成了人民和平的堡垒。
今天我们挺着胸脯高唱黎明的赞歌吧！
这响亮的歌唱在明年第七个“七七”，
一定会变成侵略者的黄昏葬送曲。
……

24 文工委被解散

经过了皖南事变和国民党的数次反共高潮，人们逐渐看清了国民党一党独大，压制民主的本质。民主不是上帝赏赐的，而是必须经过斗争争取的。

1944年9月，林伯渠代表中共在国民参政会议上提出了建立联合政府的主张。他说：“我坦白地提出，希望国民党立即结束一党统治的局面，由国民政府召集各党各派，各抗日部队，各地方政府，各人民团体的代表，开国事会议，组织各抗日党派联合政府，一新天下耳目，振奋全国人心，鼓励前方士气。”

中共的这一主张，立刻得到各民主党派的赞同，各界人士纷纷召集会议，响应中共的主张，一场要求建立民主联合政府的广泛的民主运动在大后方轰轰烈烈地开展起来。

为了进一步推动这一民主运动，郭沫若所领导的文工委也立即行动起来，郭老和文工委中的几位共产党员一起起草了一份《对时局的进言》，然后在重庆文化界广泛开展了一场签名活动，为这次民主运动推波助澜。

这天，冯乃超拿来一份材料交给刘仁，说：“砥方，我这里有个材料你看一下，这是我们郭老亲自草拟的一份《对时局的进言》，准备在重庆文化界开展一场广泛的签名活动。我们已经在上面签了名了。你看一下，如果赞成，你也签一个，如果不赞成，也可以不签。不得勉强。”

冯乃超是刘仁的直接领导，为人和善，一身正气，满腹才华。因为都曾是留日学生，所以他对刘仁非常好，刘仁也视其为兄长。

刘仁说：“冯兄所倡之事，刘某必跟无疑。”

刘仁接过来一看，题目是“对时局的进言”，内容是这样的：

“道穷则变”，是目前普遍的呼声，中国的时局无须我们“危词悚听”，更不容许我们再来“巧言文饰”了。

内部未能团结，政治贪墨成风，经济日趋竭蹙，人民尚待动员，军事急期改进，文化教育受着重重扼制，每况愈下，以致无力阻止敌寇的进侵，更无力配合盟军的反攻，在目前全世界战略接近胜利的阶段，而我们竟快要成为新时代的落伍者。全国的人民都在焦虑，全世界的盟友都在期待，我们处在万目睽睽的局势当中，无论如何是应当改弦易辙的时候了。

办法是有的，而且非常简单，只须及早实现民主，在野人士正日夕为此奔走呼号。政府最近也公开言明，准备提前结束党治，还政于民，足见人同此心，心同此理，无分朝野，共具悃忱。中国的危机是依然可以挽救的。

然而“日中必彗，操刀必割”，在今天迫切的时局之下，空言民主固属画饼充饥，预约民主亦仅望梅止渴。今天的道路是应该当机立断，急转舵轮，凡有益于民主实现者便当举行，凡有碍于民主实现者便当废止，不应有瞬息的踌躇，更不应有丝毫的顾虑。其有益于民主实现者，在我们认为，应该是：

一、由国民政府立即召集全国各党派所推选之公正人士组织一临时紧急会议，商讨应付目前时局的战时政治纲领，使内政、外交、财政、经济、教育、文化等均能有改进的依据，以作为国民会议的前驱。二、由临时紧急会议推选干练人士组织一战时全国一致政府，以推行战时政治纲领，使内政、外交、财政、经济、教育、文化等均能与目前战事配合。

以上二大纲实为实现民主的必要步骤，政府既决心还政于民，且不愿人民空言民主，自宜采取此项步骤，使人民有实际参与政治的机会，共挽目前的危机。

更就有碍民主实现者而言，则有荦荦六大端，应该加以考虑。

一、审查检阅制度除有关军事机密者外不应再行存在，凡一切限制人民活动之法令皆应废除，使人民应享有的集会、结社、言论、出版、演出等之自由及早恢复。

二、取消一切党化教育之设施，使学术研究与文化运动之自由得到充分的保障。

三、停止特务活动，切实保障人民之身体自由，并释放一切政治犯及爱国青年。

四、废除一切军事上对内相克的政策，枪口一致对外，集中所有力量从事反攻。

五、严惩一切贪赃枉法之狡猾官吏及囤积居奇之特殊商人，使国家财富集中于有用之生产与用度。

六、取缔对盟邦歧视之言论，采取对英美苏平行外交，以博得盟邦之信任与谅解。

以上诸大端如能早日见诸实施，则军事形势必能稳定，反攻基础必能确立，最后胜利也毫无疑问，必能更有把握了。

故民主团结实为解决国内局势之主要前提，而在今天尤为争取国际地位的必需步骤。今天的时局虽然紧迫，而国际形势却大有利于我们，我们尤应趁此时机，早早决定我们的国策。

目前克里米亚会议已告圆满结束。四月二十五日并将由中苏英美法五大国在旧金山召集联合国会议，法西斯和帝国主义已被普遍地宣布死刑，为全人类开出了民主和平的康庄大道。

更以军事而言，苏联的大攻势正以雷霆万钧之力，雄师数路趋指柏林。英美联军更由西线积极进攻，纳粹兽军已陷于四面楚歌之中，不久当在它的巢窟里面遭受屠戮了。

美国在太平洋上的进军，也正和欧洲攻势桴鼓相应。美国的意志，在东方急于要在中国登陆作战，急于期待陆上力量的大反攻，以期能同时及早解决日本，更是切迫如火。

今天没有任何力量可以阻止苏联红军及英美盟军的进攻，也没有任何力量可以屈挠同盟国人民的意志。全世界都在吹奏着胜利进行曲，我们中国人民不愿自甘落伍，不愿在这世界战略接近胜利的阶段，仍有自私自利、苟且因循、等待胜利、甚至种下未来祸根的做法迎接我们民主胜利的光明的前途。形势是很鲜明的，民主者兴，不民主者亡。中国人民不甘沦亡，故一致要求民主团结，在这个洪大的奔流之前，任何力量也没有方法可以阻挡。

我们恳切地希望，希望全国人士敞开胸襟，把专制时代的一切陈根腐蒂打扫干净，贡献出无限的诚意、热情、勇气、睿智，迎接我们民主胜利的光明的前途。

在上面签名的有郭沫若、巴金、老舍、沈钧儒、沙千里、李可染、茅盾、胡风、胡绳、柳亚子、马寅初、高崇民、夏衍、徐悲鸿、陶行知、曹靖华、曹禺、张申府、冯雪峰、阳翰笙、叶浅予、聂绀弩、顾颉刚……

看罢，刘仁高兴地大声叫道："写得好！写得好！'结束党治，还政于民，民主者兴，不民主者亡'，这些主张正是我们的心声，正是我们奋斗的目标，革命的目的为了什么？不就是为了民主嘛，只有民主才能救中国呀！"

读罢，刘仁拿起笔，在上面签下自己的名字"刘砥方"。

冯乃超接过签名，对刘仁说："这几天，郭老为了扩大《对时局的进言》的影响，亲自到一些文化名人家中拜访，征求意见，还有阳翰笙副主任也是。你看，画家徐悲鸿先生的签名就是郭老亲自登门的。作家老舍、冰心是阳翰笙副主任登门的。”

刘仁听了，马上说：“如果需要的话，我也去征集，签名的人越多越好。”

冯乃超说：“好，具体的人选我们一起研究一下。”

冯乃超走后，绿川英子故作不高兴的样子对刘仁说：“为什么不让我签哪？我不够格是不是？”

见绿川英子不高兴，刘仁急忙解释说：“不是的，不是的，主要的原因我想大概是因为你还不是中国人哪，不是中国人，怎么掺和中国的事呢？”

绿川英子说：“你这话说得就不对了，我参加了释放七君子的游行、参加了对日广播、参加了武汉献金、参加了三厅、参加了文工委，难道这些都不是中国的事？”

刘仁急了，解释道：“我不是这个意思，我是说，这种签名的事，你作为日本人有很多的不便。”

绿川英子笑了，说：“看你急的。不用解释了，我理解，我只是有些遗憾。其实，我真有点想不通，既然我嫁给你这个中国人了，我就应该也是中国人哪。我和鹿地亘他们不一样，他们夫妻都是纯粹的日本人。可是我，身份已经变了，我是一个中国人的老婆。本来可以做更多的事情，可是现在却不能。”

刘仁安慰她说：“照子，你已经做了很多了。不着急，你应该是中国人。等战争结束了，这一切肯定有一个明确的说法。”

绿川英子说：“等我名正言顺地成为一个中国人之后，咱们做点什么呢？”

刘仁问道：“你最喜欢做什么？”

绿川英子说：“咱们就办一所世界语学校吧，在中国推广世界语。让中国成为全世界世界语者最多的国家，最热爱和平的国家。”绿川英子叹了口气，“可是，这一天什么时候能到来呢？”

刘仁说：“这一天肯定要来。不过，那还是将来的事。咱说眼前吧，蒋委员长看到这个《进言》肯定很生气，可是，生气也没办法，谁叫他一党独大，一手遮天呢！”

绿川英子不无担忧地说："你们这么多人站出来反对国民党，他不会善罢甘休的。"

刘仁说："谁的主张对中国有利，我就跟着谁。共产党主张民主，主张建立联合政府，这是中国的希望所在，我就跟定了。"

绿川英子说："你跟定了共产党，那我就跟定了你。"

一连几天，冯乃超带着刘仁他们这些文工委的人，分头走出去，到各位文化名人的家中，宣传这份《进言》的内容，征求他们的意见，征集他们的签名。很快，在上面签名的人就达到了三百一十二人。有教授、学者、律师、诗人、小说家、剧作家，也有教育家、科学家、出版家、编辑、记者、导演、演员、画家、音乐家等，大多是文化教育领域卓有成就的文化精英，也不乏身为中共秘密党员的左翼文化人士。当然，更多的则是无党无派，甚至没有明显政治倾向的知识分子，因此具有十分广泛的代表性。1945年2月22日的重庆《新华日报》全文登载了这个《进言》和三百一十二人的签名。

看到这份进言，蒋介石恼羞成怒，大骂国民党中央文化委员会主任张道藩无能，质问他"为什么文化界一些重要人物都被共产党拉了过去"。张道藩惊慌失措，极力辩解，谎称这些人的签名并没有经过本人同意，而是《新华日报》盗用了他们的名字，并向蒋介石保证，他一定要让这些人站出来，"声明"签名作废。

于是，张道藩亲自出马，找这些文化名人谈话，做他们的工作，希望他们撤签。又派出一大批文化特务造访签名者，威逼、恐吓、利诱，要他们撤回签名，均遭拒绝。他们明确告诉张道藩："呼唤民主，反对独裁，建立联合政府是我们的真心所愿。"

自己一手批准建立的文化工作委员会，在抗战时期经费那么紧张的情况下，拨那么多的款项给他们，他们不但没有去为自己服务，却成了共产党的帮凶，这让蒋介石不能不恼羞成怒，他再也顾不上什么体面了，干脆下令，解散"文工委"。

文工委被解散，早在周恩来和郭沫若的预料之中。

1945年4月9日晚，重庆天官府7号，国民政府军事委员会政治部文化工作委员会，这里正举办一场特殊的聚餐晚会。参加晚会的有重庆新闻界、文化界和民主党派及国际友好人士一百多人。大家对蒋介石的独裁大加鞭挞，对文工委的解散既惋惜又愤怒。

郭沫若在晚会上发表讲话，揭露国民党解散文工委的真实动机和反民主、反人民的本质。他说："我们是被解散了，但是我们更自由了。"沈钧儒说："文工委被解散，但文化工作者的精神，无论如何不能被解散的。"翦伯赞说："终于今日，正是文化工作者从事新民主主义文化工作的开始。"

会上，郭沫若还奋笔写下"始于今日，终于今日，憎恨法西，勿忘今日"。所谓"始于今日"，即第三厅成立于1938年4月1日，而"终于今日"，即文工委的解散也是在4月1日。

蒋介石以为只要解散文工委，这些文化人就不能再"兴风作浪"了，殊不知，就连过去对蒋还抱有一丝幻想的文化人，也坚定地站到了中共一边，为民主而战，为反独裁而战了。

25　反攻杂志社

在文化工作委员会被解散之前，刘仁和绿川英子就被高崇民借到了反攻杂志社了。刘仁担任主编，绿川英子担任编辑。

刘仁是高崇民的老朋友，老战友了。1931年九一八事变后，刘仁就在北平加入了高崇民等人成立的"东北民众抗日救国会"。那时候，高崇民就已经是东北名人了，刘仁非常钦佩他。九一八事变之后这十多年来，高崇民更是做了许多惊天动地的大事，他率流亡北平的东北青年和学生赴南京参加南下请愿团活动；参与西安事变，并起草张学良、杨虎城"关于停止内战抗日救国"的八项主张；在"东北民众抗日救国会"的基础上，于1937年又成立了"东北救亡总会"，简称"东总"。

《反攻》杂志是东总的会刊，1938年在武汉创刊。很多共产党人都曾在这个刊物上发表了文章。如邓颖超同志就在《反攻》杂志上发表了《献给流亡关内的东北同胞》一文。她写道："在经过了无数同志的鲜血渲染后的东北四省，已经生长与组织起反抗日寇的力量——创立数十万的东北义勇军与抗日联军，不断的牵制与打击敌人，削弱敌人，捣毁敌人的后方，随时可以使敌人的后方变为前线，而为日寇掘着坟墓。……”

《反攻》杂志之所以自创刊之日起，就能产生重大影响，就是因为东总在办刊的指导思想上，宣传共产党的抗日主张，宣传东北抗联及东北人民的斗争业绩，鼓舞全国人民的抗日斗志和同日寇血战到底的决心。周恩来曾指示高崇民说：“只要‘东北救亡总会’的牌子存在，只要《反攻》的牌子存在，蒋介石就很难出卖东北。”

后来“东总”因被蒋介石取缔而转入地下，《反攻》杂志也曾一度被迫停刊。现在，高崇民在极其困难的情况下，要把一度停刊的《反攻》杂志再恢复起来。他首先想到了刘仁。十多年前在北平的时候，他就对这位既英俊又有才华的热血青年赞赏有加，而且当他来到重庆后，更是看到了刘仁和绿川英子在抗日宣传中的满腔热情和影响力，要把《反攻》杂志恢复起来并进一步办好，刘仁是不二人选。于是他找到了郭沫若。

开始的时候，郭沫若还有些犹豫，因为在文化工作委员会里，刘仁担负了大量的工作，担子很重，很难找到合适的人选接替他们。高崇民有些着急了，他对郭沫若说：“刘仁是东北人，他来主编《反攻》杂志是最适合不过了。要不，我去找周副主席？”见高崇民如此看重刘仁，郭沫若也就只好忍痛割爱了。

反攻杂志社设在重庆猫儿石李家坪之东的一栋旧式的二层小楼里，这栋小楼位于嘉陵江畔。小楼上下共有六个房间，楼下西面的一间住着张申府、刘清扬夫妇。高崇民说：“张申府这个人非同一般，脾气大得很，不得了，只是后来退了党。”尽管如此，大家还是很敬重他。楼上东面一间为王卓然居住。王卓然就更不用说了，那是刘仁在东北大学时的老师，东大教育学院院长，又是很受学生爱戴的名教授。但是，那次选举风波牵涉的教授中，就有王卓然。师生见面，感慨万千，自然免不了旧事重提。刘仁向老师表示歉意，但是王卓然淡然一笑，说：“我理解学生们，你们做得没错。”

余下四间，高崇民和夫人王桂珊带着两个孩子住一间，刘仁、绿川英子夫妇带孩子住一间，另外三个年轻人住的一间还兼作饭厅，这三个年轻人是聂长林、孙汉超和白浩，他们都是东大的学生。最后一间是

《反攻》杂志编辑部。楼东头有一跨间，是厨房和炊事员的宿舍。“反攻杂志社”的牌子是郭沫若题写的，《反攻》杂志的刊头是沈钧儒先生题写的。杂志的排字间和印刷车间就在坡下几百米一处不大的房子内，房东叫李觉鸣。

为把刊物办好办活，刘仁颇费了一番脑筋，参考了很多杂志，又征求了高崇民和其他几位同志的意见，确立的栏目主要有短评、政论、报道、文学作品、人物专访等。内容主要以报道东北人民的反日斗争为主，如东北抗日联军艰苦抗战，英勇杀敌的事迹。目的就是要号召关内东北流亡同胞加强团结，为打回东北老家而奋斗。为扩大杂志的影响力，就要多多地争取流亡在关内的东北籍知名作家、学者撰稿，特别是邀请居住在重庆的东北名人，如曾任东北空军司令的冯庸，曾任奉天省省长的莫德惠，曾任东北边防军副司令兼黑龙江省政府主席的万福麟，曾任哈尔滨工业大学校长的刘哲以及曾任东北大学校长、时任国民政府监察院副院长的刘尚清等人为《反攻》杂志撰稿。有了这些人的稿件，《反攻》不仅扩大了影响，还团结了一大批主张抗日的东北军高级将领。

现在，刘仁终于有一种回家的感觉，因为在《反攻》杂志工作的同志，讲的都是东北话，听到的乡音是那么悦耳，那么实在，那么真诚，那么顺溜。开玩笑，说故事，毫无顾忌。多少年来压抑心头的那种漂泊感，终于有了落地的感觉。

开始的时候，在编辑部里，大家见面时都互相称“先生”。一天，刘仁实在憋不住了，他说：“咱们互相之间就别称什么先生了，听起来怪外道的，也不符合咱们之间的关系。我看，咱们也应该学习学习延安的敬老精神，高崇民最年长，是我们的前辈，又是我们的领导，就叫他‘崇老’吧。咱们之间，彼此差不太多，就直呼名字怎么样？这样亲切。”

刘仁的提议，立刻得到大家的拥护，于是他们就把高崇民称“崇老”，把常来这里的阎宝航和陈先舟称作“阎老”、“先老”。年轻人之间就是“砥方”、“绿川”、“长林”、“汉超”，一下子就拉近了距离。

《反攻》杂志最大的困难是经费。当时的“阎老”（阎宝航）是杂志的后盾，由他来提供经费。但是他的经费只能是偷偷摸摸地给。阎老当时在东北老乡萧振瀛开办的“大明公司”任经理，主要在长江打捞沉船，生意还不错，也很赚钱。但是毕竟公司不是他的，借的钱多了，公司总会计便拿着借条找萧振瀛批销，萧振瀛没客气，提笔就批了“欠债还钱”四个字。总会计把批条给阎老看，阎老大怒，把借条撕碎丢进纸篓，说：“你告诉萧董事长，我还他妈个蛋！”阎老不还钱，萧董事长也毫无办法。其实萧振瀛也知道阎宝航用这些经费，不仅支持了《反攻》杂志，也为共产党做了很多事情，他也就睁一眼闭一眼了。

阎老对刘仁他们说：“现在虽然经费有困难，但是，你们放心，我无论如何也要想办法保证出刊，保证大家的最低生活。”

阎老如此，崇老也是苦心经营。面对困难，高崇民卖掉了夫人王桂珊甚至亡妻曾昭惠的首饰，还找到在国民党陆军经理杂志社印刷厂担任厂长的陈彦之来印刷《反攻》杂志。陈彦之是刘仁东北大学政治系的老同学，很好的朋友。自然是保证出版、保证质量，有钱就给，没钱欠着。

《反攻》杂志又办起来了，而且还添人进口，一直对高崇民不放心的戴笠，曾派一个姓袁的特务专门负责监视高崇民。这下就更想知道高崇民又在搞什么“勾当”了。这天，那个姓袁的特务假借看望高崇民，又来到猫儿石，见《反攻》杂志又多了几个人，就不怀好意地向高崇民问道：“又添人进口啦?”

高崇民没好气地说：“流落关内十几年，一直为抗日奔走，无所作为，深感愧对家乡父老，现在只剩下一本《反攻》，尚聊可自慰。但也苦于年事已高，孤掌难鸣。刘砥方夫妇是文化人，在文工委没事做，就请来帮忙。还有几位流亡学生无处去，也帮着干些杂事。你可以转告戴先生，我高某人除呼吁抗日救亡之外，绝不干有罪于人民的坏事。”

刘仁也嘲弄道：“袁先生若不放心，不妨经常光顾一下嘛。”

聂长林也凑上前，笑着说：“要不开个会，向你汇报汇报?”

袁讨个没趣，只好悻悻地走了。

高崇民到过延安，没事的时候，大家便让他给讲讲延安的事。高崇民一提起延安就来了精神。他说，他是在1938年的时候去的延安，那里的环境真让人羡慕啊，包括毛主席在内，大家都穿土布灰军装，如果没人介绍，你还真分不出谁是首长谁是士兵。他说朱总司令那么有名的一个人，照样穿着朴素，平易近人，很难想象他就是名震中外的红军统帅。崇老说：“咱们既然也是共产党领导的团体，就按延安的规矩办，也来他个‘军事共产主义’，没有工资，写文章不拿稿费，大家一锅吃饭，同甘共苦。"

担任主编的刘仁，知道《反攻》杂志面临的经费困难，便领着大家一切从简，从节省一张纸、一瓶墨水做起。大家信心十足，困难算什么，等抗战胜利了，那时候要什么有什么。

有一天中午吃饭的时候，高崇民笑眯眯地走进来，手里拿着一小袋小米，这是林伯渠到重庆开会时送给崇老的。崇老对大家说："这小米，可是延安最好的粮食了，毛主席和朱总司令吃的就是它。来，我们做点尝尝。"

绿川英子和高崇民夫人赶紧生火做饭。煮好后，每人盛了一碗。

聂长林边吃边说："这小米好香，比我们东北的小米好啊。"

刘仁说："那是因为延安的水土好，吃了延安的小米，我们就是延安的人了。"

高崇民说："要说困难，我们的困难再大，还有延安的困难大吗？林伯渠告诉我，延安军民在毛主席朱总司令的带领下，自己动手，丰衣足食，在南泥湾开荒种地，渡过难关。世间的事，再难，只要坚持，就没有过不去的鬼门关。"

热乎乎的小米饭吃到肚里，每个人似乎都有了一种异样的感觉，仿佛吃了这延安小米饭之后，自己就和延安产生了一种微妙的联系似的，心里甜丝丝的。

大家没工资，大锅饭，能吃饱就行。但是穿的就是问题了，大家的衣服总是缝了又补，补了又缝。刘仁和绿川英子几年中，到处奔波，没有钱做衣服。绿川英子从日本来中国时带的那几件衣服也都穿得差不多了。崇老看在眼里，他把自己的裤子给了刘仁，刘仁个子高，崇老个子矮，刘仁说："你的裤子我哪穿得了？"崇老笑着说："保证穿得了，你看这儿。"崇老把裤角翻开让刘仁看，原来他把裤脚挽进去一大截。崇老说，"裤脚一放就可以穿了嘛。"又让夫人王桂珊把她的衣服找出来，给绿川英子找几件。其他几个年轻人也都是崇老到老朋友那里要来的衣裤改一改穿。

一天中午吃完饭，聂长林喊大家过来，说我这里有两首诗，请大家欣赏欣赏。

聂长林念道："听好，这第一首是：为避兵火寄穹庐，此身渐与朝市疏；若问野人生计事，窗前流水枕前书。”

念完第一首，聂长林说：“听好，现在我念第二首：羡君高卧有穹庐，我坐穹庐梦亦疏；国难当前无所事，小楼羞对古人书。”

大家七嘴八舌一番。这时聂长林说：“还是请咱们主编砥方兄说说看法吧。他可是古诗高手。”

刘仁摆摆手说：“过奖了，我哪里懂什么诗词，无非就是小时候背了那么一点点，现在也都忘得差不多了。这两首诗嘛，写得都不错，但是，若论境界，就有高下之分了。第一首是不问世事，悠然自得，这种人，不值得赞赏。而第二首，则心系天下，并且对第一首的作者有所规劝。我说得对不对呀长林？告诉我，是谁写的？”

聂长林说：“砥方说得对，第一首是我们的房东李觉鸣先生写的，第二首就是我们崇老写的了。”

原来那位李觉鸣先生与高崇民都是同期的留日学生，也是很好的朋友。李先生在重庆成立了一个“大会计师事务所”，但因为没有什么业务，所以就经常在他自命“穹庐”的房子里，看书作诗。几天前他写了这首诗，自觉得意，便拿给老同学高崇民看，高崇民看后微微一笑便和了一首。李觉鸣看后，自觉惭愧，便把这诗抄下来给大家传看。

刘仁说：“其实，李先生的这首诗是化用了张九龄的《山中寄友人》一诗，如果我没记错的话，张九龄的诗是这样写的：‘乱云堆里结茅庐，已共红尘迹渐疏。莫问野人生计事，窗前流水枕前书。’”刘仁知道这位李先生的古典文学修养是不差的，他说，“其实，李先生的这首诗应是戏作，因为他在这首诗中所表达的不是对自己悠闲的得意，而是对现实生活的一种不满，不然，他怎肯拿出来给大家传看？”

聂长林说：“砥方的分析有道理。在重庆，对国民党不满的何止李先生这样的人呢？不过，崇老说得对，国难当头，如果我们无所事事，必然羞对古人。”

刘仁说：“何止羞对古人，还要羞对家乡父老。”

刘仁的话，让大家一时沉默下来，是啊，我们的父老乡亲，兄弟姐妹，现在还在日寇的铁蹄之下，何时才能打回老家，解放东北，拯民于水火啊！

这一段时间，绿川英子也更忙了，她不但在《反攻》半月刊的编辑室里忙着编辑稿件，只要有空，就忙着写她的那本世界语的《在战斗的中国》这本书。随丈夫刘仁来到中国快八年了，这八年间，她经历了很多，看到了很多，感受了很多。她要把这一切写下来，让全世界的人们都能看到，伟大的中国人民是如何同日本侵略者进行顽强的斗争的，他们为什么是不可战胜的。她要写下自己对日本的依依惜别之情，要写出在中国的颠沛流离之苦，更要写出作为一个反对战争，反对侵略，热爱和平的日本女性，是如何同自己的国家分道扬镳，而成为所谓的“娇声卖国贼”的。她这本书的第一部于1944年底在猫儿石完成，并在《反攻》杂志上连载。

转眼到了1945年的春节。

高崇民早早就对大家说：“今年这个年，一定要好好过一下，我提议，咱们要过一个东北年，三十晚上包饺子。”大家齐声叫好。

崇老拿出钱来，刘仁领着几个人，到市里买来猪肉、面粉和其他几样蔬菜，还买了一挂鞭炮。做饭的时候，大家都拥进厨房，人人动手。正所谓七嘴八舌，七手八脚，热热闹闹。

晚饭很丰盛，都是东北特色的菜。吃饭的时候，高崇民变戏法似的拿出一瓶酒来，感慨地说：“自从九一八之后，就没有正儿八经地过一次年了。”

大家也说：“是啊。我们离开东北也有好几年了，唉，真想那酸菜猪肉炖粉条啊！”

刘仁叹了口气，说：“古人说，每逢佳节倍思亲，也不知我们的父母都怎么样啦？”

高夫人见大家有些情绪不太好，就赶紧转个话题，问绿川英子：“你们日本过春节吗？”

其实，绿川英子不太愿意在众人面前提及日本，因为怕出现尴尬。她说了句“不过春节，日本主要过元旦”之后，就又赶紧把话题岔开。她说：“崇老，您参加革命早，经历的大事多，给我们讲讲吧。”

刘仁也说：“对呀，崇老讲讲吧。”

高崇民笑了笑说：“其实呀，我还羡慕你们呢。二十多岁就接触到党组织，有人给你们指路，该怎么做，做什么，讲得清清楚楚，明明白白。可是我在你们这个年龄，除了有一股天不怕地不怕的冲劲，还有什

么？不都是从‘瞎摸海’中走过来的。直到四十多岁了，才接触到了党的组织，那以前，哪懂得什么是真正的革命啊。”

晚饭后，大家便围在一起包饺子，刘仁擀饺子皮，绿川英子跟崇老学包饺子。

崇老说：“好吃不如饺子，享受不如倒着。将来抗战胜利了，咱们就都回东北老家去，倒在热炕头上，天天吃饺子。”

绿川英子对东北充满了向往。她问道：“东北人过年一定很热闹吧？”

聂长林说：“那当然，听着，我给你说个顺口溜吧：小孩小孩你别馋，过了腊八就是年；腊八粥，喝几天，哩哩啦啦二十三；二十三，糖瓜粘；二十四，扫房子；二十五，磨豆腐；二十六，去割肉；二十七，杀年鸡；二十八，把面发；二十九，蒸馒头，三十晚上熬一宿，大年初一扭一扭。”

绿川英子问：“扭一扭是什么意思？”

刘仁说：“扭一扭就是扭大秧歌。在我们老家桥头，就有好几个秧歌队，最大的一个队有百十号人，从大年初一开始一直闹到正月十五，那才叫热闹呢。我们这些小孩三十晚上再困也不睡觉，初一早上就听吧，锣声鼓声喇叭声远远地传过来，你就知道秧歌队来了，赶紧往外跑，秧歌队里有扮唐僧的，扮孙悟空的，扮猪八戒、扮沙和尚的，还有耍龙的，有跑旱船的。我小时候最爱看的是那个扮傻柱子的，他扭得最欢，专逗小孩子。我们家有商铺，这些扭大秧歌的来到我们家门前，就不走了，说着快板，要讨赏钱，那快板到现在我还记得呢。”

绿川英子笑着说：“你说一段嘛。”

刘仁边敲着桌子边念道：“秧歌队，来拜年，掌柜的，笑开颜。一笑今年生意红火财运旺，二笑明年好事连连赚大钱。来贺喜，来拜年，掌柜的慈悲多赏钱，给多给少都不嫌，谁叫咱们有情有义又有缘。”

说罢，大家哈哈大笑起来。聂长林和孙汉超伸出巴掌，笑着对崇老念道：“掌柜的慈悲多赏钱，给多给少都不嫌，谁叫咱们有情有义又有缘。”

崇老高兴道：“好，赏！赏！”边说边从兜里掏出几块钱，塞给聂长林、孙汉超。两人接过钱，越发高兴起来，干脆扭起了大秧歌，崇老也一时兴起，饺子也不包了，拉着刘仁和绿川英子，和他们一起扭起来。

26 抗战胜利

1945年，注定是人类历史上最重要的一年。5月7日，德国法西斯宣布投降，欧战结束；7月26日，中、美、英三国发表《波茨坦公告》，促令日本立即无条件投降；接着苏联对日宣战，出兵东北；至8月6日和9日，美国先后在日本广岛和长崎各投下一颗原子弹；8月15日，日本天皇裕仁以广播“终战诏书”的形式正式宣布日本无条件投降。

其实，在8月15日的前几天，重庆人民就已经知道了日本即将投降的消息，他们早就沉浸在胜利的喜悦之中了。然而，当胜利真正来临之际，他们依然控制不住内心的狂喜，流下激动的眼泪。

1945年8月15日上午，正在《反攻》杂志编辑部围坐在收音机旁的刘仁、绿川英子以及他们的战友们，听到从广播中传来中华民国国民政府主席、军事委员会委员长、盟军中国战区最高统帅蒋介石在重庆向全国军民发表的广播讲话：

全国军民同胞们：

全世界爱好和平的人士们：

今天，我们是胜利了，“正义必然胜过强权”的真理，终于得到了它最后的证明，这亦就是表示了我们国民革命历史使命的成功。我们中国在黑暗和绝望的时期中，八年奋斗的信念，今天才得到了实现。我们对于显现在我们面前的世界和平，要感谢我们全国抗战以来忠勇牺牲的军民先烈，要感谢我们为正义和平而共同作战的盟友，尤须感谢我们国父辛苦艰难领导我们革命正确的途径，使我们得有今日胜利的一天，而全世界的基督徒更要一致感谢公正而仁慈的上帝。

我全国同胞们自抗战以来，八年间所受的痛苦与牺牲虽是一年一年的增加，可是抗战必胜的信念，亦是一天一天的增强；尤其是我们沦陷区的同胞们，受尽了无穷摧残与奴辱的黑暗，今天是得到了完全解放，而重见青天白日了。这几天以来，各地军民的欢呼与快慰的情绪，其主要意义亦就是为了被占领区同胞获得了解放。

现在我们抗战是胜利了，但是还不能算是最后的胜利。须知我们战胜的含义决不止是在世界公理力量又打了一次胜仗的一点上，我相信全世界人类与我全国同胞们都一定在希望，这一次战争是世界文明国家所参加的最末一次的战争。

……

“我们胜利了！我们胜利了！”聂长林、孙汉超，还有刘仁、绿川英子，大家一边呼喊一边相互拥抱，连高崇民的几个孩子和刘仁的儿子星儿也和大家一起快乐地喊着。

当天晚上，整个山城沸腾了，爆竹声、锣鼓声和人群的欢呼声响彻云霄。刘仁带领着编辑部的同志，从猫儿石一路连蹦带跳，直奔重庆市内，加入到重庆市庆祝抗战胜利的火炬大游行的队伍之中。

这时的重庆，已经是一片欢呼的海洋，大街小巷，男女老少，包括美军官兵、各国侨民纷纷跑出家门，自发地投入到狂欢的人群中……山城重庆成了狂欢的不夜城。美军大兵开着吉普车上街欢呼庆祝，还有人兴奋地在地上翻跟斗，那些电影明星们如赵丹、白杨也像孩子似的叫喊、流泪，那些政要名流们也丢掉了往日的自矜。绿川英子被人群挤散了竟浑然不知，急得刘仁到处找，后来聂长林他们找到绿川英子的时候，绿川英子还跟在欢呼拥挤的人群后面，高兴地喊着口号呢。

通宵的庆祝，竟然没有一点倦意。回到猫儿石，刘仁还不想睡觉，绿川英子却有些累了，但她还是强打着精神，听着刘仁兴致勃勃地讲着。

刘仁说：“胜利了，我们终于可以回东北了。重庆这地方我真的一天都不想待了。”

绿川英子说：“你们东北真的那么好吗？”

刘仁自豪地说：“那当然，我们东北是天底下最好的地方，你看，有兴安岭原始大森林，有东北大平原，产的粮食吃不完，有松花江、辽河这样的大江大河，有煤矿、铁矿，钢铁厂。”

绿川英子问：“那你老家桥头呢？”

刘仁说：“我们家乡好东西就更多了，有露天矿，有煤矿，有钢铁厂。还有辽砚，就在我家不远的地方，那可是清朝皇宫里专用的砚台。若论风景，那就更美了，青山绿水，蓝天白云，小桥流水……”

听到“桥”字，绿川英子立刻打断刘仁，问道：“你家乡为什么叫桥头呢？”

刘仁说：“其实呢，桥头过去叫白云寨，因为我们那里有一座大山，总是白云缭绕，所以叫白云寨，好听吧。后来为什么又叫桥头了呢？因为我们家乡有一条河叫细河，大概应该是明末清初吧，几百年前了，那里因为商贸发展，就在细河上建了一座桥，在桥的一头形成一个市场，有人就在市场安下家，渐渐地人也越来越多，就形成了村镇。于是，人们再到那儿去的时候，就说，‘去哪儿？’‘去桥头。’就这么地，桥头这个名就叫开了。”

绿川英子突然想起在日本的时候，刘仁曾说起的十三岁男孩儿娶亲的事，便开玩笑地说：“对了，你们那里还有十三岁的小女婿呢。你说，一个十三岁的男孩子，他懂得什么呀？”

刘仁的脸一下子红了起来，他说：“将来中国进入文明社会，这种陋习肯定不会再有了。”

坚持八年抗战的中国人民胜利了，每个人的脸上都洋溢着毫无掩饰的笑容。但是，绿川英子尽管为中国的胜利，为她所献身的世界和平的到来而高兴，但她的高兴却是复杂的，一种挥之不去的忧虑始终萦绕在她的心头。

她的这种心情，她无法对任何人言说，包括她的丈夫刘仁。因为她知道，她对祖国的这种思念和忧虑，是任何人都无法完全理解的，也是任何人都无法慰藉的。

第二天，她只身一人来到嘉陵江边，静静地坐在礁石上，望着滚滚流逝的江水。此刻，她太想念她远在日本的亲人了，爸爸、妈妈，还有姐姐和弟弟，你们都还好吗？自己在中国从事对日广播，从事对日的反战宣传，肯定会给亲人带来诸多的麻烦。东京《都新闻》登载的那篇关于她的“娇声卖国奴”的报道，当时被译成中文转载在内部文件上，绿川英子一定看到了，但是她没有向任何人表露过自己的担忧。那份内部文件中曾透露出她父亲的悲叹，自决的哀念以及对女儿的情谊，她怎能不为陷入困境的父亲担忧呢？

她想起日本诗人阿倍仲麻吕的那首怀念家乡的诗，不禁轻轻吟道：

翘首望长天，神驰奈良边。
三笠山顶上，想又皎月圆。

日本战败了，这是它罪有应得，是咎由自取。可是，那毕竟是自己的祖国啊！战败后的祖国会是一个什么样的命运呢？它的人民会受到一个什么样的待遇呢？那些受到日本侵害的国家会对日本有怎样的清算呢？

绿川英子站起身，在江边一边踱步，一边轻声低语："离开祖国已经八年了，怀念之殷莫过于今日……"

为庆祝抗战胜利，刘仁按照高崇民的指示，在《反攻》杂志上出版了一期抗战胜利专号和"建设东北之路"笔谈，参加者有茅盾、邓初民、张申府、侯外庐等人。他们各自就抗战胜利后，东北人民如何在充分的民主自由的基础上，建设一个和平民主的新东北。这一期杂志，为《反攻》杂志画上了一个圆满的句号，因为这是《反攻》杂志的最后一期。

日本无条件投降，对中国人民来说，无疑是一件具有重大历史意义的大事件，按常规来讲，中国从此将走入建设和平、民主、富强的新中国的崭新之路。但是，国共两党之所以能够携手抗日，那是在亡国之际的无奈之举。当共同的敌人已经不复存在的时候，自己的兄弟就是最大的敌人了。卧榻之侧，岂容他人鼾睡？以老大自居的蒋介石岂能轻易放弃老大的地位，岂能容忍别人撼动他的一党独裁专政。所以，蒋介石一边摆出和平姿态，邀请毛泽东到重庆进行谈判，一边秘密分发《剿共手册》，准备再次发动大规模的内战。

其实，作为蒋介石的老对手，共产党岂能不知道蒋介石是一个什么样的人？国共合作共同抗日期间，他就没少对共产党动手动脚，特别是皖南事变，让共产党对他不能不防。

所以，早在1945年初，当法西斯德国全线溃退，苏、美、英三国首脑签订《雅尔塔协定》之后，日本帝国主义也是兔子尾巴长不了了，共产党人就已经在考虑抗战胜利后所要应对的新形势和新任务。特别是4月23日在延安召开中共第七次全国代表大会，会上毛泽东在谈到东北问题时就明确指出："东北是很重要的，从我们党，从中国革命的前途看，东北是特别重要的。那么如果我们把现有的一切根据地都丢了，只要我们有了东北，中国革命就有了巩固的基础。当然，其他根据地没有丢，我们又有了东北，中国革命的基础就更巩固了。"

就在这次会议上，中共中央对党在东北的工作做出了重要部署。

那天高崇民从中共驻重庆办事处回来，立即召集"东北救亡总会"的同志，向他们传达了周副主席的指示：为了迎接抗日战争的胜利，立即在原来"东北救亡总会"的基础上，成立一个更为坚强有力的组织，为抗战胜利后在东北开展新的斗争准备干部。

高崇民经过和阎宝航、陈先舟等同志研究后，决定要刘仁等人立即着手起草一个组织章程。章程拟好后，在高崇民主持下，阎宝航、陈先舟、刘仁、陈彦之、金福如、聂长林、孙汉超和白浩等人参加，在猫儿石反攻杂志社进行了几次反复研究后，于1945年春，在猫儿石召开了"东北民主政治协会"成立大会，通过了刘仁起草的成立宣言和组织章程。按照周恩来要求，"东北民主政治协会"组织上要绝对秘密，活动也不要暴露痕迹。这样，协会的主要活动就是组织学习，培养干部，为迎接抗战胜利和收复东北做各方面的准备。同时，为不断和那些东北军政要保持联系，高崇民和刘仁他们经常从居住的猫儿石乡下步行进入重庆市区，哪怕刮风下雨，哪怕山陡路滑。

当时的高崇民已经五十多岁了，自从"东北民主政治协会"成立之后，又联合民主同盟，成立了"民盟东北小组"，他比以前更忙了。除了经常出入曾家岩五十号，参加共产党的会议，去书记处请示汇报工作外，还常带领刘仁他们这些年轻人，登门拜访"南山五老"（即住在长江南岸的莫德惠、万福麟、刘哲、刘海泉、邹作华），做他们的统战工作，同时还去广泛接触各方面的上层人士。每天可谓跋山涉水，爬上爬下。尤其是进入5月，重庆便开始热浪袭人，静坐不动都是一身汗，何况跋山涉水到处奔波呢，就连刘仁他们这些二三十岁的年轻人，都有些疲惫了，但是崇老一点不肯松劲。他说："时不我待，失不再来，错过了就是损失，耽误了就是罪过。"而且，崇老家里孩子多，他根本顾不上，回到猫儿石，马上向刘仁他们或传达党的指示或一起研究工作，有时怀里还抱着孩子。刘仁曾套用当时重庆茶馆流行的一副对联戏称崇老：

为国忙，为家忙，忙里偷闲谈谈政治；

开会苦，跑路苦，苦中作乐抱抱孩子。

听了刘仁的这副对联，崇老很高兴，说：“说得对，现在的忙和苦就是为了将来的乐和福。等将来东北回到人民手中，那我真的就要在家里享清福，抱孙子喽。”

1945年8月28日，应蒋介石邀请，毛泽东、周恩来、王若飞在美国驻华大使赫尔利、国民党政府代表张治中的陪同下从延安乘飞机抵达重庆，为商讨团结建国大计，共产党同国民党开始了重庆谈判。

然而，所谓的谈判，无非是蒋介石为内战作时间上的缓冲和准备。而且他开始调兵遣将，准备将大军开进东北。这个十四年前不准抵抗，出卖东北，陷东北人民于水火之中的民族罪人，如今却厚着脸皮来抢占东北了。

时不我待，共产党立即做出了针锋相对的决策。

1945年10月的一天，“民盟东北小组”在阎宝航家中召开了紧急会议，周恩来同志也参加了会议。在这次会议上，周恩来要求东北的同志尽快回到东北去，坚持民主，反对内战，争取群众，建立政权。

于是，高崇民决定，他和陈彦之、刘仁、绿川英子、聂长林等二十一人分别采取各种方式，马上离开重庆，回到东北。散会时，高崇民和大家一一握手，郑重地说：“这是在重庆最后的会见，让我们在东北会师吧!”

27 重返东北

回东北的路，真的是“路曼曼其修远兮”，既惊险又曲折。

要是现在，从重庆到沈阳，如果坐飞机也就四个多小时，如果坐火车，最多不超过二十个小时，也就一天的时间。可是，在抗战刚刚结束的重庆，要离开它本身就要冒着风险，因为要躲过国民党特务的检查。而从重庆到达沈阳，山高路远，关卡道道，所以，刘仁和绿川英子他们重返东北，竟然用了几个月的时间。

说离开重庆不易，是因为国民党特务对不是他们营垒中的人，始终密切监视。现在日本投降了，国共两个阵营日渐清晰，气氛日渐紧张，所以这种监视不断加强。而一些民主党派人士因为赞同中共主张，和共产党关系密切，所以，他们的行动也同样要受到限制。

拿高崇民来说，他在重庆实际上是被戴笠软禁的。那么，他要离开重庆，谈何容易？此时的高崇民已被中共中央任命为安东省政府主席，他必须尽早离开重庆到东北赴任。所以，高崇民在周恩来的安排下，乘上一艘美国新闻处驶往上海的包船。这个美国新闻处的处长叫费正清，英文名约翰·金·费尔班克，他是美国人，费正清这个中文名是他在清华执教时，由著名的建筑学家梁思成为他起的，意谓“正直、清廉”。他后来成为中国问题专家，著名的《剑桥中国史》就是他编著的。

费正清和周恩来、乔冠华等人是好朋友，所以当年周恩来曾安排了一批中共地下党员到美国新闻处工作。在这艘开往上海的包船上，新闻处规定，每个工作人员可以带一名家属同往。在《新华日报》任社长的张友渔先生，他的夫人韩幽桐正在该处工作。于是，在周恩来的安排下，高崇民与韩幽桐假扮夫妻，躲开国民党特务的检查，于11月21日晚从朝天门码头登船离开重庆。到达上海后，在地下党的帮助下，高崇民再乘上海招商局赴东北葫芦岛的客轮，转赴天津、北平。再从北平乘火车到达沈阳。一路风餐露宿，不断改变身份，不然别想闯过国民党的层层关卡。

其他同志也是这样，由于陈彦之、杜弘如同志一直在重庆国民党的有关部门工作，所以按照高崇民的安排，他们的任务就是回到东北，打入国民党的政府机关，想办法继续在国民党统治区从事地下工作。而刘仁、绿川英子、聂长林、孙汉超、金沛霖等人，则以国民党接收武汉需要日语翻译的名义离开重庆，赴武汉后，再借机走掉。

当时日本投降后，国民党急着要到沦陷区接管，及需一大批日语翻译，这就给刘仁、聂长林他们这批人离开重庆创造了条件。当时国民党第六战区司令部为去武汉接收，指示驻渝办事处为他们找几名日语翻译，于是高崇民就把刘仁、聂长林他们介绍过去。

在他们将要离开重庆的时候，高崇民和阎宝航想尽办法为先期离开重庆的刘仁、绿川英子他们筹措盘缠，准备服装。为此，高崇民和阎宝航尽其所有，该当的当，该卖的卖。崇老还拿出一些高级西装要刘仁他们到寄卖行去卖。并告诉他们说："这些西装是宁匡烈等人去苏联时留下的。"刘仁问道："宁匡烈是何人？"高崇民面露悲戚地说："宁匡烈也是咱们东北人，东大化学系毕业的，是炸弹专家，参加过抗联，共产党员。1937年的时候中共北方局推荐他到苏联学习，结果在苏联的肃反中被杀，死的时候才二十九岁。"刘仁不解地问道："为什么？难道宁匡烈真的是叛徒还是反革命？"高崇民说："有些事情真的说不清。不过，我相信宁匡烈同志是个好人。"

此时在重庆工作的日本人已经开始遣返了，绿川英子心里很矛盾，她既担心自己也在遣返之列，又挂念远在日本的亲人们。当她听到刘仁告诉她，说高崇民安排她和刘仁等人一起回东北时，立刻高兴起来。她对刘仁说："我还以为我做不了中国人了。"刘仁把瘦弱的绿川英子搂在怀里，动情地说："这回你放心了吧。从把你带到中国，我就不想让你再离开我了。跟我到东北吧，那里才是你的家。"绿川英子像孩子似的笑了，她说："我真的太幸福了，共产党对我这么信任，我要拿生命来报答。"

绿川英子提议去看看鹿地亘夫妇。他们同是日本人，相识在上海，共同战斗在武汉和重庆，无论是三厅还是文工委还是反战同盟，为了和平，他们并肩作战。而且，他们还是好邻居，最困难的时候互相关照。如今，他们就要回日本了，而自己就要到东北去了，从此天各一方，不知还有没有见面的机会。

刘仁陪同绿川英子来到鹿地亘家。

绿川英子对鹿地亘非常敬佩，她知道鹿地亘是一个值得尊敬的人。这些年，他为中国的抗战作出了很大的贡献，也做出了很大的牺牲。

谈到日本战败，鹿地亘对绿川英子说："日本战败了，这是罪有应得，是咎由自取，我们所做的一切，就是对日本的挽救，也是对日本人民的挽救。但是，我有这个思想准备，回到日本后，肯定会有人把我们这些人当成叛徒，当成卖国贼，但是没关系，什么是爱国，只有看到自己的祖国走上邪路，而奋不顾身地去阻止的人，才是真正的爱国。那些为祖国走上邪路推波助澜的人，是真正的罪犯。这些人，一定会受到正义的审判。我想我回国后，还要致力于中日友好事业，让中日两国永不再战。”

绿川英子说：“我也是这样想，无论我留在中国还是回到日本，也是要这样做的。中国和日本，是搬不走的邻居啊。好亲不如近邻，如果邻居处好了，有百利而无一害。”

鹿地亘说：“你那篇《在歧路上的日本》的文章我读了，写得非常好，日本的投降是无奈之举，很多人是不甘心的，只要有机会，军国主义思想就会死灰复燃，如果真的那样，日本人民就要遭受更大的苦难了。所以，我们这些回到日本的人还有一个任务，就是随时揭露日本的那些军国主义者的阴谋。”

鹿地亘关切地问绿川英子今后的去向，绿川英子知道，他们回东北的事是秘密的，不能泄露，便搪塞说：“我现在还没有一定，我嫁给了中国人，我是中国的媳妇，刘仁到哪里，我就跟到哪里。”

鹿地亘关切地说：“目前中国的事情很复杂，虽然国共两党正在谈判，但谈判的结果很难说，谁敢保证战火不再重燃？站在哪一边，你有你自己的选择，只是希望你们多多保重。如果还有机会，我还会来中国的，如果你回日本，一定告诉我。”

绿川英子向鹿地亘鞠躬，说，“谢谢了，不知你们哪天回国，算是为你送别吧，路上保重。”

几天后，1945年10月，刘仁与绿川英子奉命和聂长林、孙汉超、金沛霖等同志一起，躲过检查，带着星儿，离开重庆，直奔武汉。

这些人刚一上船的时候，未免心情有些紧张，但船起锚之后，他们便渐渐放松下来。

船过三峡的时候，刘仁和聂长林他们来到甲板上，面对两岸青山，滔滔江水，刘仁感慨道：“现在终于有了一种鸟出樊笼之感啊。”聂长林说：“是啊，只有在这江船之上，才能真正感受到当年李白‘两岸猿声啼不住，轻舟已过万重山’的意境啊！”刘仁说：“不对，我们和李白不同，他是罪犯之身遇赦，而我们则是肩负使命，奔赴为民主、自由而斗争的新战场。”

来到武汉后，他们顾不上旧地重游。住进美国海员俱乐部后，赶紧

找关系，联系去上海的轮船。可是一直没有机会，国民党对来往的人员检查得更加严格，他们在汉口滞留了将近一个月。

然而，就在刘仁他们找到去上海的船的时候，却发现儿子刘星不见了。原来，国民党特务发现刘仁一行人形迹可疑，而且绿川英子又是日本人的时候，便趁机偷走了四岁的刘星，企图能从孩子的嘴里套出一些真话来，没想到机智的小刘星没露半点破绽，一口咬定是和妈妈去上海，然后从上海回日本，而且爸爸也去。失去儿子的刘仁、绿川英子和同行的几位同志，到处寻找，又找到了警察局。他们判断，肯定是国民党特务为了阻止他们返回东北，故意偷走了星儿。果然，一个星期后，星儿被偷偷送了回来。

1946年1月11日，刘仁夫妇带着儿子乘船从武汉经南京到达了上海。

在上海，他们焦急地等待着，好不容易通过地下党的关系，在船长金月石的掩护下，悄悄登上开往秦皇岛的一艘“海苏”号国民党运兵船，藏在货舱底下驶向东北。

那货舱可不是人待的地方，舱内堆满了货物，潮湿、霉气、拥挤，但他们无论如何也不能出去，因为上面就是国民党的军队，他们只能躲在阴暗的船舱里，整整两周。而此时的绿川英子还有孕在身，行动已经不很方便了。

船终于到达秦皇岛了，在船长的帮助下，他们偷偷地离开这艘运兵船，然后改乘火车到达沈阳，此时已是东北隆冬时节的1946年2月了。

此时，国民党正在向东北大举运兵，抢占地盘，沈阳是他们争夺的重要目标。本已率先进入沈阳的东北民主联军正在撤出沈阳。刘仁曾到辽东日报社去接关系，由于报社正忙着向安东转移，关系没有接通，而先期到达的高崇民也已经转移到了安东。不巧的是，绿川英子此时临产期已到，他们只好滞留沈阳。

沈阳已由国民党接管。此时的刘仁公开身份是美国新闻处《和平日报》记者，绿川英子则是世界语协会《解放妇女》杂志的编辑。

东北的局势一天天严重起来，国民党兵分三路，向四平、抚顺和辽南进攻。不久占领辽阳、鞍山、营口，5月初进占本溪；另一路攻占四平，不久又占领长春。

国民政府接管沈阳后，将日本留下来的浪速广场改名为中山广场，旁边的奉天大和旅馆改名为沈阳铁路宾馆，并逐渐成为国民党政府接待高级军政人物的御用宾馆，当年蒋介石就曾多次下榻于此。

身陷沈阳的刘仁，生活也陷入困境。妻子生下了一个女孩，刘仁为她取名刘晓兰。看着新出生的女儿，刘仁没有半点的高兴，他不能不想到身在家乡桥头的另一个女儿。此时的刘仁暂时住在金沛霖的家中，他以合法的身份在国民党统治的沈阳从事社会调查活动。

绿川英子真正领教了东北的寒冷，虽然不是最冷的三九天，但依然北风呼啸，滴水成冰。这些年，他们一直生活在重庆，一下子来到东北，真有些受不了。绿川英子不让星儿出门，每天在屋里围着一个火盆。星儿隔三差五感冒发烧，绿川英子也是喷嚏连天，一把鼻涕一把眼泪。刘仁和绿川英子他们从南方来，也没准备那么多的衣服。金沛霖把他父亲的一件大衣借给了刘仁。

这天，刘仁得知老同学陈彦之在沈阳市教育局工作，便带着金沛霖到教育局来看他。

刘仁告诉陈彦之，根据高崇民同志的指示，聂长林和孙汉超已去解放区，他和绿川英子等待组织安排，将晚些时候再走，而金沛霖则需要继续留在沈阳，从事地下工作，要陈彦之给金沛霖安置一个工作，以便掩护。那时候，百废待兴，到处都需要人，于是陈彦之便把金沛霖安排到一个新接管的市立中学。

不过，沈阳的冬天还不算太长，过了春节就是3月，刮了几场大风柳树就开始见绿，很快就天气转暖，桃花率先开了。接着就到了5月，天就热了起来。

这天，刘仁想去找老同学陈彦之。出门不远就发现中山广场前戒备森严，原来就在几天前，国民党军队占领了长春，踌躇满志的蒋介石偕夫人宋美龄由白崇禧陪同，乘飞机抵达沈阳，就住在这个沈阳铁路宾馆里。

刘仁来到市政公署广场，也就是今天的沈阳市政府广场。发现这里正在召开群众大会，远远看去，国民党的官员们毕恭毕敬地站立着，远处不少看热闹的群众。高楼之上也架起了机枪。一阵掌声之后，身着军装的蒋介石开始发表演讲，他的宁波口音加之高音喇叭发出瓮声瓮气的声响，刘仁几乎听不懂几句。好像是在说国民党正节节胜利，今后要建设新东北什么的。然后宋美龄也发表了演讲，大意是要建立什么新生活。宋美龄不愧是喝洋墨水长大的人，对老百姓讲话也忘不了要夹杂几个英文单词。

见政府周围戒备森严，刘仁就没有去陈彦之的办公室。

回家后，刘仁对绿川英子讲起刚才见到的情形，气愤地说：“当年出卖东北的就是这个蒋介石，是他下令不准抵抗的。如今竟然以抗日英雄的身份来接收东北，真是厚颜无耻，他有什么脸面对东北人民?”

绿川英子担心地问道：“砥方，你说，共产党是国民党的对手吗?”

刘仁说：“现在还不是。可是现在不是，不等于将来不是。你看共产党里的这些人，哪一个不是一身正气，视死如归。你再看现在的民心，哪一个不是反对内战，反对独裁，反对腐败？蒋介石倒行逆施，发动内战，不得人心，这是自掘坟墓。”

绿川英子说：“可是，刚刚结束的抗日战争，已经打了八年，如果内战再起，不知还要再打多少年？可怜的是那些老百姓啊，他们企盼的和平，又没希望了。”

28　尴尬的相见

第二个孩子出生，让刘仁一家不堪重负，没有工作，没有收入，全靠朋友接济，这样下去也不是办法。而且刘仁也一直没有得到组织的指示，于是便想临时找个工作。

在金沛霖家中住了一段时间后，因为孩子出生，金沛霖家里又实在拥挤，没办法再住下去了。陈彦之知道后，便让刘仁住到自己家里，并笑着对刘仁说：“咱们在学校的时候，你是围棋高手，可我也不服你，在重庆这些年，很少下了。这回你到我家来，咱们好好切磋切磋。”

刘仁知道陈彦之做的是地下工作，怕给他带来不便。但生活无着，又找不到合适的地方，只好答应，说：“那好吧，等找到合适的房子再搬出去。”

那时候的革命者搬家，一只手提箱，装几件衣服就算搬了家了。

陈彦之家是一栋灰色的日式二层小楼，刘仁领着星儿，拎着箱子，绿川英子抱着兰儿，一家四口就这样来到陈彦之家。陈彦之接过刘仁手中的箱子，把一家人让进屋里。

虽然在重庆的时候，陈彦之就知道刘仁已经结婚生子，但并不知道刘仁的妻子是日本人，更不知道就是大名鼎鼎的绿川英子。刘仁指着绿川英子对陈彦之介绍说："这是我的妻子绿川英子。"

陈彦之惊讶道："好啊，欢迎欢迎。原来你就是绿川英子，原来绿川英子就是嫂子。佩服佩服，在重庆的时候你可是大名人啊。真是的，那时候光忙工作，砥方也没跟我说过嫂子是日本人。"刘仁回道："怨不得我呀，你又何尝问起过呢？"陈彦之笑了："是啊，是啊。"

的确，他们当时虽然同在重庆，刘仁的《反攻》杂志又在他的印刷厂印，但毕竟陈彦之的中共党员身份没有公开，所以他们老同学很少见面，即便见面也尽量少说话。

绿川英子抱着兰儿不便鞠躬，便连连点头，对陈彦之说："陈局长客气了，我哪是什么名人！我们那时的《反攻》杂志若是没你，一期都出不来，还得谢谢你呢。"

陈彦之说："谢我，不骂我就烧高香了，你那个砥方啊，印刷晚两天都不行，催命似的。砥方，你的印刷费还欠着呢。"

刘仁笑着说："等革命胜利了，一起还你。哎呀，不对呀，你那是国民党的印刷厂，等我们打败了老蒋，新账老账一起算。"

陈彦之忙说："千万不要和我算，你找老蒋去。"

绿川英子叮嘱陈彦之说："对了，陈局长，对外你就说我是南方人，千万别说我是日本人，免得给你添麻烦。"

陈彦之说："放心吧，我比你们还小心呢。"

刘仁一家因为绿川英子生孩子而滞留在了沈阳，已经好几个月了，可是，组织上还没有找到合适的机会安排他们到解放区去。刘仁有些着急了，他不愿意就这样耗着，现在虽然住到了陈彦之的家里，但不是长久之计，因为他们一家尤其是绿川英子的目标太大，会给从事地下工作的陈彦之带来不必要的麻烦。而且，自从到了沈阳，家乡近在咫尺，离开父母已经十多年了，他们现在还好吗？那些年从日本回到上海，从上海逃亡到广州，从广州被驱逐到香港，从香港到武汉，再从武汉到重庆，到处奔波，顾不上想家。即便在重庆，每天忙于工作，思乡之情难免被压制下来。可是现在不一样了，家乡就近在眼前，梦里都是家乡的山水和小时的老屋。而且只要出门，大街小巷听到的就是乡音，他真的有些忍不住了，恨不得马上就回到桥头。可是，他怎么回去呢？家里有他的结发之妻，还有一个可怜的女儿燕茹。这一切，照子全然不知，如果回去，将怎么面对？而且，父亲最恨日本人，如今自己却背着家里，娶了个日本老婆，他能接受吗？

刘仁有些心神不宁了。他想，自己过去的这一切，不应该再瞒着绿川英子了，应该找个机会告诉她。可是，看她每天照顾两个孩子那样辛苦，他心里本来就充满了愧疚，他不忍心再给绿川英子雪上加霜。

有了妹妹的星儿变得懂事了。妈妈忙着洗衣做饭的时候，他就照看妹妹。有一天星儿对爸爸说：“我要是有个姐姐就好了。”

刘仁心里一惊，问道：“为什么？”

星儿说：“要是有个姐姐，就可以帮我照看妹妹了。”

刘仁沉吟了一会儿，对星儿说：“来，星儿，爸爸告诉你一件事，不过你不能对妈妈说。”星儿说：“我保证。”

刘仁说：“星儿，你妈妈是日本人，你知道吗？”

星儿说：“知道。”

刘仁说：“可是，你还有个大妈妈，是中国人，她叫杨春晖，你还有个姐姐，和你大妈妈一起生活。她们现在就生活在你爸爸的老家桥头。那里还有你的爷爷、奶奶，叔叔、姑姑。”

星儿问：“爸爸，桥头离这儿远吗？”

刘仁说：“不远。”

星儿问：“那我们为什么不回去看看他们？”

刘仁说：“现在兵荒马乱，我们哪儿也去不了。再说，你妈妈刚刚生了小妹，身体也不好啊。不过，你记着，将来你要替爸爸照顾大妈妈她们。”

星儿似懂非懂地点点头。

刘仁思乡心切，他经常以记者身份出去采访和做一些社会调查的时候，会常常不自觉地走到沈阳火车站，看看能否碰上家乡的熟人。这个车站他太熟悉了，红色的砖墙，绿色的穹顶，虽然是日本人修建的，但此刻却也让他有一种亲切感。

巧的是，这天他真的就碰上一个在沈阳车站工作的姓康的老乡，叫康祥春。刘仁很高兴，让他方便的时候，给家里捎个信，就说他现在正在沈阳，住在沈阳教育局长陈彦之的家里，让三弟维箴把过去穿的衣裤带沈阳来。

其实，在日本留学的二弟刘维，从来没把哥哥和绿川英子的事情告诉家里。加之他回国后也参加革命，一直在吉林，和家里联系也少。所以，家人差不多十年没有刘仁的消息，对他和绿川英子的事情一无所知。

三弟刘维箴得信，非常高兴，这么多年没有音信了，原来哥哥还活着。这些年，家里人只知道哥哥是抗日去了，如今抗战胜利了，可是哥哥还不回来。三弟虽在农村，但也知道国共两党争天下，你来我往，世道很乱，哥哥不回来，肯定有他的原因，也不便多问。

于是，三弟刘维箴便张罗着要去沈阳与大哥见面，又找嫂子要哥哥旧时所穿衣物。嫂子杨春晖和刘仁一别就是十几年，如今夫君近在咫尺，岂有不见之理？于是便和弟弟维箴一起来到沈阳。

那时国共拉锯，本溪到沈阳不通车，维箴便和嫂子坐车先到辽阳，再从辽阳转车到沈阳。下车后，找人打听，终于找到了陈彦之的家。

尴尬的一幕终于出现了。

刘仁万没想到，妻子杨春晖会出现在自己面前。杨春晖万没想到，丈夫身边还有一个女人。绿川英子万没想到，那个十三岁的小丈夫竟然真的就是刘仁。

一见面，所有的人都愣住了，刘仁紧张得有些口吃。他向绿川英子介绍说："这是我三弟维箴，这位是亲戚家的表姐。啊，维箴，这是你嫂子绿川英子。"

维箴也愣住了，他只有杨春晖这么一个嫂子，如今站在哥哥旁边的却是另一个嫂子，竟然还叫什么绿川英子，大概是日本人吧？维箴手足无措，竟然没有向绿川英子做任何表示。

此刻的杨春晖，一下子全都明白了，他竟然称自己是表姐，曾经的小丈夫已经是另有家室的人了，她担心的事情终于变成了现实，眼前的这位身材不高，略显瘦弱的女人，已经取代了自己。

聪明的绿川英子，见到眼前尴尬的一幕，也全明白了，刘仁的慌张，维箴的无措，那个女人的惊讶，让绿川英子断定，眼前的这位女人就是刘仁的妻子。

杨春晖感觉一阵眩晕，她无助地对维箴说："维箴，咱们走吧。"

维箴也不知说啥是好，他说："哥，你要的东西我给你带来了，那我们走了。"

刘仁巴不得尽早结束眼前这尴尬，急忙说："那，也好，我去送送你们。"

星儿见爸爸要走，便喊了句："爸爸，我也去。"

绿川英子也忘记了应有的礼节，呆呆地站在那里，没有出来送送这两位远道而来的亲人。

刘仁带着刘星、三弟维箴和杨春晖，来到火车站前的一家饭馆，每人要了一碗面条。当刘仁问到父母时，弟弟告诉了他父亲被日本人打死的经过。听到父亲已死的消息，刘仁泣不成声，父亲去世这么多年了，自己竟杳然不知，连张纸都没有给烧过。他哭着说："我真是个不孝之子啊。"

弟弟安慰他，向他打听这些年的情况。

在刘仁面前，杨春晖永远都是那种大姐姐的样子，她对刘仁说："别太难过了。你现在又有了家庭，那就好好过日子吧。都是我不好，不该来。我早就想会是这个结果的，只是太想见你一面。看到你一家都很好，我就放心了。你女儿燕茹也都挺好的，就是想你。"

刘仁内心非常惭愧，眼前的这个女人是自己真正的妻子，虽然自己不爱她，但是这个女人却是嫁给了自己，为自己守了这么多年的空房。还有女儿燕茹，从出生到现在，已经十多岁了，自己却没抱过她。

刘仁对杨春晖说："春晖，是我对不住你。我现在和绿川英子已经结婚了，以后也不可能再回桥头了，你也不要再守了，如果有合适的就嫁了吧。"

杨春晖哭了，她说："我不会再嫁的。你放心，我不会打扰你的生活的，这些年，我一个人已经习惯了。我现在挺好的。你要照顾好自己，看你身体挺单薄的，比过去瘦多了。"

维箴见哥哥现在生活十分窘迫，就把身上的钱都掏出来给哥哥。刘仁推辞，维箴说："哥，你留着用吧。家里的事有我，你就放心吧。"

临走时，杨春晖抱起星儿，亲了又亲，也把兜里的几块钱掏出来，塞到星儿手里。

刘仁领着星儿昏昏沉沉地往回走，他不知道接下来会发生什么，他知道该来的终究会来的，但他没想到会来得这样突然，竟然有些让他措手不及。他后悔没有早一点对绿川英子说。可是，这样的事，早一点说了又会怎样呢？自己既然做了这一切，那就面对吧。

刘仁回到家里，绿川英子搂着兰儿躺在床上，刘仁凑上前去，对绿川英子说："照子，我想和你谈谈。"

绿川英子没好气地说："我不想听。"

刘仁说："可是，我不想瞒你了。"

绿川英子说："你早干什么了，你已经欺骗我十年了，现在轻松一句不想瞒了就了结了吗？你把我当成什么人啦？现在我终于明白了，我在你眼里，究竟算个什么呢？我还是你的妻子吗？我从日本跟你来到中国，十年了，到现在竟然什么都不是！"

说罢，绿川英子委屈地抽泣起来。如果不是住在别人家，绿川英子一定会放声大哭，可是现在，为了不让陈彦之一家听到，她只能低声抽泣。

刘仁慌了，不知说什么是好："照子，原谅我，是我不好，是我不好。照子，你别生气，是我不好，我不该骗你，可我并不是存心要骗你呀。"

绿川英子真的有一种上当受骗的感觉，她太委屈了，自己从日本到中国来，没想到他在中国竟然还有一个妻子，而且，一瞒竟是十多年。本来自己的婚姻就不被父亲看好，当时父亲极力反对，可是自己却全然不顾父亲的反对，一意孤行，爱得死去活来，并毫不犹豫地随他一起来到中国，谁知他却隐瞒自己已婚的事实。现在的自己，究竟算是一个什么呢？自己一直以是刘仁的妻子而自豪，可是，现在自己还是他的妻子吗？人家明媒正娶的妻子是那个女人哪！十年了，自己得到了什么呢？连一个名分都没有！

绿川英子边哭边对刘仁说："你已经有妻子了，可你为什么不告诉我？为什么你要欺骗我？如果你早一点说，这一切都不会发生。"

刘仁说："不是这样，我不是存心骗你的，你还记得我和你提起的那个十三岁男孩儿的故事吗？那个人就是我。可是，几次想要把话挑明，

又咽了回去。你知道吗？我太爱你了，我怕失去你。我真的不是有意要欺骗你，我们在一起已经十多年了，这十多年，我是多么爱你，你应该知道啊。”

绿川英子说：“别说了，是我不好，我不该留下来，我应该和鹿地亘他们一起回日本去。”

听到绿川英子这样说，刘仁有些慌了，他抱住绿川英子，流下眼泪：“照子，是我对不起你，你不能走，我的生命里不能没有你。”

这一晚上，绿川英子一点睡意也没有。

她愤怒，她失落，她后悔，她百感交集。可是，她又能怎样呢？看着刘仁那痛苦的样子，她又不能不心软了下来。她想，把责任都推到刘仁的身上似乎也不公平，当初不是自己爱上了这个英俊朴实又有才华和理想的青年吗？十年来，因为自己是日本人，刘仁跟自己吃了多少苦？受了多少委屈？可他从来没有抱怨过。无论多么艰难困苦，对自己都不离不弃。这样的人，难道自己爱错了吗？这样的人，难道是在欺骗自己吗？

她想起她所尊敬的郭沫若先生，当年他离开日本的时候，抛弃了和自己生活了十几年的日本妻子和孩子，一个人回到中国。日本妻子和孩子在痛苦中日夜盼望着他，可是他却和另一个女人结婚了。还有那位吴履逊将军，在国难当头，为表抗日决心，竟然登报和爱他的日本妻子离婚，虽然爱国之志可嘉，可是日本妻子的感受谁又同情呢？还有那位萧红，真是红颜薄命，萧军不知道珍惜她，端木不知道爱惜她，逃难的人群中，大腹便便的萧红，两手撑着雨伞和笨重行李，而她的男人却在一旁若无其事地拄着文明棍，却不帮她，甚至病倒在香港的医院中也无人照顾。在重庆的时候，她看到那些民国名流，好多人都是有妻有妾。在中国，这样的事情大概是司空见惯吧。

自己是受害者，可是桥头的那个女人又何尝不是受害者呢？是谁害了她？仅仅是刘仁吗？难道自己就一点责任都没有？她想起初见那个女人的时候，那个女人那怯怯的眼神，仿佛做了什么对不起人家的事似的，其实真正做了对不起人家的事的应该是我，而不是她。是我从人家手里夺过这个男人的。

想到这，绿川英子的气消了一些，她后悔自己没有留下三叔和那个女人，甚至没有出门送送他们。她为自己的失态感到惭愧，而那个女人临出门时那无助的眼神，也让绿川英子内心无比愧疚。

29 奔赴解放区

一场风暴就这样过去了，一切又归于平静。但是，刘仁知道，绿川英子内心的伤痛是很难一下子平复的，他只有对绿川英子更好，用更大的爱，才能抚平绿川英子那颗受伤的心。他知道自己太爱这个从日本跟随他来到中国的日本女人，这是他一生的唯一，如果没有她，他真不知道自己今后还有没有勇气活下去。

为了能顺利离开沈阳而进入解放区，刘仁决定从陈彦之家搬出来，这样才能不给陈彦之的地下工作带来麻烦。那天，三弟维箴曾告诉他，说当年和爸爸一起在邮局工作的那位李笃山叔叔，后来到了沈阳，在铁西一个邮电局当局长，现在已经退休。于是刘仁便找到他，就全家搬了过去。李笃山叔叔很热情，和刘仁唠起桥头往事，当听说刘仁的父亲刘振邦被日本人杀害，老人忍不住流下眼泪。

一天，刘仁和绿川英子去南满医科大学给孩子看病，碰上了一位日本医学教授。一问姓名，叫长谷川兼太郎，原来都姓长谷川。相互介绍一番之后，备感亲切。这位教授得知绿川英子一家还没有住处的时候，就热情地邀请他们到自己家里居住。他家的房子是自己的，目前暂时还没有被遣送回国，但他已经做好了被遣送的准备。

刘仁有些犹豫，毕竟是日本人，但是绿川英子态度坚决，一定要住到这位日本朋友家里。无奈，刘仁只好顺从。长谷川兼太郎是个医术很高明的医生，为人很和善，和中国人的关系都处得很好。有一天，陈彦之到长谷川兼太郎家中去看望刘仁，刘仁指着陈彦之对长谷川教授说："他是沈阳城里的一个大大的太君啊！"那意思就是说陈彦之是个大官。于是长谷川教授便深深地向陈彦之行了一个日本人的鞠躬礼。

陈彦之来是给刘仁送点生活费用，他知道刘仁很困难。陈彦之走

● 被遣返的日本侨民

后，刘仁要把这些钱给长谷川教授，可是教授坚决不肯，他说：“你们尽管住这好了，我的收入很好。”的确，长谷川教授家里条件比较优裕一些，家人对刘仁和绿川英子也照顾得很好，而且长谷川教授还给刘仁、绿川英子和孩子都检查了身体，给他们买了一些药品。所以这段时间，他们的身体都恢复得很好。

很快，地下党通知刘仁做好准备，上面已经派人来接他们去哈尔滨。绿川英子在离开长谷川兼太郎家的时候，写了一封长长的家书，委托长谷川教授遣返的时候带回日本，设法寻找到自己的父母。告知她还活着，而且生活得很好。

让刘仁和绿川英子没想到的是，地下党组织派来沈阳接他们去解放区的，竟然是刘仁的二弟刘维。

原来，刘维自从在日本送走嫂子之后，便和哥哥嫂子断了联系。毕业后回国到了吉林，他便多方打听哥嫂的消息，并和东北地下党建立了联系，因为他为人忠厚老实，得到地下党的信任。前不久，组织上派他到沈阳，接几位从重庆来东北工作的干部。没想到，竟然是哥哥和嫂子，而且还有了侄子和侄女。刘维感慨，时光真快呀。

组织上把这个护送任务交给刘维，让刘维既担心又激动。担心的是，这个任务十分艰巨，也很危险，稍有不慎后果难以设想；激动的是自己虽然还不是中共党员，但是党组织能把这么重要的任务交给他，让他感到很光荣。何况其中还有他的哥哥和嫂子呢！

为慎重起见，出发前，刘维和哥哥还有几位地下党的人，一起研究进入解放区的方案。有人提出可以从沈阳到海城，然后越过国民党的封锁线再进入解放区；有人提出从沈阳到营口，坐船出海，寻机进入解放区。但是刘维认为这两种方案都很冒险，他说："走南线危险较大，坐船出海更不可取。最好是直接北上长春，然后到吉林，走舒兰、五常的路线比较安全，因为这一带我是比较熟悉的。"经大家一番研究后，基本上认为可行。这个方案最终得到沈阳地下党的同意。

被护送的共有八个人，除了哥哥嫂子一家四口外，还有高崇民的夫人王桂珊和两个孩子。高崇民为躲避特务检查，是单身一人坐美国新闻处的轮船离开重庆的。他的夫人和孩子后经地下党多次转移护送，才秘密到达沈阳。见到王桂珊，绿川英子高兴极了，她们在重庆反攻杂志社的时候，就住在一个楼里。此外，还有一位向往解放区的民主人士，他们过去不熟悉。

为顺利离开沈阳，他们做了充分准备，每人都换上早已准备好的体面的衣服。这样会显得很有身份，以免国民党特务纠缠。

1946年的初冬，天气特别冷。在一个飘着清雪的日子里，一伙穿着显得颇有身份的人，由刘维陪同，来到沈阳车站。这时，一位身着国民党少校军装的人，走过来，向刘仁问好。刘仁惊讶道："原来是你?"那人笑着点点头。原来这位身穿军装的人正是刘仁托他往家里捎信的康祥春。刘仁纳闷，他不是在沈阳车站工作，怎么又穿上军装？但刘仁知道，地下工作的事情，不能多问。

康祥春把刘仁他们一行人领到车站贵宾室。在贵宾室里，大家很少说话，焦急地等待火车的到来。

终于检票了。身着校官军装的康祥春走在前面，大家鱼贯地跟在后边，检票口周围有国民党特务和警察来回走动，但也没有引起太多的注意。康祥春也和大家一起上了火车。

火车终于开动了，缓缓地驶出沈阳站。一路上，火车开得并不快，好像拉得太多，很吃力地喘着粗气。

他们这次被护送的八个人加上刘维和康祥春，一共是十个人。在车上，大家谁也不说话，高崇民的两个孩子稍微大一点，也许是妈妈嘱咐，也许是真的累了，上车就呼呼睡着了。星儿头歪在爸爸的怀里，他还不想睡，两眼睁得溜圆，望着窗外。绿川英子怀里抱着兰儿，微微闭着眼睛。那位民主人士戴着眼镜，正在看书。只有刘维和康祥春精神十足，眼睛不时地盯着车厢。

这时，看着车窗外的星儿对爸爸说："爸爸，你看，路边怎么坐那么多人？"刘仁瞅了一眼，便推了一下绿川英子，说："你看一下。"绿川英子向窗外望去，离铁道不远处的一片野地里，足有几百人的队伍，许多人只带着一个小包袱或一只皮箱。不少人除了身上穿的衣服之外，两手空空。有很多妇女抱着孩子，有的搀扶老人，有的干脆坐在地上，低垂着头。有一些好像是中国军人，正在检查他们的行李。天空灰暗，冷雨夹着雪花。绿川英子的眼泪一下子就流了出来，她轻声对刘仁说："这是被遣返的日侨啊。"

刘仁不屑地说："他们也有这一天。"

绿川英子说："他们不是法西斯，他们也是受害者。"

刘仁见绿川英子不高兴，自知语失，便不再说话。

火车走远了，绿川英子看不见她的那些同胞了。她闭上眼睛，可是这一幕老是在她眼前晃来晃去。她想，日本不能再有战争了。过去的日本太骄横了，谁也不放在眼里。结果呢，美国的毁灭性的两颗原子弹，丢在了日本本土。日本死了那么多的士兵，占了那么多的土地，可是现在呢？他在海外没有得到一寸土地，所有的侨民在这雨雪中被遣返，这就是战争的结果。她想，在重庆的时候，已经把《在战斗的中国》写完了第一部。到解放区之后，自己一定要抓紧时间，把后面的两部写出来，把自己看到的和感受到的写出来，让全世界人民都能看到，战争给日本究竟带来了什么？

绿川英子为那些在雨雪中被遣返的日侨祈祷，心里默念着："一路平安，代我向祖国问好。"

终于，火车驶进了长春车站。

刘维带着刘仁他们这些人，走下火车。由地下党事先安排好的接站人，已经等候在贵宾室门口。火车站上的警察和便衣对这群人虽然也仔细地打量一番，没敢阻拦。

下了车，长春地下党的同志把这一伙人接到家里，休息了一晚。第二天，又把这些人送到了长春火车站。这天火车站的盘查好像格外严。但是在地下党的安排下，又有康祥春这位军官护送，大家大大方方地通过检票口，坐上开往吉林的火车。

康祥春没再上车，因为他已经完成了任务，他在站台上轻松地向大家挥手。

火车到达吉林车站的时候已是傍晚，地下党早就派人赶着两挂大马车候在那里。刘维和他们接上头后，大家就上了马车。因为都饿了，孩子们直嚷嚷要吃饭。于是刘维安慰他们说："别着急，孩子们，我马上带你们到饭店，想吃啥就吃啥。"于是大马车赶到了河南街街口的一个饭馆。反正连闯几关，这里离解放区也不算太远了，一路上大家也够紧张的。于是刘维说，"咱们可以放松放松了。"于是点了饭菜就吃起来。

孩子们都很兴奋，吃饭时声音不免大了起来。大人们也都挺高兴的，一路上很少说话，这时也不免把紧绷的弦放松一下。但是刘维责任在身，他时刻都小心在意。他发现自己护送的这些人，已经引起了别人的注意，就赶紧嘱咐大家，赶紧吃饭好上路。这时，刘维已经发现有人在盯着他们。刘维和哥哥悄悄说了句："我们快走。"于是大家迅速上了马车。女人和孩子乘前车，男人乘后车，经河南街，穿过西大街，直奔临江门西口。回头看时，跟踪的人已经被甩掉了。

第二天，刘维让随行的这些人都换了服装，尤其是嫂子绿川英子和高崇民夫人王桂珊，改扮成媳妇回娘家走亲戚的模样，拎着瓶酒点心等红红绿绿的大包小包。坐船过松花江时，虽然受到盘查，但还是顺利通过。过江后，又花高价雇了一辆大马车，经口钦直奔缸窑镇。缸窑镇是国民党最后一道哨卡了，虽然检查严格，但是刘维早给这些人交代好了，就说是有回家的，有走亲戚的，大家合租一辆马车，然后偷偷递上瓶酒和点心，哨兵一挥手，大家就过去了。

大车再往前走二十里就是解放区了，那里有俩人在等待刘维他们这伙人，其中一个就是这个地区的区委书记，姓李，农民打扮。他和刘维很熟。李书记对刘仁说："我参加革命还是你兄弟刘维介绍的呢。"

李书记护送他们经舒兰到五常，然后又把他们从五常送上去哈尔滨的火车。

到哈尔滨以后，刘维没待几天，就奉命赶紧赶回沈阳。因为他又接到地下党组织的护送任务，这回被护送的人有当时辽北省主席阎宝航的夫人和两个孩子，还有一位干部。护送的时候，刘维把自己的妻子和不满两周岁孩子也一起带来，一行七人。还是按照上次的路线安全送达。因为有了上次的经验，刘维心情也比上次轻松多了。

刘仁他们到哈尔滨的时候，正是东北战场最紧张的时刻。国民党军队已经到达松花江岸边，此时的哈尔滨，形势紧张。为安全起见，许多干部和家属已开始撤离哈尔滨，向佳木斯转移。东北行政委员会考虑到一些著名人士的安全，决定把他们送到后方。刘仁、绿川英子在哈尔滨滞留十几天后，也被转移到了佳木斯。

佳木斯位于哈尔滨东北部，距离差不多有五百公里，黑龙江、松花江、乌苏里江在此汇流。伪满洲国时曾设三江省，省会就在佳木斯。抗战胜利后，国民政府将东北分为九省，将三江省改为合江省，省会依然设在佳木斯。但是，由于国民党的军队始终没有到达这里，所以，佳木斯就成了共产党在东北的大后方。

按照中央的战略部署，一些重要机关、团体和大专院校等都迁到了佳木斯，其中就有东北新华广播电台、东北大学、鲁迅艺术学院、东北画报社、东北军政大学、东北电影制片厂等等。还有刘白羽、吴伯箫、萧军、马加、华君武等一大批文化、教育、艺术界的知名人士也都云集佳木斯。于是，这座充满生机和活力的边城被人誉为“东北小延安”。

刘仁和绿川英子等人的到来，受到了佳木斯党和政府的高度重视，他们举办了佳木斯各界大会，热烈欢迎国际友人绿川英子及刘仁等来佳木斯工作的干部。绿川英子还代表这些新来的干部在大会上讲话。

绿川英子说：“五年前，周恩来副主席在一次聚会上鼓励我，说我是中国人民的忠诚战友，是真正的爱国主义者。我是日本人，可我更是中国的儿媳。日本是我的祖国，中国也是我的祖国。我现在留在了中国，就是要和中国人民一道，为反对国民党的内战，反对蒋介石的独裁，为中国人民的彻底解放，实现真正的民主和自由贡献自己的全部力量，哪怕是生命。”

听到一个日本人说出的话，居然还有这么高的觉悟，与会的人都赞叹不已。

高崇民对刘仁和绿川英子的到来非常高兴，他现在已经在东北行政委员会担任副主席了。1947年1月7日，经东北行政委员会第十三次会议研究决定，任命刘仁和绿川英子为东北教育委员会委员和东北社会调查研究所研究员。长期战争环境的艰苦生活和繁重的工作负担，使刘仁和绿川夫妇的身体都不是很好。所以，当时虽然给他们任命了高级职务，但高崇民还是希望他们休息一下，恢复恢复身体，在可能的情况下搞点研究工作。

刘仁和绿川英子被安排住在佳木斯市吉林路的一座独立的砖木结构的二层楼房里。伪满时这里是第七军管区司令部。现在是东北社会调查研究所，这里既是刘仁和绿川英子的工作单位，也是他们的住处，他们就住在二楼靠东的房间里。而弟弟刘维也带着家属一同转移到了佳木斯，跟哥哥住在一起。

这段时间，刘仁夫妇除了受东北行政委员会陈先舟同志之托，对当时东北大学青年知识分子的思想状况作过研究报告外，还被东北大学和一些社会团体邀请前去讲学作报告，远在外地的海伦县也派人前来邀请他们去演讲。除此之外，绿川英子就抓紧一切时间，撰写她的回忆录，而刘仁也不甘寂寞，把滞留在沈阳的见闻，写成了《在蒋记统治下的沈阳》一文，发表在《东北文化》上，对国民党的专制和腐败进行了揭露。

刘仁知道，《在战斗的中国》这部书稿，凝聚了妻子的全部情感，对一个世界语作家来说，这部书和她的生命一样重要。绿川英子高度近视，过去写作，全靠身边携带的那台从日本带来的打字机。可是，在从重庆出走的颠沛流离中，这台打字机丢失了。所以，她只好在昏暗的灯光下，一个字一个字书写着，甚至连吃饭都顾不上。好在这段时间弟媳素敏和他们一起生活，帮助照顾孩子，常常做好了饭菜送过去，可是有时弟媳过去收拾碗筷的时候，却发现绿川英子还没吃。弟媳心痛地说："嫂子，你得注意身体了。"绿川英子这才不好意思地说："弟媳，让你受累了，我马上吃，马上吃。"

弟弟刘维后来回忆这段时光，总是连连懊悔，因为都忙于工作，兄弟俩却很少坐下来聊聊分别这十年的时光，总以为来日方长。不久，因为工作需要，刘维被派到当时的嫩江省农业厅工作。这样，弟弟的家也

就搬到了齐齐哈尔。

写作中的绿川英子常常沉浸在回忆中，一转眼到中国已经十年了，这十年中，她经历了太多太多的事情，她想起当年走出上海港口第一眼看到的，“是一群赤膊的苦力和一排排现代化的建筑……”她当时就感慨道：“摩天大楼是赤膊的苦力们用血汗一层一层地盖起来的，但是一经盖成，他们随即返回地面，依旧牲口似的在地上爬行。”当他们走进上海的时候，上海这座到处是摩天大厦的都市，却没有他们的落脚之地。她和刘仁拎着行李望天兴叹。在广州，最惨的时候俩人连喝碗粥的钱都没有。这十年，她目睹了日本侵略者在中国犯下的种种罪行，目睹了中国人民所遭受的苦难。在“八一三”的上海，在武汉战场，在重庆大轰炸中，那日本的残暴和中国军民的惨死，这一幕幕，她永远都不会忘记。现在，她就是要把这一幕幕都如实地写下来，让全世界人民都看到，让全世界都不要忘记。

在来解放区的路上，她看到了被遣返的日侨的惨相，她真的认为中国人还是仁慈的，他们没有把仇恨撒向这些放下武器的日本士兵和那些并不是战争罪犯的侨民，而是和平地把他们遣送回国。不过，那触目惊心的一幕，还是让绿川英子深深地感受到了中国人的两句话，“善有善报，恶有恶报”，“种瓜得瓜，种豆得豆”。日本自己种下的恶果，就必须由自己来品尝。不然，天理何在?

这十年，最让绿川英子感动的是中国有一大批像刘仁这样的热血青年，他们把个人生死置之度外，对国家和民族无比忠诚，国家有难，慷慨以赴，舍生忘死，抵御外侮。这样的民族是任何一个敌人都无法征服的。她说：“我看到了、听到了和感觉到了我终生难忘的东西，而这些也一定能感动任何国家爱好正义的人们。”

她想起第一次在东京世界语的一次集会上见到刘仁时的情景，他高高的个子，单纯却又坚毅的目光，让人过目不忘。她承认，第一次见到刘仁，她就爱上了他，就想办法接近他。她知道刘仁不是那种花心的男人，在日本，有漂亮的年轻女孩儿主动和他搭讪，由此绿川英子推断，刘仁在东北大学时也一定会有女生主动向他靠近。在武汉，在重庆，她都看到有女孩子来找他，但是刘仁都不为所动。这一点，让绿川英子既自豪又幸福，她觉得自己没看错人。

但是，没有想到的是，在沈阳的那尴尬的一幕，几乎让绿川英子崩溃了，因为在她看来，她所爱的人，是不能和别人分享的，那是她自己独有的。但是，那个女人却在她之前，就已经成为了刘仁的妻子了。那天她是那么的沮丧，仿佛天塌了，一切都化为乌有。

是啊，那天她真的生气了，真的想随着被遣送的日侨队伍回日本去，再也不见刘仁了，让他回他的桥头老家过舒服日子去吧。可是刘仁却流着眼泪跟她说："照子，是我对不起你，你不能走，我的生命里不能没有你。"

作为一个东北的大男人，能说出这样的话来，你还要求他什么呢？

想到这，绿川英子的心里甜甜的。

30　烽火化蝶

不久，组织上便安排刘仁和绿川英子到东北大学去任教了。

可是就在此时，绿川英子发现自己又怀孕了。怎么办？在沈阳的时候，就因为晓兰的出生而耽误了和高崇民一起撤退，结果滞留在沈阳达八个月之久，给组织上添了那么多的麻烦。现在，刚刚来到解放区，共产党对自己这么信任，在这种困难时期，无论职务待遇，无论吃还是住，都给予相当的关照。如果自己什么都不去做，光去生孩子，光坐家里养身体，那还对得起共产党吗？那还对得起人家高崇民吗？

于是，绿川英子便和刘仁商量，想要打掉这个孩子。开始的时候，刘仁坚决反对，他说："不行，这很危险。再说，既来之则安之，怀上了，就是我们的孩子，怎么忍心做掉呢？这是生命啊。"

绿川英子极力说服丈夫："砥方，你看，崇老为了安排我们从重庆到东北来，费了多少周折。别人到了东北，马上就投入到工作之中，可我们呢，因为生孩子，滞留在了沈阳，什么也干不了。你说，人家要我们有什么用？好不容易把我们接到了解放区，结果我还要生孩子，对得起人家吗？你看我们身边的那些同志，工作的工作，上战场的上战场，有的流血，有的牺牲，而我们却养尊处优，我这脸往哪儿放？”

刘仁理解绿川英子的心情，可是，做人工流产是要担风险的呀，万一出现意外怎么办？绿川英子笑着说：“不会的，人工流产其实就是个小手术，做完了休息几天就好了，人家身体好的，休都不用休。没问题的，你放心好了。”

绿川英子是个做事不达目的绝不罢休的人，她每天在刘仁面前唠叨的就是这件事，磨得刘仁耳朵起了茧，无可奈何。刘仁最后只好说：“那就随你吧。”

在当时，由于刘仁和绿川英子都是东北行政委员会眼里的重要人物，所以要做这种手术，医院是不能轻易做的，必须得到上级的批准才行。于是刘仁和绿川英子便给东北行政委员会打申请报告。结果，他们的申请被东北行政委员会以技术设备和医药条件欠缺为由，予以否决了。

但是，固执的绿川英子并不罢休。她继续央求刘仁，想通过私下关系，找医生做人工流产。刘仁拗不过，在1947年1月9日，两人私自来到医院，同时也说服了医生，1月10日走进了手术室。

主持手术的医生在这所医院里是个外科的权威，医生的安慰和自信以及绿川英子的镇定，让刘仁一颗悬着的心放了下来，不就是个简单的小手术吗？做完后，他就可以和绿川英子一起参加到更艰苦的工作中去，而不再需要什么特殊的照顾了。想想，不免心里也有些轻松。

但是，意外还是发生了。医生在手术中不小心划破了绿川英子的子宫，引起感染。如果当时只要有三五支盘尼西林，即青霉素，结果就会大不一样了。遗憾的是，在那战争年代，这种药品极缺，医生束手无策。

绿川英子从手术室里推了出来，她不知道所发生的一切，她想只要休息几天，就可以去工作了。虽然现在浑身疲惫，面色苍白，但她还是高兴地对刘仁说：“砥方，我说了，没问题的，你看，我现在不是挺好的吗？”

医生把刘仁叫到办公室，垂头丧气地对他说：“很抱歉，手术并不成功。”

刘仁一下子蒙住了：“不成功？为什么不成功？你快告诉我，问题有多严重？”

医生说：“子宫被划破，恐怕会感染，我们已经想办法到其他医院求援了。只要有几支盘尼西林，就没问题了。”

刘仁急了，大声嚷起来：“医生，你说了，这是个小小的手术，不会有问题的，为什么会这样？”

医生无奈地说：“刘仁同志，很抱歉，这是个意外，这是个意外。”

刘仁几乎疯了：“这不是意外，这是谋杀，你要承担后果的。”

医生点点头，垂头丧气地说：“我会承担后果的。可这确实是个意外。”

刘仁忽然又像泄了气的皮球，他抓住医生的胳膊连声说：“医生我求求你，你千万想办法救救她，救救她。”

这时，医院的领导也来了，他安慰刘仁说：“刘仁同志，请你放心，我们已经安排人到各医院和其他地方求援了，会有救的。”

然而，坏消息还是不断传来，绿川英子第二天便开始高烧，病情急剧恶化，几处医院都没有找到紧缺的盘尼西林。尽管东北行政委员会也调动力量，寻找这个药品，可是，当这个药品被送到医院的时候，绿川英子已经离开了这个世界。

从手术到去世，仅仅四天的时间。

四天里，刘仁一刻不离地守在绿川英子的床前，一个劲儿地流泪。

昏迷中的绿川英子，嘴里不时地吟诵着这首诗：

翘首望长天，神驰奈良边。
三笠山顶上，想又皎月圆。

刘仁知道，这是日本诗人阿倍仲麻吕的诗。以前绿川英子心情不好的时候，就经常吟咏这首诗。刘仁在大学读李白诗的时候就知道了这个阿倍仲麻吕，这位日本诗人是在唐朝的时候随日本遣唐使来中国留学的，后来留在中国，和李白是好朋友，这是他仰望明月思念家乡而写的一首思乡诗。

“照子想家了，照子想家了。”刘仁边流泪边喃喃地说。

第三天，绿川英子苏醒过来，状态不错。但是，医院却告诉刘仁，要有思想准备。

绿川英子让刘仁把星儿和兰儿带来。她亲了亲星儿，又让刘仁把兰

儿放在她枕边，还不到一周岁的兰儿，好像也被这凝重的气氛所感染，不哭也不闹，睁大眼睛看着妈妈。

绿川英子拉着刘仁的手，说：“砥方，你要照顾好星儿和兰儿。”

刘仁说：“照子，你会好的，崇老来电话了，说药已经找到了，很快就会送来的。”

绿川英子说：“谢谢他，他待我们太好了。”说着，绿川英子把左手伸出来，指着腕上的表，对刘仁说：“这块表是姐姐幸子送给我的，跟了我十年了，在武汉的时候，差点捐了出去，我再用不上了，你戴着吧，记着我。”

刘仁眼泪流了下来，他急忙对绿川英子说：“照子，你说的什么话呀，药就快送来了。你会好起来的。等你出院了，我们一起去东北大学，课余的时间，你就写你的书，把《在战斗的中国》写完，然后我给你写序。”

绿川英子似乎有些累了，她闭上眼睛，过了一会儿，她轻声地对刘仁说：“我不该太固执了，没听你的。还有，那天在沈阳，我不该对她那么冷淡，桥头是你的家，你该回去看看了……”

刘仁心如刀绞，他对绿川英子说：“全都怪我，这个手术不能做，我应该坚持才是呀。照子，这辈子我只爱你一个人，只爱你一个人，照子，照子，你听到了吗?”

绿川英子又昏迷了过去。

第四天，1947年1月14日，来自日本，为中国人民的抗日斗争奋斗了整整十年的绿川英子，在佳木斯的医院里，永远地闭上了眼睛，时年三十五岁。

绿川英子去世的消息传到哈尔滨，时任东北行政委员会副主席的高崇民闻此噩耗，十分震惊。当时正是东北战事紧张，一方面要应对蒋介石的大举进攻，一方面又忙于剿匪和在解放区进行土地改革，即便在这种繁忙的情况下，高崇民还于百忙之中，写信给刘仁。在1月14日写给刘仁的信中，高崇民悲伤地说：“内人归来，始知绿川致死之由。在绿川，原系国际主义者，死于何地固无所谓，独惜其不应死而死，而且死得如此之早，真乃一大损失!”

刘仁被彻底击垮了，他每天都在痛责自己：“照子，是我害了你，我对不起你!”

刘仁深为自己的错误而万分悔恨。他顿足痛哭，不忍离开绿川英子的遗体。像一只折断了翅膀的孤雁，不吃不喝，终日以泪洗面，那些天，他都是在极度的悲痛中度过。

刚刚赴任嫩江省农业厅工作的二弟刘维，还没有来得及开展工作，就接到东北行政委员会秘书长栗又文的电报，电报中说：“绿川病逝速返哈市。”

刘维大吃一惊，刚刚离开佳木斯的时候，嫂子还好好的，怎么突然就病逝了呢？是什么病夺去了她的生命？

刘维急忙从齐齐哈尔赶到哈尔滨，高崇民和栗又文同志介绍了情况。原来，嫂嫂是做人工流产感染致死。高崇民对刘维说：“绿川英子的死，一定要严肃调查。”并告诉刘维，“你哥哥现在的状况也不是很好，要做好他的工作。”

刘维赶紧从哈尔滨赶到佳木斯。

绿川英子的灵柩一直没有下葬，刘仁的精神有些失常了，他总以为绿川英子没有死，顽固地拒绝下葬。刘仁每天守在停放遗体的小屋里，终日独自一人哀叹：“照子，是我害了你，实在对不起你啊!”“照子，你醒醒，和我说句话好吗?”多少清醒一点的时候，便吟诵唐人元稹的诗：

昔日戏言身后意，
今朝都到眼前来。
衣裳已施行看尽，
针线犹存未忍开。

尚想旧情怜婢仆，
也曾因梦送钱财。
诚知此恨人人有，
贫贱夫妻百事哀。

尽管身边的同志们苦苦相劝，但毫无用处。北国严寒的日夜，伴随刘仁的是无尽的哀伤和悔恨。弟弟刘维赶来了，看到哥哥的惨状，也不

禁放声大哭。

终于，在刘维的苦苦相劝下，刘仁答应绿川英子的灵柩下葬了。

那天，几个民工打开小屋的门，用锤子钉死棺材盖，然后把那还沾着刘仁体温和泪水的棺材抬走，安葬在满赤医院南面的山岗下。

已经木讷的刘仁在弟弟的搀扶下，跟着棺材走向墓地。

东北行政委员会为绿川英子举行了隆重的追悼会，佳木斯后方留守处处长张庆泰主持了追悼会。东北行政委员会副主席高崇民题写了“民主战士绿川英子烈士之墓”十二个大字，刻在一块青石上，竖在绿川英子的墓前。

弟弟刘维本想留下来照顾哥哥，但是，他又有了新的任务，被派到了牡丹江一座新成立的纺织厂担任厂长。

然而，真是祸不单行，刚刚上任不久的刘维，又接到东北行政委员会佳木斯后方留守处主任张庆泰的电报：“刘仁病危速来佳市。”

刘维的心都要跳出来了，看着电报，两手发抖。哥哥呀，你这是怎么了？

原来，绿川英子安葬以后，刘仁不吃不喝，整天以泪洗面，时不时冒着严寒，徘徊在绿川英子的墓前，有时甚至待到深夜。

刘维马不停蹄，赶到医院，向医护人员打听刘仁的病房，一位年轻的护士带他来到哥哥的病榻前，哥哥已经脱相，头发凌乱，人已经瘦得不成样子了。

看到弟弟来了，刘仁微微笑了一下。

弟弟忍住眼泪，赶紧把组织的指示“不惜一切代价，尽全力进行抢救”的话讲给他听。刘仁摇摇头，有气无力地说：“谢谢他们了，我想我已经没有希望了。”

弟弟说：“人死了不能复活，为了两个孩子，你也应该挺住，要好好活下去才是啊。”这些，他全听不进去，只是摇头。

弟弟刘维在医院里守护哥哥不到一个月的时间，刘仁曾几度病危，虽经多方抢救，但病情还是不断恶化，最后几天只能靠氧气才能勉强维持呼吸。终于，悲伤的刘仁于1947年4月22日病逝。距妻子绿川英子去世不足一百天。终年三十八岁。

刘维按照哥哥的意愿，把他葬在了绿川英子的旁边。

病重期间，刘仁在精神稍好的时候，总要对弟弟提起自己对不起绿川英子，他说自己没有给她幸福，到中国这十年，到处流浪，颠沛流离，生活困苦，为了照顾好两个孩子，绿川英子苦苦支撑。他还说，他最后悔的是自己没有事先把自己已经结婚的事情告诉绿川英子，让她失望，让她痛苦，让她受了那么多的委屈，我怎么对得起她呢?

临终前，他嘱咐弟弟刘维："孩子托付给你了。我死后，把我埋在照子的身边，我要永远陪伴她……"

办完丧事后，刘维带着两个孩子回到了牡丹江。路过哈尔滨的时候，他去拜访了高崇民，向他介绍了刘仁最后日子的情况，高崇民惋惜再三。他嘱咐刘维，一定要带好烈士的一双儿女，有什么困难，就直接找他。孩子的事，他也会经常过问的。

此时的刘星不足七岁，刘晓兰刚刚一岁。

后来，刘维的工作又有变动，他被安排到了刚刚解放的沈阳。因为刘晓兰太小，无法一起同行，于是高崇民便把晓兰安排到了哈尔滨最好的一所干部幼儿园，而刘星便跟着叔叔刘维到了沈阳，进了育才学校读书。

绿川英子的死作为严重的医疗事故，高崇民同志极为重视，他向有关方面下达了指示，一定要究查原因。那位医生和相关人员受到严肃处理。

31　重修烈士墓

时光流逝，转眼过去了三十五年。

这些年，中国发生了翻天覆地的变化，刘仁和绿川英子去世仅仅两年多，处于劣势的共产党便夺取了全国政权，建立了中华人民共和国。而不可一世的蒋介石却在大陆彻底失败，退居孤岛台湾。可惜，刘仁和绿川英子没有等到这一天。

然而，三十余年的共和国之路，却走得曲曲折折，坎坎坷坷，发生了很多绿川英子所说的那种“不愿看到的事情”。直到1979年改革开放，中国才像一个巨人从梦中醒来。

1980年春，本溪市的桥头镇忽然来了一拨日本人，桥头人惊讶了，三十五年前的日本人从桥头仓皇而去，今日重来却为哪般？

原来，他们到这里是来拍电视剧的。只见他们一到这里，就开始勘察地形，架设机器，取景拍摄。当地人好奇，一打听，才知道这是在拍一部电视剧，名叫“望乡之星”，讲的就是火车站底下老刘家大儿子刘仁和她的日本媳妇绿川英子的故事。

桥头的拍摄不过是整个电视剧拍摄的一站而已，接下来，这些日本人还要移师上海、广州、武汉、重庆、哈尔滨、佳木斯等地。

这伙人的效率还是挺高的，很快拍摄完成。当年的5月，这部由邓小平题写片名的电视剧《望乡之星》，就在中国和日本同时播出了。剧中的绿川英子由主演了电影《望乡》的日本著名演员栗原小卷扮演，刘仁则由中国演员高飞扮演。这个栗原小卷，由于刚刚出演了《望乡》中的女记者，不但大气漂亮，而且正直善良，给中国人留下非常美好的印象。她把绿川英子对和平的向往，对战争的痛恨，对刘仁的爱恋，对中国的情感，演绎得淋漓尽致，而中国演员高飞扮演的刘仁，由于他那俊朗的扮相，也使得刘仁这个人物深入人心。

这部电视剧的播出，在观众中引起极大的关注。尤其在日本，很多人看了电视剧之后，千方百计探寻刘仁和绿川英子的情况，人们想知道，绿川英子是谁？刘仁又是谁？

这时，曾经和刘仁、绿川英子一起工作过的战友，曾在中调部、外贸部和公安部任职的聂长林、孙汉超、白浩等人，写信给时任中共中央总书记胡耀邦，建议宣传和纪念在中国抗战中做出突出贡献的刘仁和绿川英子夫妇。

看到此信后，胡耀邦总书记立即批示：“此事应引起重视，请中宣部办。”紧接着，《人民日报》《光明日报》等中央级报刊，立即组织刘仁和绿川英子当年的战友撰写回忆文章。1982年9月，中共中央书记处追认绿川英子为“国际主义战士”。同时，寻找刘仁和绿川英子的一双儿女，对他们的工作予以重新安排。从北京大学毕业的哥哥刘星，被从四川的江油调到北京工业大学任教。从唐山铁道学院毕业的妹妹刘晓兰，则从偏僻荒凉的大西北调进了北京二七机车厂职工学校。特别是在当时北京住房奇缺的情况下，还为他们解决了住房。

而此时，远在黑龙江省的佳木斯市，人们却找不到刘仁和绿川英子墓。

刘仁和绿川英子于1947年相继在佳木斯去世，他们是革命烈士，他们的坟墓理应得到完善的保护。可是，他们的坟墓为什么不见了呢?

其实，找不到他们的墓，并不是现在的事。早在1952年，身为东北人民政府副主席的高崇民同志到佳木斯慰问志愿军伤病员时，就特地到墓地去凭吊了刘仁和绿川英子同志。但是十年后，高崇民率全国人大代表到东北视察工作的时候，又特地来佳木斯为刘仁和绿川英子扫墓。然而遗憾的是，却没有找到他们的墓，只好洒泪赋诗，遗憾而归。又过了十年，高崇民因饱受迫害而死于狱中，临终前曾嘱咐家人，有机会要过问一下刘仁和绿川英子墓的事。

“文化大革命”期间，刘仁和绿川英子的女儿刘晓兰，曾就父母的问

● 刘仁与绿川英子在佳木斯的合冢墓

题去找过郭沫若的家，虽然郭沫若因各种原因没有接见，但得知刘仁和绿川英子墓的情况后，也曾派人专程到佳木斯做了调查。当时佳木斯的同志陪同多方查找，终因时处“文化大革命”，机构不健全，人员变动大，档案找不到，所以查无结果。

同样是在“文化大革命”期间，刘仁和绿川英子的女儿刘晓兰，在堂妹的陪同下，从本溪桥头出发，千里迢迢来到佳木斯，拜祭父母的亡灵。她们也到了佳木斯的烈士陵园，反复寻找，但失望而归。

中日建交之后，在1973年，第六十届世界语大会在日本东京郊外龟冈举行，中国以叶籁士为团长的世界语代表团参加了大会。大会期间，已是白发苍苍的日本三十年代JPEU（日本无产阶级世界语者联盟）的书记长，小心翼翼地问叶籁士团长：“中国人民对绿川英子是怎样评价的呢？为什么见不到纪念她的文字和活动？”叶籁士只好对其解释说：“对于这样一位同中国人民并肩战斗整整十年之久，为中国人民的解放，为中日两国人民的友好，献出了自己的青春的人，中国人民永远不会忘记。只是现在我们还没有找到绿川英子的墓地，所以暂时还没有对她做公开报道和纪念宣传，不过会找到的。”

粉碎“四人帮”之后，尤其改革开放，中国的许多禁区开始被打破。《望乡之星》的拍摄和上演，再一次引起了中日两国对刘仁和绿川英子的高度重视。佳木斯市的领导备感压力，他们认识到找到刘仁和绿川英子墓的重要性。他们立即组织有关部门，进行了认真查找，但是由于时间已过三十余年，几度迁墓，多人经手，当事人和目击者已难查询。于是，佳木斯市投入了更多的力量，查阅大量资料，发出了几十封调查信函，经过半年多的艰苦找寻，终于有了下落。

原来，绿川英子病逝时，正是严冬季节，冰封大地，加之刘仁悲痛欲绝，没有主张，就由组织上决定暂时将灵柩停厝在烈士陵园的西北角，简单地修筑了一个盛棺灵寝。三个多月后，刘仁病逝，便一同葬在当时的满赤医院的南山之下。1949年中华人民共和国成立后，佳木斯市人民政府在西郊牧养场附近新建了烈士陵园，决定将散埋各处的烈士都迁入园内，以便于统一管理。这样，就把刘仁和绿川英子墓也一同迁入了烈士陵园内。

当时，由于新迁入园内的烈士坟墓太多，来不及制作石碑，只好各插上一块临时木牌，按顺序编上号码和写上名字，便于登记查找。刘仁墓号为198号，绿川英子墓号为244号。到1952年的时候，才逐步将木牌换成石碑。但是，在更换石碑的过程中，经抄写、刻碑等多个环节，多人操作，出现了差误，以至出现多年寻找不到的后果。

但是，他们又是如何找到并最终确认的呢?

在寻找过程中，陵园中有两个坟墓引起了调查人员的注意，一个是署名“刘矿石”，一个是署名“绿山英”。

原来，刘仁曾使用过“刘砥方”这个名字，他的同志和绿川英子也一直叫他“砥方”。当时更换石碑的时候，由于工作量太大和工作人员文化水平等原因，在抄写、刻碑的过程中，将“砥”误认为“矿”，将“方”误认为“石”了，所以就出现了“刘矿石”这个名字。

而绿川英子也是如此，因为当时工作人员不知道绿川英子是日本人，而中国人中没有四个字的名字，即便是复姓中，也没有绿川这个姓，便在抄写中，误将“川”字写成了“山”字，又丢掉了一个“子”字，于是就出现了“绿山英”这个名字。

在1951年的时候，弟弟刘维曾来过佳木斯新建的烈士陵园为哥哥扫墓。当时他记下了哥哥和嫂子的墓号，一个是“198”，一个是“244”。所以，这次寻找刘仁和绿川英子墓地的时候，佳木斯的同志就特意把刘维请来。时间虽然过去了近三十年，但刘维依然记忆犹新。他把当时的墓号和大致的位置提供给了调查人员，经认证，完全相符。

确认烈士墓后，黑龙江省政府马上将修建刘仁、绿川英子陵墓和展出革命事迹一事，呈请中央，得到中央书记处的批准。中央办公厅于1981年9月17日下发的文件写道:“经请示中央书记处，同意你省为绿川英子及其丈夫刘仁同志修建陵墓和展出革命事迹的意见。这对进一步促进中日两国人民友好关系的发展，反对日本军国主义，教育广大人民发扬无产阶级国际主义精神，具有重要的现实意义。”

得到中央批示后，佳木斯市立即组织实施。他们抓紧时间，确定陵园，设计图纸，撰写碑文，修筑道路，经过九个月的努力，陵墓终于在佳木斯市郊风景秀丽的四丰山修建而成。

1983年7月11日，佳木斯市，阳光明媚，四丰山上，气氛肃穆。黑龙江省和佳木斯市等各方面的负责人，护着载有刘仁和绿川英子遗骨匣的灵车，从西郊烈士陵园，直达新建成的四丰山绿川英子和刘仁合冢墓中安葬。他们的遗骨分别用白绫包裹，盛入精制的木棺中，再沉入水泥墓穴封盖。

刘仁和绿川英子的女儿刘晓兰也应邀来到佳木斯，参加了安葬仪式。当她看到有那么多人怀着深情回忆和父母共同工作和生活的往事，那么多的人热情研究查询母亲抗日反战的足迹，她开始认识到，她的父亲和母亲是一个非常了不起的人。她切实感到，时代变了，冰河融化了，中日关系已经开始出现了令人欣慰的曙光。

接着，佳木斯市《纪念国际主义战士绿川英子暨刘仁同志文物展览》揭幕，刘晓兰将母亲在重庆时，郭沫若先生为母亲题写的诗帕，捐给了佳木斯市文物部门。现在，这方诗帕已被定为国家一级文物予以珍藏。

高崇民之子，解放军炮兵副司令员高存信得知绿川英子和刘仁的合冢墓建成，专程赶到佳木斯拜谒，以告慰其父之遗愿。

同在日本东京中垣虎儿郎门下学习世界语的黄乃，这位将门之后，不顾双眼失明，千里迢迢赶到佳木斯，献上鲜花，拜谒这两位昔日老友。

十六年后的2009年9月30日，为便于管理，佳木斯又将绿川英子和刘仁的合冢墓，按原来的样子由四丰山迁回了佳木斯烈士陵园。他们不再孤单了，这里有那么多在抗日战争、解放战争和社会主义建设中牺牲的烈士，陪伴着他们。

刘仁与绿川英子墓在烈士陵园高大的纪念碑的左侧，占了很大的一块地，墓前是两块一人多高的乳白色大理石碑，呈V字形排列。石碑上端横嵌一块鎏金紫铜横匾，上书“国际主义战士绿川英子暨刘仁同志之墓”。碑的背面镌刻的文字概述了绿川英子、刘仁同志的生平业绩。墓的四角各竖一盏古式铜灯，把整个陵墓装点得庄严、肃穆。

碑文这样写道：

绿川英子刘仁生平事略

绿川英子，原名长谷川照子，世界语作家。一九一二年三月七日出生于日本国山梨县。一九三二年因反战被捕，此后投身于世界语运动和文学创作。一九三六年秋与我国在日本的留学生刘仁结婚，一九三七年春随刘仁来中国并参加革命工作，一九四七年一月十日在佳木斯市逝世，终年三十五岁。

刘仁，亦名砥方，一九〇九年七月二十九日出生于辽宁省本溪市，一九三四年赴日留学。一九三七年初回国参加抗日战争从事宣传文化工作。一九四七年四月二十二日病逝于佳木斯市，终年三十八岁。

绿川英子夫妇先后在武汉中央政府政治部第三厅、文化工作委员会、抗日救亡总会等处从事对日宣传和报刊编辑撰稿及翻译等工作。抗战胜利后任东北社会调查研究所研究员。

绿川英子在我国八年抗日战争中，用笔墨做武器，热情讴歌中国军民团结抗日的英雄业绩，揭露日本军国主义的侵略罪行，敦促日本军人觉醒反战，号召一切进步的国际力量援华抗日，为中国人民取得抗日战争的胜利，为中日两国人民的友谊，为世界各国的文化交流做出了重要贡献。刘仁同志为收复东北失地，为抗日战争的胜利，为民族解放做出了自己的贡献。

经中共中央书记处批准为其夫妇修建合冢墓，追授绿川英子为国际主义战士。

佳木斯市人民政府

一九八三年七月十一日立

32　杨春晖的不了情

杨春晖见到刘仁的最后一面是在1946年的沈阳，半年之后，绿川英子和刘仁就相继去世了。可是远在桥头的杨春晖直到多年后才得知这个消息。

那天，她和三弟维箴从辽阳转车到沈阳，那是她平生第一次坐火车，尽管家门口就是火车站。当年丈夫就是乘火车离开桥头的，她对火车有着特殊的感情，别人嫌火车叫的声音太闹太吵，可是她偏偏喜欢这火车的叫声，那么清脆，那么悦耳。每次听到，心都不由自主地跳起

来，她希望奇迹出现，希望这火车的叫声能把自己的丈夫带到眼前。

可是，一连十几年，丈夫没有音讯，她就自己带着女儿燕茹，独守空房。公公去世得早，她就和婆婆生活在一起，照顾体弱多病的婆婆，尽儿媳的孝道。

那天，三弟维箴来，说大哥现在到了沈阳，捎信让把过去的衣服给他带去一些。她吃了一惊，丈夫还活着，丈夫离家已经这么近了，可他为什么不回来？这些年，丈夫的衣裤她一件都没丢掉，洗得干干净净装在炕琴柜里，想他的时候，就拿出来看看。

丈夫到沈阳了，可是他却没有回家，为什么不回家？杨春晖是个通情达理的人，她想，男人在外，必有他的理由。过去听说他抗日去了，可是日本人走了，这桥头今天共产党来，明天国民党来，也不知他是哪个党的，天下不太平，兵荒马乱的，他能照顾好自己吗？

她试探着说要跟三弟一起去，维箴心里说，哥哥没说让大嫂去呀。此时的维箴虽然不知道大哥已经有了绿川英子，但已经没有音信十多年了，万一他有了别的女人呢？但一看大嫂那急迫的眼神，想到大嫂这些年的苦楚，便横下一条心来，不管哥哥高不高兴，反正带大嫂去就是了。

独守空房十余年的杨春晖，早已心如死灰了。只不过刘仁到了沈阳的消息又让她重新燃起了一丝希望。没想到的是，刘仁竟当着大家的面，对那位同居的日本女人介绍自己是亲戚家的表姐，她刚刚燃起的那丝希望顿时破灭了。她明白了，她和刘仁的缘分早已到头了。而这一切，全在她的预料之中。但是，无论如何，她是刘家明媒正娶的儿媳，那么她就生是刘家的人，死是刘家的鬼。

从十九岁嫁到刘家，她就一心一意地伺候公婆，伺候小丈夫刘仁。她知道刘仁不喜欢她，但那时她还误以为刘仁年纪太小，等到大一些就好了。可是，过了几年，刘仁到沈阳读大学了，放假回来的刘仁已经长成一个高大英俊的男子汉，手里总是拿着书本，面无表情，她觉得自己在他面前总是有些怯生生的，刘仁不和她说话，她也不敢和刘仁说话。晚上睡觉，他们各自在炕的两边，中间是他们的女儿。夜深了，她听到刘仁的鼾声，一直强忍着的她，开始低声啜泣起来。从那以后，她就不再盼望丈夫回来了，没有丈夫在身边，她倒自在许多。

刘仁到日本留学了，家里有时收到他寄来的信。杨春晖读过私塾，她常把刘仁的家信找出来，虽然她知道这是刘仁写给父母的，她还是逐字逐句地重读一遍，希望从中能找出哪怕一句对自己的问候和关心也好。可是，每次都让她失望。

十多年了，她终于从三弟那知道刘仁到了沈阳，她不免喜出望外，离家之人总有回家的一天，这些年，他在外面一定是风风雨雨，吃了很多苦头，他那个人，小少爷嘛，也不会照顾自己。当三弟说要去沈阳给他送衣物的时候，她明白，刘仁还是不能回家。当时她不知哪来的勇气，一定要跟三弟一起去趟沈阳，她要见刘仁。

没想到，在刘仁家里，她见到了刘仁的另一个女人，这个女人夺走了她的刘仁，柔弱的杨春晖一下子火冒三丈，压抑了十几年的忧伤一下子顶上心头，她差点像一头母狮冲上去，把那个女人撕个粉碎。

但她还是克制住了自己，因为她看到刘仁在那个女人面前手足无措、眼神慌乱的样子，她的心一下子软了下来，她不愿意看到刘仁的难堪。所以，她赶紧对三弟说：我们走吧。

在火车站，弟弟告诉刘仁爸爸去世的消息，看到刘仁哭得那么伤心，让杨春晖心里也很不好受。她坐在旁边看着刘仁，十几年不见，他瘦了，老了，憔悴了，脸上有了皱纹，胡子也没刮，眼前的刘仁和十几年前为他洗脚穿衣的那个十三岁的小丈夫，怎么也合不到一起。她一边流着泪一边安慰自己，他现在一定也过得不太好，不要再烦他了。

从沈阳回去后，杨春晖心如死灰，她一心伺奉婆婆和女儿燕茹，把一切都寄托在女儿身上。那时候，三弟维箴家里孩子多，有九个儿女，弟媳这九个月子，都是杨春晖侍候的。所以在三弟刘维箴的眼里，真正的大嫂，只有杨春晖，他们叔嫂、妯娌之间，相处得非常融洽。那时候，生活困难，杨春晖就一边尽力帮助弟媳照看孩子，一边培养自己的女儿。好在女儿燕茹很争气，不但懂事听话，而且聪明，学习也好。大学毕业后分配到了上海，结婚、生子，杨春晖也被女儿接了过去，过上几年舒心的日子。可是，天有不测风云，唯一的女儿不幸患病，于1965年去世，死的时候才三十多岁。

无依无靠的杨春晖，只好又回到了桥头。

这时，已是“文化大革命”期间，正在大学里读书的刘晓兰因为学校停课闹革命，便在暑假的时候和哥哥一起偷偷地跑回桥头，第一次碰

上了大妈妈。后来，刘晓兰曾去佳木斯寻找过父母的坟墓，但失望而归，在桥头老家大病一场，幸得大妈妈对她细心照料，才逐渐康复。

哥哥刘星对大妈妈早有印象，他和爸爸一起去沈阳火车站送他们的时候，他就看到了大妈妈那失落的眼神。刘星没有忘记爸爸要他照顾大妈妈的嘱托，参加工作后就把大妈妈接到了四川。可是，已经年逾古稀的老人在四川因水土不服，仅半年时间，便说啥也要从四川返回桥头老家。

刘晓兰大学毕业后，被分配到了大西北，她尝试着把老人接来，尽力让老人适应自己的生活，视她为母，叫她“妈妈”，这让老人颇感宽慰。老人也视晓兰如己出。晓兰生孩子的时候，杨春晖老人精心照料，不辞辛苦，视晓兰的女儿如自己的亲孙女。老人有病的时候，晓兰也是班不上，觉不睡，精心侍候。这样，杨春晖在晓兰家里，整整生活了八年。

那时，没事的时候，晓兰便陪大妈妈唠嗑儿，常常谈起往事。有时晓兰便故意要问她：“大妈妈，你恨不恨我爸爸呀？”杨春晖总是回答说：“我干吗要恨他呢？你爸爸是个好人。”

刘晓兰有时还问她：“大妈妈，那你为什么一直没有改嫁呀？”杨春晖也总是这样回答：“这辈子，除了你爸爸，我再也没遇见过一个看得上的男人。”

有时候，晓兰还和大妈妈唠起她和爸爸刚结婚时的情形，老人不无风趣地说：“那时他才十三岁，我已经是十九岁的大姑娘了。虽然我们成了亲，但是他才那么点儿，懂个啥！谈得上什么夫妻感情啊。解放后那阵子看评戏《小女婿》，真有点我们那时候的样子。以后他走了，到东京去留学，娶了个东洋女学生，也是个好人，为咱中国的事，出了很大力。可惜两口子都死得早。偏偏我这个无用的人老不死，要是当年我能把他们顶替下来该多好啊！”

人到老年的时候，最关心的事情莫过于叶落归根。1982年，按老人自己的意愿，杨老太太又回到了本溪，住在三弟维箴的大女儿刘艳月的家中。老太太性格宽厚平和，又勤俭整洁，不管住在谁家都不会给别人添麻烦，晚辈们都很敬重她，艳月夫妇更是把她当作自己的老人那样对待。

在生命的最后这两年，老太太的生活非常平静，她小时候曾读过两年私塾，所以，一有闲暇就看书，她喜欢看小说，艳月的女婿在本溪市冶金专科学校工作，就经常从学校图书馆给她借些书回来。艳月夫妇还曾到市民政局为她办理烈士遗属的待遇，可是民政局的干部却要她和刘仁的结婚证书。没有结婚证，谁来证明你是烈士遗属呢？夫妻俩又到有关部门找了几次也没结果，后来嫌麻烦，就不再去找了。好在老人身体还好，没什么大病，偶有小疾，她也不肯上医院。1984年冬天，她患了感冒，静卧在床不思饮食。艳月动员她第二天去医院，好不容易答应了，可是当晚她就安详地去世了，享年八十二岁。

就在老太太去世的第二天，艳月夫妇还收到了刘星邮给大妈妈的四百元生活费，信上写着祝大妈妈“健康长寿”的字样。

冶专党委和工会知道杨春晖去世的消息，非常重视，他们出面为这位烈士的遗孀操办了丧事，还有学校的四百多名师生也参加了告别仪式。

杨老太太活着的时候，孤孤单单，而死的时候，却体面隆重，这是她一生中最高的礼遇了。

她死后就葬在了刘家的祖坟，这是她最大的愿望。

33　亲人们的坎坷人生

烈士们的流血牺牲，带给亲人们的并不都是好运。

二弟刘维。

刘维是被哥哥刘仁带上革命道路的。可是，刘维一生坎坷，常常为没有能力照顾好哥哥的两个遗孤而愧疚。因为在那个特殊的年代，他也常常自身难保。东北解放前，刘维多次冒死护送党的干部和他们的家属。解放后，又多次被党派到一些关键的部门。他到处奔波，不断变换工作单位和地点，哈尔滨、沈阳、齐齐哈尔、牡丹江、公主岭。憨厚的刘维有着和哥哥一样的秉性，正直而倔强。1957年他被打成右派，“文化大革命”中又被怀疑是日本间谍，而且还有一个日本人的大嫂。他甚至被赶出了公主岭，孤零零地一个人在山村里生活了十多年。孩子们也都受到牵连。刘晓兰在中学的时候，曾去过二叔家，那时候的他风华正茂，享受着专家的待遇。可是，再次看到二叔的时候，已经是“文化大革命”结束以后，二叔已经衰老了许多，头脑也不太灵活了，离开别人的帮助站立都不方便。那天二叔从柜子里取出一本发黄的相册，里面有晓兰父母的订婚照，有他们和友人在东京、横滨、重庆的相片以及刘星和晓兰兄妹小时候的合影。相册里还夹着一个红绸诗帕，二叔告诉晓兰说：“那是国家领导人郭沫若在重庆时写给妈妈的题词。现在你们长大了，该把这些东西交给你们了。”晓兰知道，这些东西能在二叔遭受那么多磨难的情况下保存下来，多不容易啊。

1995年，刘晓兰收到堂妹寄来的讣告，得知二叔刘维去世的消息。堂妹在信中说：“本来打算自家人密葬，没想到当天来了许多早年的同事和友人，不少劳改时认识的乡下人也特意赶来，在棺材面前伤心落泪。看着这些人的真情实意，我懂得了什么是真正的名誉和尊敬。长春市的报纸也介绍了父亲的事，说是非常出色的农业专家，是在东北试种各种蔬菜水果的人中贡献最大的实践家。读了这些报道，真想问问上级领导，父亲受的二十几年的苦难应该怎样解释？父亲究竟是幸运还是不幸？”

但是，刘维始终认为自己在同时代的人中还是幸运的。特别是在那个特殊的年代，还在饱受政治歧视的时候，他还有机会从事自己喜爱的专业，并取得成果，这在别人想都不敢想。他生前总说：“我一生确实受了不少苦，尤其是被误认为是日本间谍，为此忍受的责难和歧视不是一般人能想象的。但是和那些死去的人相比，我毕竟活了下来，看到了恢复名誉的这一天。”

三弟维箴。

1938年，父亲被日本人活活打死，然而，在死后的岁月里，父亲并没有被视作烈士，反被定为汉奸，直到四十年后才被本溪市政府平反。一个汉奸的儿子，一个哥嫂都有日本间谍嫌疑的人，一个解放前有自己买卖的大户，在那特殊的年代里，会享受什么待遇就可想而知了。其实，在1938年父亲死后，家里的一切就都落到了刘维箴的身上，他唯有苦苦支撑。

维箴读过一年私塾和四年小学后，父亲就不再让他读书了，因为已经有了两个儿子因为读书而先后离开家，所以维箴就被强留在了身边。父亲被害后，经营的德元堂被日本商人挤兑，被迫关闭。为了生存，维箴后来自己又开过一个小杂货铺，以维持刘家老小十多口人的生计。新中国成立后，更是厄运连连，每逢政治风波，他都免不了受到牵连。那些造反派、工作组，专案人员等等，没完没了地追查他父亲的历史问题，为什么和日本人接触亲密？为什么效忠日本“皇军”？为什么把两个儿子都送到了日本？为什么你的大哥娶了日本老婆？维箴疲于应对，写不完的检查和证明，在单位里屡被批判和降职降薪。孩子们的生活和前途也受到影响。整个刘家那沉重的历史包袱，几乎全压在了他的身上。直到后来“文化大革命”结束，哥哥和嫂子被拍成电视剧，佳木斯为其修建坟墓，成为名噪一时的革命烈士和国际主义战士，而且在1986年，含冤四十余年的父亲也被平反，他的历史问题才有了结论。而此时的刘维箴，已年届古稀。1994年刘维箴去世，享年七十八岁。

儿子刘星。

可以说，在刘星的身上，完全继承了父母的秉性，他敢于思考和直言。他在北京大学读三年级的时候，就给中央写信，提出自己对现实的思考。“文化大革命”初期，他对发生在中国大地上的混乱局面，忧心忡忡，忍不住又上书中央，慷慨建言。然而，他对国家和民族的良苦用心，换来的却是无情的批判。他在那些日子里，主要的任务就是写检讨，陪教授们挨批斗，和他们一起劳动改造。“文化大革命”后期，被以“里通外国”的罪名，和他的对象一起发配到了四川江油。直至中日建交后，刘星一家人才得以调往北京，被安排在北京工业大学任教。

刘星的婚姻并不顺利，在四川江油的时候，夫妻感情就已经有了裂痕。虽有一对儿女，但分手已成定局。而此时的刘星因父母的荣耀已经被安排回京，他不愿把曾共患难的妻子扔在山沟里。所以，两人商定，调回北京后两人再办理离婚。两个孩子跟母亲过，生活费由自己负担。后来刘星再婚，又生一子，但收入有限，生活十分艰难。本来刘星也有机会出国深造，但考虑日本教育费用的高昂，为了三个孩子的教育，他还是放弃了。刘星始终没有改变他对国家和民族前途命运的思考和关注，这给他的工作和生活带来诸多的坎坷。不幸的是，刘星在1996年4

月发现胃癌，即住院手术。已定居日本的妹妹刘晓兰急忙从日本赶回来，听大夫说手术很成功，她便也相信哥哥的身体会很快渡过难关。可是在10月底，癌细胞转移至淋巴，于12月30日去世，享年五十五岁。

对哥哥的英年早逝，刘晓兰异常悲痛，她说："我们兄妹生活在同一个时代，我们兄妹二人身上流着同样的血液，同样因此受过不公正的偏见困扰，我为了自己的追求逃脱了，而哥哥为更大、更有价值的追求放弃了自己的愿望，哥哥的行为值得钦佩，也是那个时代的出色的中国人。他那绝不随波逐流的正直和勇于正视现实的责任感、不屈不挠的意志，不仅过去、现在，而且将来，都永远铭刻在我心里。"

她流着眼泪说："哥哥那不肯妥协的气质，不允许信念被玷污的意志，来自于父母，源于血气方刚的先祖。哥哥现在安睡在北京西郊的金山上，墓碑面朝北东，越过北方的山脉和原野，能看见幼时疼爱过自己的爸爸和妈妈；每次去扫墓合掌低声呼唤'星哥'时，总会听到从遥远的天涯传来熟悉的口哨声，曲调如同从前一样悠扬、婉转，略带伤感渗入我的心房……"

女儿刘晓兰。

晓兰从唐山铁道学院毕业后，被分配到了兰州铁路局河套地区的中卫县城铁路子弟学校当老师。虽然已经远离那个让她从小就被"小日本"的阴影所笼罩的东北，但还是没有避免刚到那里，就接连几天被调皮的孩子当成"日本鬼子"，用弹弓打碎玻璃的惊吓。

父母究竟是革命烈士还是日本间谍，这是刘晓兰心中一个迫切要解开的结。她想知道自己的出身，想知道父母的故事。

其实，在"文化大革命"后期，刘晓兰就曾拜访过因受父母的牵连而遭受迫害的老前辈们。最先去的是高崇民的家，刘晓兰一直希望能见到这位恩人，正是因为他的关怀，刘晓兰才得以在哈尔滨度过无忧无虑的童年。尽管后来高崇民因受反党集团牵连而无暇顾及她，但她还是在他亲手制作的烈士遗孤的保护伞下平安长大。高崇民的家在北京高干住宅区，她去的那天大院里冷清无人，邻居的老大伯告诉她高崇民被关押在监狱里，他的夫人王桂珊也正在接受审查。

刘晓兰也曾去拜访过郭沫若的家，她曾听二叔说过，郭沫若是父母在重庆时期的领导和朋友，他还为母亲写诗一首，并题写在一块手帕上。所以，刘晓兰希望从郭沫若那里了解一些有关父母的故事，如果可能的话，希望他能设法营救被关押的哥哥。可是在北海后院郭家的门前，她没有如愿以偿。郭老的秘书请刘晓兰出示“是刘仁和绿川英子女儿的证据”，可是，唯一的诗帕保存在二叔那里，她现在唯一的证据就是父母的友人们常说的“与绿川一模一样”的长相。可是，熟悉绿川英子相貌的郭沫若不可能亲自出面认证，刘晓兰只好扫兴而归。

刘晓兰还按照哥哥告诉她的线索，找到了几位父母曾经的同事和朋友。但是，这些曾在政府机关担任要职的老前辈，都被莫须有的罪名而驱出首都，到干校劳改。幸好，有一位尚在北京的家属，向刘晓兰介绍了一位因病回京治疗的杨阿姨。

在北京肿瘤研究所，刘晓兰见到了这位患病的杨阿姨。这位杨阿姨是在佳木斯工作时接触过她的爸爸妈妈。杨阿姨说，给绿川英子做手术的那位医师当时受到处分，但事情并未就此了结，在以后的一次又一次的政治运动中，一会儿为故意“杀害了国际友人”，一会儿为“与日本女间谍有秘密关系”这些莫名其妙的罪名而付出代价，在大连含冤而死。

说到爸爸妈妈，杨阿姨感叹道：“回想起来也怪伤心的，绿川走了，刘仁活不下去了，我当时还年轻，觉得你爸爸没大丈夫气概，更不像一个革命干部，太儿女情长了，整天哭哭啼啼的。现在才明白，你妈妈虽然死得太可惜，但作为一个女人，她是幸福的，被你爸爸那么深深爱着，真让人羡慕啊。”

终于，刘晓兰的人生峰回路转。中日建交后，作为“日本间谍”的绿川英子成了“中日友好的象征”，背负“小日本”沉重包袱的刘晓兰，忽然成了“国际主义战士”和“抗日英雄”的女儿。不仅调回北京，重新安排了工作，而且报纸电台也找她采访和约稿。父母的合冢墓建成后，她又作为重要嘉宾而受到难以适应的礼遇。

刘晓兰夫妇是唐山铁道学院的同学。从河套地区的中卫调回北京后，在北京二七机车厂技工学校任教。1988年，他们一家三口赴日定居。1994年，刘晓兰加入日本国籍，从母姓，改名长谷川晓子。

长谷川晓子一直生活在日本的大阪，丈夫退休后，因思乡心切，回到了中国。女儿大学毕业后，到加拿大读了硕士，毕业后就留在了那里。虽然一家三口每年都能相见，但在日本已经年届古稀的长谷川晓

子，只能一个人过着孤独的生活。

34 热在东瀛

日本著名作家高弘木先生曾说过这样一段话：“为了日本和中国真正的和平而做出贡献的人，就以历史上曾有记载的为限，为数是不少的吧。但到近代，在不幸的中日关系状态中，献身于两国的亲善而尽力的人就减少了。何况，反抗祖国日本，为日中人民真正友好而进行活动，把自己的骨头埋在中国的日本女性，除长谷川照子外，再没有别人了。”

绿川英子在中国所进行的反战活动，和她那一篇篇犀利的反对日本军国主义的文章，早已引起了日本世界语者和进步人士的关注和赞赏。从1953年起，日本的世界语者和进步人士，就不断地出版她的著作，发表纪念和研究她的文章。

这些年，出版的著作主要有日本世界语作家宫本正男与中国世界语者合作编辑出版的《绿川英子文集》；有高杉一郎创作的《中国的绿星——长谷川照子的反战生涯》；友常一雄将世界语版的《绿色的五月》翻译成日文出版；还有日本作家利根光一、泽地久枝、泽田和子、坂井尚美、木田日登美等也都分别创作、翻译和撰写了大量的研究和介绍文章；日本方面还成立了绿川英子纪念协会，建立了绿川英子资料馆，编印出版了纪念期刊。

1978年，在日本东京市涉谷区长的帮助下，刘星和刘晓兰兄妹找到了在日本的亲属。接着，日本世界语协会代表团在访问北京的时候，他们的姨妈，也就是绿川英子的姐姐西村幸子也随代表团访问了北京，刘星兄妹到机场迎接了姨妈。

日本世界语代表团接见绿川英子遗孤一事，在日本引起很大反响。日本驻北京记者向东京发出这样一条电讯，“1938年11月1日的《都新闻》以‘娇声卖国奴’为题和真实姓名报道的长谷川照子，在那之后销声匿迹，时隔近四十年岁月的今天，她的儿女在世界语者们的协助下与日方亲属相会。时值《日中和平友好协议》签订一星期后，可谓日中友好时代起步的最佳一幕。”

不久，日本的世界语协会邀请刘星兄妹访日，做了为期十三天的访问。在日本世界语协会的安排下，他们参加了绿川英子事迹的座谈会，参观母亲在日本的生活足迹，还与姨妈西村幸子、舅舅长谷川弘相会，受到他们的热情接待。

1983年8月，佳木斯绿川英子及刘仁合冢墓陵园落成揭幕仪式后的第三天，即迎来了作为绿川英子家乡的第一批拜谒者——日本国山梨县韭崎市长内藤登率领的友好访问团。他们来到四丰山陵园，按照日本的传统风俗敬献花圈，拜谒英灵，祭奠这位光荣的反法西斯战士。拜谒英灵后，又驱车来到国际主义战士绿川英子暨刘仁同志文物展览馆进行参观，并在留言册上题写了“祈绿川英子女士在天之灵安息”！“愿中日友谊长存！”

在日本著名评论家川田泰代的呼吁下，1981年日本成立了“长谷川照子遗孤留学支援会”，会员有日本政界名人宇都宫德马、田英夫，文化艺术界知名人士利根光一、泽地久枝，著名演员栗原小卷、吉永小百合，作家濑户内寂，历史学教授井上清，日本妇女会长清水澄子等。还有近百名的大学教授、律师、医生和民间友好人士。

这里，有几个人需要介绍一下：

川田泰代：是《日本军队与朝鲜人慰安妇》一书的作者，她的书揭露日本在二战期间慰安妇的内幕和罪行。川田泰代说：“日本军队与慰安妇的关系，恐怕是世界上所有国家军队中看不到的特异现象，也是可耻

● 中日合拍电视剧《望乡之星》剧照，绿川英子由日本演员栗原小卷扮演，刘仁由中国演员高飞扮演，片头为邓小平所题

的存在。”同时，川田泰代又是绿川英子的表妹，小的时候，绿川英子常到她家里去玩。她比绿川英子小四岁，绿川英子从奈良退学之后，在东京找的打字工作就是她父亲帮的忙。看了中日合拍的电视剧《望乡之星》，她被日本女演员栗原小卷和中国演员高飞的精彩表演感动得热泪盈眶。当她知道刘仁和绿川英子遗下的两个孩子时，便下定决心，设法让这两个孩子去日本留学。

宇都宫德马：他的父亲曾是日本陆军大将。他在京都大学就学期间，就从事左翼学生运动。战后长期致力于日中友好运动，1980年9月当选日中友好协会第三任会长，还是“日中友好议员联盟”的主要领导人。

吉永小百合：著名的日本电影演员，绿川英子家的一个亲戚。一生拍摄一百部电影。在《爱与死的纪录》《梦千代日记》中扮演忍受原子弹辐射症病痛的主人公后，便从1986年开始，以志愿者的身份参加反对核武器的各种活动。如今她不仅继续着她的演艺活动，更将反战争反核武器运动作为毕生的事业。

栗原小卷：日本著名表演艺术家，日中文化交流协会常务理事。毕业于东京芭蕾舞学院，并就读于俳优座演员培训所，是一位优雅美丽，广受喜爱的国际明星。她主演的影片《生死恋》《望乡》在中国引起轰动。她多次参加纪念绿川英子和反对战争的活动。

泽地久枝：日本著名女作家，中国抗战时她在吉林读书，看到日伪对杨靖宇将军的通缉告示，反而引起她对英雄的敬畏和崇拜，历经十余年，收集资料撰写了《杨靖宇传》。1980年初她来华拜谒杨靖宇墓，在将军塑像前长跪不起，为她的同胞忏悔，为她的民族谢罪。

1985年4月，已经七十一岁的川田泰代女士率领“绿川英子遗儿日本留学支援百人委员会”，第一次访问中国。在上海、北京、沈阳、哈尔滨、佳木斯等地，作了长达二十天的旅行。拜谒了刘仁和绿川英子的合家墓，在参观他们的事迹展览后，川田泰代女士动情地说：“绿川英子在日本女青年中是绝无仅有的，在日本有人称她为日本的女圣。”

以大阪律师会的坂井尚美律师为团长、泽田女士为事务局长的“体验绿川英子勇气访华团”一行二十多人，来到中国，到哈尔滨、佳木斯等地参观访问。

坂井尚美律师说："在大阪女性的心目中，绿川英子已经成为中日两国友好的一种象征，她的献身精神对指引现代大阪的女性运动，指引大阪的女性觉醒仍然具有某种启示作用。"

泽田女士也说："从看了《望乡之星》后，我就萌生了组织到绿川英子生前最后生活过的地方祭奠的念头，我的想法得到了市民团体'九条近畿联'二十多人的响应。她们说绿川英子作为中日战争期间在中国坚持反战的日本人，当时是承受了巨大的压力的，日本国内的军国主义分子和不明真相的民众骂她是叛徒、民族的败类。现在看来，如果当时多一些像绿川英子那样的日本人，日本就不至于陷入百万玉碎和长崎、广岛遭受投掷原子弹的可怕下场，中国人民也不至于遭受那么大的苦难了。"

在中国，从20世纪80年代以来，对绿川英子和刘仁的报道与宣传也逐渐增多起来，刘仁、绿川英子的故旧好友在《人民日报》《光明日报》等报刊，发表了大量的纪念他们的文字，以及出版了绿川英子的著作和纪念文集。在汉口，那里保留着刘仁与绿川英子的故居；在重庆历史文化名人馆里，绿川英子作为唯一外籍女性，她的塑像被永远地竖立在那里；而且，作为刘仁和绿川英子生活和战斗时间最长，达七年之久的重庆，至今还完整地保存有好几处他们当年工作和生活过的旧址；在佳木斯革命烈士纪念馆和哈尔滨东北烈士纪念馆，都有刘仁和绿川英子的遗物和图片展台。

2012年11月28日，中国世界语协会举办绿川英子座谈会，隆重纪念绿川英子诞生一百周年和逝世六十五周年。座谈会上，陈毅元帅之子、中国世界语协会会长陈昊苏，高度评价了绿川英子为中国民族解放事业所作出的贡献，颂扬其追求理想、爱好和平的国际主义精神。

绿川英子的女儿长谷川晓子被邀请，但因故没能参加大会，但她写信表达了对大会的感谢。她在信中说："在中国有很多人希望同日本建立友好关系，同样，在日本也有很多人，他们为自己国家的侵略历史而忏悔。今天他们为改善两国关系而付出巨大的努力。我相信，这是中日两国友好发展的根基，作为长谷川照子的女儿，我愿意为我的两个祖国的友好未来贡献我微薄的力量！"

35　女儿的愿念

已经加入日本籍的刘晓兰，她的日本名字叫长谷川晓子。

长谷川是她母亲的姓。

她的身上流淌着中国人和日本人的共同血液。她是中日两国共同的女儿。

她1946年出生在沈阳，1994年获得日本国籍，她的前半生在中国生活，她的后半生将在日本度过。

在回顾自己一生的时候，她常想，自己那倔强、爽直，既不美也不丑的性格自何而来？自己究竟哪儿像父亲，哪儿像母亲？

近些年来，生活在日本的她，虽然和父母的缘分很浅，父母对她来说，是遥远的，陌生的。但是，当她知道了父母的正义和勇气，知道了他们当年的所为之后，她为自己是他们的女儿而骄傲。她经常翻阅有关父母的书籍，多次踏上他们为追求和平而流离过的异乡，沿着他们昔日的足迹走访留下他们气息的街道、居住过的房屋和现在安息的土地，遥远的、陌生的父母便越来越近，模糊的父母便越来越清晰，她对父母的本能的挚爱便越来越深厚，她对母亲所反对的战争，便也越来越有着更加深刻的体会。

现在，她觉得自己愈来愈了解自己的父母了，了解他们的气质、品性、人格及由此而形成的勇气和正义感并非特殊之物，正像他们性格中的倔强、顽固、我行我素等缺点一样极为普通，他们走过的人生之路既不是自己认为最有意义才去选择的，也并非特意找寻而确定的，而是由他们的血液中的特质，和在人生中得到的理念相互交融后，产生的意志所决定的。尤其母亲，作为日本人，之所以能在日本几近疯狂的军国主义时代，选择了危险的叛逆，对中国人民寄予深切的同情和支持，完全是因为她本身人格中具有的出类拔萃的正直气质所决定的。

这些年，她结识了许多认真思考战争与和平问题的友人，他们中间有主张为真正的友好应该彻底清算战争遗留问题的中国人，也有诚恳反省自己祖国所犯罪行，认为这是建设美好国家必须先行面对解决的日本人。她从这些人的严谨和认真中学到很多东西，这些都成了促使她克服内在纠葛而轻装投入日中友好活动的动力。

在日本，有很多人知道了绿川英子的事迹，那些对绿川英子抱有深厚感情的人，那些热切希望中日两国之间不再发生战争的人，对绿川英子的女儿寄予了很大的期望。作为绿川英子的女儿，她也认识到自己应该承担的责任，把反对战争，把成为中日友好桥梁的一块砖石看成是自己的使命，她对自己说："如果不这样做，自己的存在就失去了意义。"

所以，长谷川晓子在日本的这些年，努力投身各种日中友好活动，多次出席日中关系研讨会，倾听有关辩论，屡屡接受日中友人委托，参与战争中的"强行绑架劳工"、"随军卖身妓女"、"人体实验"、"毒瓦斯武器"和"残留妇女孤儿"等问题的调查。在实际参与中，她了解到两国间存在着种种阻碍友好的遗留问题，看到半个多世纪前的那场战争并没有真正结束的严酷现实。

现在，生活在日本的长谷川晓子常被人问及："你喜欢中国还是喜欢日本?"还有人问："你对中国的爱和对日本的爱哪个更深?"真的，对这个问题，她很难回答。因为在长谷川晓子的心中，中国和日本都是她的祖国，她对自己的这两个祖国的爱是没有区别的，她现在来到日本，就像当年她的母亲来到中国一样，当年的绿川英子并没有因为来到中国就不再爱她的日本。作为绿川英子的女儿，她的身上流淌着中国和日本两股血脉，她希望这两股血脉能够在她的血管中，和睦地流淌着，而不再让她痛苦，不再让她纠结。

2013年，长谷川晓子出版了她的回忆录《望乡之星——长谷川照子女儿的一生》。在这部回忆录的后记中，她深情地说：

"中国是迎我出生并养育了我的祖国，这里有自己纯洁的少女时代，还有为之哀伤的青春岁月；日本是我幼小心灵中的向往，我曾为之付出过真挚的苦恼，她又是现在的我的祖国，我将在那里走完自己的人生。因此，无论是过去，还是现在和将来，我对中日友好的期待都不是普通的愿念，而是从父亲和母亲那里承继下来的深沉的夙愿。

我感谢养育自己的中国，感谢在襁褓中给予我温暖、在成长中给予我友情、在贫困苦难中给予我保护的人们。当自己的人生将到达终点之时，我明确地意识到我剩下的期待只有一个，这就是中日友好！”

2015年8月14日第一稿

2016年3月12日第二稿

后 记

终于，在中国人民抗日战争胜利七十周年的前一天，完成了刘仁与绿川英子的传记文学《绿世界》的第一稿。正是酷暑时节，但还是坚持了下来。

这部书从构想、准备、采访、写作，最后到完成，前后用了两年多的时间。从想法，到实施，再到完成，中间可以说困难重重，采访中的困难自不必说，就是在写作中，常常坐在电脑前，面对采访和收集来的凌乱的甚至相互矛盾的材料，脑子里一团乱麻，真是“剪不断，理还乱”。然而，信心来自于坚持，时间是最好的剪刀，只要不放弃，哪怕每天剪那么一点点，总会有剪开的那一天。

对用什么样的书名，颇费一番踌躇，最后选择了《绿世界》。因为我想，绿色是世界语的象征，绿色是和平的象征，绿色是希望的象征，绿色是爱的象征。所以，绿色最能概括刘仁与绿川英子的一生。在他们短暂的一生中，他们完全沉浸在绿色的世界里，为之奋斗，为之牺牲。

可以说，这部书稿是在感动中完成的。因为在写作中，我时刻能感受到刘仁他们那一代青年知识分子，以天下为己任，激情澎湃，热血汹涌，为寻求真理而流血，为民主与自由而献身，这样的人在今天已属凤毛麟角，这样的精神在今天更显弥足珍贵。

还有绿川英子，站在她的墓前，崇敬之感油然而生。绿川英子来到中国，帮助中国人民抗日，并不是因为她对祖国的仇恨，而是对她祖国的大爱，这种爱，超越了时代，超越了民族，超越了她同时代的日本人。这种超越之难，真是“难于上青天”啊！

世间真的有宿命与轮回吗？

日本为中国奉献了她的女儿——长谷川照子，让她到中国来帮助中国人民抗日，把她的生命献给了中国，把她的尸骨葬在了中国；如今，中国又还回了一个女儿——长谷川晓子，让她为中日友好而呼号和奔走，她要在日本度过自己的余生，把生命留给日本。

虽然长谷川晓子生活在日本，但她对中国的爱，一点不亚于她对日本的爱，正因为她既爱中国，又爱日本，所以，这位中日两国共同的女儿，真诚地希望中日两国这个搬不走的邻居，能够实现真正地友好，这是女儿长谷川晓子的愿望，更是母亲长谷川照子的愿望。

在一次面对中国记者的采访时，长谷川晓子说的一句话，让我感动，她说：“请把中日史上这段美丽的故事告诉给年轻的一代，希望中日世代友好，世界永远和平。”

我是本溪人，是刘仁的同乡，把这个故事讲好是我的责任。

最后，感谢刘仁的亲友及在采访中给予我帮助的各位朋友。

作　者

2016年3月12日于本溪